周月亮文集

文化传播

周月亮　著

常快乐　真功夫

周月亮

中国科学技术出版社

·北 京·

图书在版编目（CIP）数据

文化传播 / 周月亮著. -- 北京：中国科学技术出
版社，2024.1
（周月亮文集）
ISBN 978-7-5236-0414-4

Ⅰ.①文… Ⅱ.①周… Ⅲ.①中华文化－文化传播－
研究 Ⅳ.①G125

中国国家版本馆CIP数据核字（2024）第003885号

总　策　划	秦德继
策划编辑	周少敏　胡　怡
责任编辑	胡　怡　赵　耀
封面设计	余　微
正文设计	王　丹
责任校对	吕传新　焦　宁　邓雪梅　张晓莉
责任印制	马宇晨

出　　版	中国科学技术出版社
发　　行	中国科学技术出版社有限公司发行部
地　　址	北京市海淀区中关村南大街16号
邮　　编	100081
发行电话	010-62173865
传　　真	010-62173081
网　　址	http://www.cspbooks.com.cn

开　　本	880mm×1230mm　1/32
字　　数	1936千字
印　　张	86.25
版　　次	2024年1月第1版
印　　次	2024年1月第1次印刷
印　　刷	北京世纪恒宇印刷有限公司
书　　号	ISBN 978-7-5236-0414-4/Ⅰ·83
定　　价	498.00元（全11册）

周月亮

河北涞源人，中国传媒大学学术委员会委员，阳明书院院长、教授、博士生导师。

另有心学、智术系列著作分别汇刊。

自序：误解与希望

世代如落叶。代代人大多乱七八糟地活、稀里糊涂地死，少数坚持明白地活、尊严地死。反思其中的滋味，留下悲欣交集的辞章，后人的解读不过拾几片落叶。后之视今如今之视昔，这条精神链扭结着误解与希望。误解如秋风中的落叶，希望如落叶中的秋风；误解如烦恼，希望如菩提；误解如无明，希望如净土。谁能转烦恼成菩提？谁的误解即希望？恐怕差不多的人的希望却是误解吧。尽管如此，留下的落叶，好生看取也有雪泥鸿爪。

《孔学儒术》中，儒术的精要可用"中而因通"来简括："中"是"执两用中"的"中"，儒家的中庸与释家的中观目的不同，道理相通。"而"是"奇而正、虚而实"的"而"，其哲学要义在"一与不一"，是对付悖论的最好的智慧，不"而"则不能"中"。"因导果"是世间出世间的总账，"因"字诀最普适的妙用是引进落空。不通不是道，通道必简。化而通之概括了"因"的意义，通则久。

《〈水浒〉智局》透析了《水浒传》中智慧、权力、暴力的关系：函三为一、一分为三，合则为局、析则为爻。水浒人此处放火、彼处杀人之朴刀杆棒生意串成江湖版的《孙子兵法》。宋江能够统豺虎是"阴制阳"，梁山好汉被朝廷赚了也是"阴制阳"。阴为何物？直教一百零八好汉生死相许！

《性命之学》以性命作为重估文人价值的标准和依据。穿透了虚文世界曲折的遮蔽，才能探讨人自身的性命下落。性命之学由心性谱写。近世让人心酸眼亮的"心性"有王阳明、李卓吾、唐伯虎、曹雪芹、龚自珍、鲁迅等，他们是塔尖。他们提得住心，所以他们的心性剧有声有色。

《〈儒林外史〉士文化研究》提取了《儒林外史》展示出的贤人困境、奇人歧路、名士风流、八股士的愚痴等士子型范；在封建时代，士文化的根被教育败坏了。用教育来反教育，是古代中国士文化传统的一部分。

《儒林外史》中每一张脸都是一座碉堡，文学人物是现实人格的象征，《〈儒林外史〉人物品鉴》透视封建时期士人"没出息"的活法、自己骗自己的文化姿态，以及他们无路可走的"不在乎"的无奈。最窝囊的是，当时的文人说不出一句明心见性的话。

《王阳明传》呼吁善良出能力来：对人仁从而鉴空衡平、爱"爱心"而天良发现。良知顿现，难事易办。心学是意术，是感觉化的思想、哲学化的艺术，是修炼心之行动力的功夫学、成功学。致良知教世人柔心成真人。

现象即本体，影视通巫术，方法须直觉，效果靠博弈:《电影现象学》旨在使影视艺术能有自己的本体论、方法论。

文化即传播，只要一"化"就有传播在焉。我几千年文明古国，锦绣江山，传播玉成。《文化传播》写的是文化的传播即传播的文化。

《揉心学词条》想总结误解发生的思维机制（意向三歧性）、误解发生的心理机制（欲望三重化）、误解发生的语言机制（言语的三不性）、误解发生的行为机制（互动反馈误差扩大），想建立"误解诊疗术"，但只是沙上涂鸦，更似煮沙成饭。

家，是移情的作品。院子是境，也是景。情景交融，在美学上值得夸耀，在生活中是不得不做的事情。"我"寄寓于别人家院子，像小件寄存一样。《在别人家的院子里》是我印象深刻的生活经历。

刺刺不休十一卷，诚不足称之为著作，只是我造句几十年的一个坟丘（另有百万虚构类文字已被风吹）。其中包着误解，也含着希望。误解，是人自我活埋的本能。希望，是人自我生成的器官。"我"因对希望心不诚而自我活埋着。

最后，我满怀深情却文不对题地抄几则卡夫卡的箴言:

> 生的快乐不是生命本身的，而是我们向更高生活境界上升前的恐惧；生的痛苦不是生命本身的，而是那种恐惧引起的我们的自我折磨。

它（谦卑）是真正的祈祷语言……人际关系是祈祷关系，与自己的关系是进取关系。从祈祷中汲取进取的力量。

　　生命开端的两个任务：不断缩小你的圈子和再三检查你自己是否躲在你的圈子之外的什么地方。

2023 年秋

目　录

小　引

　　据说，人类脱离一般动物的标志是人类有了"心境"，同时具有了感应式的理解，有了一种向内心深处"引得"的能力——原始的本义的语言。它先是内在的凝结着理智的情感的自我传播，是个"脑子成长的年代"，而且由于存在的同一性构成人类的共同人性。通过体态语与同伴交流，组成群体，则是水到渠成的结果；成了"群"之后，人就具有了社会性。群体内的"感应式传播"——不管什么声音、什么暗示，只要彼此能懂的信息传递，使早期的"真人""智人"生活在"信息共享"的文化场中——这是比符号系统更根本的存在系统。自然，这种存在系统不是抽象的存在，它体现于并演化出个体生命及族群的生存态度和生存技能——广义的符号系统。有了这种存在系统（符号系统），人就成了"传话者"，就有了让族类保存种性、让后代传承经验的文化能力。从"默训"到"说话"不知过了几世几劫，但"话"都存在，且仍在传播。没有这种传播，人种就还得重新去进化，传播使人变成了"类存在"，"存在"的意义保存在"话"中——到了 20 世纪，哲学家才有了"语言是存在的家园"的话头。

人类的传播习性、能力是从动物进化过来的，但有了传播行为以后，人就加快了脱离动物界的步伐，就在人类只会发简单的单音节词的时候，他们相互联络、沟通最切近的信息——或避害或协同追捕猎物——这时与动物还没有实质性的区别，一旦他们相互传授经验，譬如一个猿人教另一个猿人怎样打击石器，包含了抽象的符号运作时，社会传播活动就出现了。

传播，将动物式的群体性变成了人类的社会性，从而产生了个体与群体的多样化联系。它先是通过一定的行为方式和感觉方式，构成从简单到复杂的通信系统，以保持群体的一致从而保障每一个群体的安全。它后来逐步进化成能够维持差异与一致的共同体，从而告别了动物世界的演化规律。其中重要的组织肌理就是靠着信息的传播和交流。

人类学家描述过，最早的古人类是动物界中非常软弱的一支，他们常常不是猎人而是猎物。因不如飞禽走兽具有完善的"专门化"的体能而迫使他们借助工具，加强群体的合作来适应环境、维持生存，从而滋生出利于进化的适应性、变异性，进而具有了与同类深度合作交流的"社会性"、善假于物的"文化性"。其最关键的一项社会化的工具就是语言，一有了社会化的语言就有了人与人之间的多层次"传通"。很多人类学家将人类定义为语言的动物，现象学的存在论又将语言定义为"说者"与"听者"同在"交往"的路上道中的生成、守护意义的"引得"系统。话语理论又将人与语言的关系刻画为不是人在说话，而是"话"在使人说。哲学意味的传播学，应该面对文化传播的辩证效应：语言这种存在（符号）系统使人变成社会化的动物，变成由文化来支配而不像其他动物那样完全受本能的支配；但语言也是一种文化暴力，它使每一个人能织成一个加入族群的网，也是一个绊住自己手脚的网。语言的确让人加入新的、更大而有效的组合里，但个体的人也因此而付出了代价。尤其是到了后现代社会，人们为了抵消这种代价，反而频生"重返伊甸园"的浪漫情思。文化从来就是一把双刃剑——它生成人也匡削人。若无传统，人脱离不了动物界，但传统过剩也产生古典性的保守、现代性的别扭。

最早的人际传播行为肯定是简单的口语与大量的身体语言、直接的"言传身教"。人际传播的目的除了动物性的亲情传达，就是传授生产、生活技术。前者促进了人类组织的形成、扩大和完善，加速了"社会"的形成，一旦组成社会，人类就以组织的力量向自然"讨生活"了。有了组织，以技术为核心的各种"术"的传播也就日趋复杂、绵延而有效得多。人类活动从一开始就包含着传播，只要是人类行为就包含文化。文化传播是与人类相伴随的活性行为，它无处不在、无时不有。人际传播使个体的人获得社会化的能力，使自然、无能、需要扶植的孤独个体成为社会的主人。没有人际传播，群体根本不可能成为有效的群体，而群体的组织性传播的效力又催生了自身机能的几何级的增长。

如在智人阶段，原始人类在文化、技术及社会结构等方面远比直立人（真人）进步得快，特别是取火技术和用火技术的传播，促进了生产力的提高。真人阶段的"尖端"生产技术主要是石器工具的粗制技术，到了智人阶段出现了二步加工程序，如山西丁村智人与北京直立人相比，学会了新的摔击法和碰砧法、交互打击法。晚期智人会打制石井，有了磨钻技术。随着生产、生活水平的提高，出现了血缘群婚向氏族外婚制的转变，出现了社会分工，生产活动中信息传播量更大、更复杂有序了，比如他们的常规活动围猎，如果传播失效，往往意味着狩猎失败。

早期文化传播之"空间型媒介"的大节目，一是地理的导向，二是种族迁徙，大地和人群成了远距离传播的重大媒介，这其中自然也包含着石器、陶器、皮币、兵器及帝王巡视的文教宣传等"时间型传播"。空间型媒介以扩张版图为目标，有助于形成中央集权；而时间型媒介以树立权威、维持长久统治为目标，有助于形成等级制度。无论是空间型媒介还是时间型媒介包含的都是技术和组织的再生性的信息组合、相互作用。这个"相互作用"对于自然来说构成对人类有意义的文化生态环境，对于人来说不仅通过技术来对付自然、通过组织来加强人与人之间的联系，而且技术和组织也在生成人的智慧和传播能力，从而在传播中再生新的文化和人性，新的传播技巧和手段也自然在滚动中更新、生长，人类社会就这样在加速发展了。

而一旦成为成熟的社会，语言不但助长着人们的一致性，也在扩大着人们的差异——这是进一步发展的动力，但也是不得已的动力。据说人类再造"巴别塔"的努力就是为了重返伊甸园，再回到和平统一的大家庭中去。而传播，才是真正的巴别塔。同时，传播越频繁，又越需要营建更新巴别塔的"传输功能"。有人粗略统计过：上溯700万年，人类开始出现；上溯20万年，现代人（晚期智人）形成；上溯10万年，语言诞生；上溯5000年（或8000年），文字问世。后来，活字印刷术、无线电广播、无线电视相继问世。现在世界各国政府竞相宣布自己的信息高速公路计划，人类将进入文字、声音、图像三位一体的信息社会新时代——网络化的生存已成为现代社会的特征。

传播形成了文明社会的一个支柱：标准基本统一的普遍主义，使一个大一统的国家具有了必要的一致性。自古而然，愈演愈烈。秦始皇的车同轨、书同文、统一度量衡，隋唐推行的科举制——统一的标准化的考试，这些都是保障经济、文化交流从而能够保障资源良性配置的制度。而"五胡乱华""五代十国"时期则是这种一致性破坏殆尽而相当黑暗的时期，这种失范的歧异不是文明的催化剂。

真正成为文明发展的催化剂的是传播积渐中的传播创新，是一致中的歧异。传播成为文明进步的动力的原因在于，传播不仅生产同化的信息，更滋生变异的信息。仅举语言为例，语言增添新的歧异的原因是它不可避免地包含着"噪声"，在传者编码和受者解码时都含有歧义。悲剧的误解、喜剧的误解贯穿传播的全程。

传播既产生多样性的同一，也产生同一中的多样性，从而构成人类文化万花筒的说不尽的特性。

当然对今天最有意义的不是复述早期幼稚的传播故事，而是追踪中国文化形成之谜，从传播这个视角来了解华夏文明自成体系的形成过程，从原始的人际传播到间接的工具传播、超个人的组织传播、简单的大众传播，人们便在由传播织成的网络中滚动发展起来，就像一架没有刹车装置的机动车，任谁也无法控制了——传播者控制不了传播的后果了。

这有时表现为政治的多变性，有时表现为物质文明的非线性的连续，有时是积累的演变，有时是突然的断裂、分割——从长时段的眼光看中华文明史基本是"缓坡历史"。它没有像巴比伦那样中断，也没像从古希腊到古罗马那样转型，而是在广大的内陆疆域里通过战争、迁徙、轮番执政、统一官方文书、文化考试等方式来"循环往复地再分配"政治资源、文化资源。从当时的政治单位看，那就是"国际交流"了，就是国家之间的冲突和融合了。随着政治兼并的深入，占支配地位的文化、观念不断扩大有效范围，逐渐演变成普遍使用的"道"或"道术"。在这个多民族磨合、进进退退的衍生史中，传播是一个必不可少、至关重要的"关系系统"。生生不已的需要拉动了永无止境的传播手段的更新，新的传播手段又刺激了新的需求——雪球越滚越大，传播技巧日益微妙高远，"大家庭"便凝聚成一个共同体。

　　一部文明演进史就是一部文化传播史。前两章的内容不得不以"广阔的单位"为对象，借助文化地理学、考古学的一些知识、成果，将一些非线性的传播连续现象也包括进来，以期获得一点发生史上的印象。进入文化的传播以后，又偏重理性世界的演进，因为一本小书无法展现那浩瀚的民间的习俗系统。笔者尽量选择每个时代的新生的代表，尽量既写文化的传播，又要写出传播的文化。传播是具有再生性的，它不是一个呆呆地"保持"、待慢慢饱和后生变的问题，它是积极、主动地参与文化演进的变量。而且从传播的角度重温中国古代文化史，是发现中国文化变异、重组、演进的最佳窗口。

第一章
以地貌、族群迁徙和战争为条件的文化扩散

一、依山傍水推背行

中国史前文化发达区在今日西安—洛阳—开封一带形成不是偶然的，它是东部沿海文明内移、西部高原文明东行交错融合的结果，也是北部草原文化南移、南部长江流域文明北上交互影响的结果。它们处在东西、南北的过渡地带，这使得"文明发祥地"的黄河流域的文化高于那些完全独立、很少与相邻文化区交往的地方文化中心。在吸纳其他文化的能力上的差异是各文化区发展不平衡的重要原因。

冰期过后，即在早更新世，中国的古地貌大致分为东部季风盛行区、西北干旱区、青藏干寒高原区。古人类主要生活在三大地理环境区的过渡地带，即北方半干旱温暖环境区、南方湿温环境区。在环渤海的一些平原地区也发现了一些当时海岸文化的遗存，可能更多的遗址被海水淹没，海水迫使住在海岸的古人类向内陆方向撤退，产生了沿海文化向内陆扩散的传播过程。

现在已发现的早期人类遗址显示，先民们一是从山麓向平原

扩散，一是从河流两侧向四周扩散。远的不说，就是中更新世旧石器时代，"北京人"未能在猿人洞中世代相传，中间中断了数十万年，他们向北部草原、西北部高原迁徙，孕育了今内蒙古草原地带的早期文明。广东韶关狮子山岩洞的马坝人的环境接近热带季风林区的岩溶平原。在陕西洛河三级阶地的大荔人的生存环境为森林灌丛草原的河流低阶地。他们是猿人向早期智人发展的典型之一。随着人口的增长、地理和自身环境的改变，他们沿着河流向温和而湿润的谷地、宽展的草甸平原扩展。

在新石器时代，山顶洞人的中石器文化主要分布在山前倾斜平原或河流低阶地及平原中的低山丘陵的坡麓地带。微地貌环境决定了先人的生存及对流徙方向的选择。先仰韶时期，原始聚落出现在山麓地带。聚落规模较小、时间短，表明其组织水平低，经常流徙迁移，一般是沿河流向海拔较低的地方扩散。这种流徙自有其不得已的客观原因，但结果是造成了文化的传播、扩散，摆脱了"自然传播"的自在状态，有了人为（人文）因素。这种聚落迁移是很长一段时期内人类传播的主要形态，一个直接的后果就是仰韶文化在黄河流域绝大部分地区都有分布。无论在上游的甘肃、青海等地，还是中、下游的广大地区，都发现了灿烂的古代文化，它们的年代和文化特征大体相同，于是被命名为仰韶文化。

尽管当时的传播技术极其低幼，河流、山脉的阻隔作用使文化传播受到了巨大的阻碍，但越是艰难，越能显出传播果实的金贵，越能见出传播现象的重要性。现在学界已达成两点共识：一是各个文明中心各自的平面传播相当活跃，如黄河流域的新石器文化。当时文化传播的特点是离中心越远，其文化特色越弱，而在两个文化相邻地带可以找到互相的影响。这种平面传播增加了文化的趋同性，逐渐形成"兼并"，质量大的文化特征吸附较小的，从全局上看则呈现出由文化传播的多中心相互扩展变成了单中心的辐射扩展，但同时使得远离中心的文化的地方特色增加，从而促进了新文明的凝结、旧中心的衰落。

如先仰韶文化，在关中地区是老官台文化，仰韶文化是在其基础上向四周扩散的。它在传播过程中融合了当地文化因素而形成了新的考古文化。从马家窑、半山、马厂以至齐家文化，从时空分布上表现出从东向西扩散的态势。仰韶文化延续的时间长，从中能够看出扩散—趋同—衰落的脉络。其前段，呈文化性质突出、统一性增加的特色，总的特点是红陶的数量占多数，彩陶的数量由逐步增多而达到高峰。其后期的衰退是因为其本身的整体性单一，而各地地方性加强，内部新的因素不断产生，旧的文化统一性又未能整合新的因素，遂被新的文化突破，形成新的更高的文化。传播的机能本身绝对是良性的，但传播模式若僵化了便限制了创新能力，辐射者本身在传播时只有输出而得不到反哺，享受不到信息的回流，势必导致中空而衰落。这是一再被验证的传播规律：信息发达者不会永远是发送者，但它必然会成为传播过程中的承前启后的环节。

目前达成的第二点共识是：各地文化之间存在着影响和传承关系。

在大致相同的地区内，新起的文化往往是传播积渐的结果，不会再是旱地拔葱，重新开始。现在发现的最早的新石器文化遗址在今河北武安的磁山及河南新郑的裴李岗。考古界把与此同时代的内容相似的文化统称为"磁山·裴李岗文化"，它们主要分布在河北、河南一带，还有陕西。裴李岗文化的品牌器物是带足的石磨盘、狭长扁平的双弧石铲，还有陶器。其陶器器形见于后来的仰韶文化，其绳纹和彩绘在仰韶文化中出现得更普遍。圆形、方形半地窖式居住方式，由磁山·裴李岗开端，成为仰韶文化的主要民居形式。这些都说明磁山·裴李岗文化是仰韶文化的前身。

许倬云教授说："紧接着仰韶文化，在中原的晚期新石器文化是龙山文化，其分布更为广大，内容也更为丰富。仰韶文化的农业发展了，因为粮食供应稳定了，导致人口增加。于是一方面有溢余的人口形成更多的聚落，把文化扩散到以前未有人居住的地区；另一方面，也因为可以游徙的空间有限了，聚落居民不得不持久地定居在同一地点。各地的龙山文化，因此而有相当的地方性；中原的龙山文化遂有河南龙山、陕西龙山与山东龙山之分，其中以河南龙山文化为仰韶文化的直接后裔。""中原龙山文化的影响放射于中原以外。"

许先生接着引申安志敏教授的观点：应该视大汶口文化为山东龙山文化的前身。大汶口文化早期似受仰韶文化的影响，然而河南东部的仰韶文化也有受大汶口文化影响的现象。大汶口文化晚期则深入豫中，对地方性文化留下若干可见的特征。另一方面，大汶口文化渡过渤海，使辽东的地方文化具有与大汶口文化相似之处；往南则深入皖北、苏北地区，那里都有大汶口文化遗址（许倬云《西周史》增订本）。

一旦有了传播，文化的扩散与增长就不再是自然增长，而是有文化、技术含量的"扩大再生产"了，尤其是两种以上的文化交错、回流和融合会迸发出高一台阶的文化，而且雪球越滚越大。安志敏教授认为，新石器晚期曾有一番因交互影响而产生的文化融合，如作为仰韶文化的直系后裔的河南龙山文化，与由大汶口文化发展而来的山东龙山文化之间的界限就不很清楚。陕西的龙山文化影响了甘肃的齐家文化，江汉地区的新石器文化与东方及东南的两大文化系统有相当程度的接触与交换（转引自许倬云《西周史》增订本）。凡此种种都说明古代文化间存在着相当可观的往复交融的传播。近来考古发现又确立了山东史前文化发展的序列，按时间顺序排序为：北辛文化、大汶口文化、龙山文化、岳石文化，这说明了山东龙山文化的来龙去脉，更证明了传播在文化纵向传承上的不可忽视的作用。

传播不是静态的、无后继效应的简单移植，它像"潘多拉的盒子"，一旦打开就不再受任何人的控制，在相互刺激中变异、分蘖、嫁接，充满了"再生性"，而且有"加速度"。它不仅是文明演化的催生剂，而且在相邻文化间发挥"互补"的沟通作用，在相接的文化之间发挥"递进"的传导作用。传播在早期人化自然的总体工程中，起着引进"高科技"的作用。随着传播的加强，文明进化的进程大大加速了，如龙山时代的中原地区文化分别成为奴隶制时代各个族属的源头。陕、晋、豫地区这一时期的文化类型有后岗二期文化、造律台文化、王湾三期文化、陶寺文化、客省庄文化等。有的考古学家认为山东龙山文化可能是东夷的祖先，造律台发展成虞，王湾三期是夏文化的一个源头，后岗是商文化的渊源，客省庄则发展出周文化。

泰勒的《原始文化》一书中这样定位传播的功能：某一特殊社

会仍是所有后来社会和文化的发展源泉，其他社会与文化是接受某一特殊社会的文化特质的传播的结果。这种极端的"文明传播论"与极端的"本土进化论"都有偏颇。从抽象的逻辑推论，传播本是传者与受者相互沟通的过程，不是单方面的行为，而是双方建立共知、共识、共感等共同性的过程，也应该是双向协同的结果。本书坚持传播与本土进化都是根本的"两点论"，只因侧重讲传播而不再追述本土进化的简史。

如此简略的回顾，也可以让我们相信：传播是促进文化变革的活性机制，传播是文化延续的整合机制，传播是输出与接收信息的社会化的互动过程。

二、村落·国家

传播是社会的基本机制，传播是任何最小的人际组织都具有的基本的社会生活方式和工作方式。传播是社会系统运行的必不可少的因素，它既是生产力，也是管理方式。

微地貌环境虽是传播的地理条件，而一旦人类结成组织，人类自身的行动就成了更为活跃的因素。现在发现的最早的人类组织是古人类的群居聚落。考古学家于 1933 年在周口店发现"北京猿人"的山顶上，发掘出一个洞穴，在这个洞穴里，有男女老少 7 个人类的头骨化石，他们很像一个家庭。他们能从一百千米外取得赤铁矿石，从几百千米外取得海蚶，说明他们可能已有原始的交易与交通工具了，这是两万年前的"真人"的传播活动。

现在保存最好的村落遗址是仰韶文化的姜寨（在陕西临潼区）。这个村落呈圆形，村子周围是一条宽、深各两米的护村壕沟，在村东留有通路。村内是居住区，居住中心是一个广场。广场四周有五组建筑群，东西、西面、南面各有一组，北面有两组。每组以一个大型的房子为主体，这是氏族公房，用于召开氏族会议、容留各家的成年男子。大房子旁边有一两座中型房子，中型房子是母亲和未成年的子孙居住的地方，它也是家族聚会、吃饭的场所。中型房子周围是小型房子，小型的房子是未婚妇女接待自己的男友的地方。小房子是村子里最基本的单位，房子里有灶，有的小房子里还有陶罐存放粮食。这个遗址反映了母系氏族社会的组织结构，整个村子是由几个有血缘关系的氏族组成的胞族。姜寨的全部房屋皆面向中央广场，而此广场为部落议事，聚会，娱乐，举行祭祀仪式，宣布教义、政令的"人文中心"。有人说，这就是中国最早的"大学"（"成均"）。

聚落形成的原因：一是人类的定居生活，二是社会组织的发展，三是人际联系的加强，四是对外防御的要求。中国原始的乡村聚落和城市聚落都成了后世国家的原型"祖本"。

仰韶文化的村落，一般坐落在黄河支流的岸边或支流与黄河交汇的河边陆地。在河南的伊河、洛河，山西的汾河，陕西的泾河、渭河等黄河支流领域，仰韶文化遗址分布密集，有的村落与现代村落的密度相仿。河南龙山文化遗址中，村落有夯土筑成的围墙以资自卫，这说明村落与村落之间显然有了战争。有些伤残的骸骨成堆地丢在坑穴中，他们大约是战争中的牺牲者。由于战争增多，规模加大，村落出现了城堡。现在发现的城堡有河南登封王城岗、淮阳的平粮台等，后者的防御体制相当复杂，南门底下还有三个陶管子排水的下水道。

完全可以想象他们内部的组织强度与管理水准是相当可观的。组织强度靠血缘纽带来维持，管理当中的计划、组织、指挥、协调、控制都得通过传播来有效地实施。社会协作系统包含三个基本要素：协作意愿、共同目标、信息联系，前两个是信念传播的结果，第三个就是传播本身。管理的类型无非是说服和命令，其实质是两种传播形式，传播贯穿管理的全过程。一个能够协同的村落就是靠胞族内部每个成员都同意的信息指令，人人共享信息的传播是这个组织的无形之网，没有这种网络，组织不会有效地存活，更不会长存下来。

这些及上节所述不同系列的文化之间的扩散与传播，都包含着物质扩散、人种扩散与刺激扩大，其具体渠道包含原始的交换、人口流动将工具及其制造技术带到了其他地方、经济信息相互传递，还有战争不仅刺激兵器的改进，更通过征服促进了不同部族的文化交融，尤其是由于战争或生态的原因迫使族群连串大移动，这是当时文化扩散的主要形态，当然还有放逐（强迫迁移）或贸易等社会性的迁移。

夏、商、周三代就是这样逐渐整合累积而成的，起初它们以族群的形态"到处流浪"，经战争取代共主的过程是个各自通过文化扩散赢得部族联盟扩大的实力竞赛的过程。夏王朝的崛起的时代，即龙山文化的时代，这正是中国历史上一个大动荡、大改组的转型期，是一个民族大冲突、大融合的历史新时期，更是一个文化大传播、各区域文化间相互影响、融合的时期。而大规模的民族迁徙则是文化大传播的主要形式，民族迁徙往往能掀起文化长河的巨浪。

夏代似是第一个超过村落界限的朝代，此时能够动员成千上万的劳动力建筑二里头那样的宫殿（或宗庙）。它本属河洛民族，随着大禹征三苗、伐共工、治洪水而将夏文化传播到太湖和钱塘江地区、华北地区。就连夏朝的都邑都一直处在迁徙变动之中，据文献记载，禹都阳城，少康邑纶，帝相居帝丘，帝宁居原，胤甲居西河，帝桀居斟鄩，夏代五百年的都邑自始至终就没有固定化。夏疆域内部就国中有国，犬牙交错，所谓"当禹之时，天下万国"（《吕氏春秋·用民》）。他们打下一个地方就暂时在那里定都。军事征服为文化大一统的出现铺平了道路，迹近于用刀钺来传播文明。先儒说这叫"文明化"。《吕氏春秋·召类》说舜征苗是为了移风易俗，禹伐曹、魏、屈骜等是为了推行其政教，用现代术语说都叫推进文明进程。禹完成了他的统一伟业以后划天下为九州，铸九鼎以刻画九州的方物，"铸鼎象物"，看了九鼎就可以知道九州的物产情形，这九鼎成为传国的重器、国家的象征。这种做法不但用符号的形式传播了文化，而且用抽象的文化来管理大一统江山。大禹疏通"三江五湖"的治水工程、从北到南又向东的巡视，则是政府行为的管理、宣传，是典型的技术传播、组织传播。

商的祖先契因"佐禹治水有功"而为商族的发展壮大奠定了基础。商族的原居地在河北龙山文化区域，在发展过程中融合了东邻东海岸史前文化的若干因素，以至于有殷商起源于东夷的说法，或视殷商与东夷为一集团，与夏、周鼎足而三。商族的相土就发明了用马拉车、驮东西的方法，《诗经》说的"相土烈烈，海外有截"，即相土用武力向东方海滨地区开拓而有了烈烈功业。王亥"服牛远贾"，即王亥驾着牛车开展商业活动。商汤经鸣条一战，打败了夏桀的军队，占领了夏都，还将祝融集团从黄河流域赶到南方的苗蛮文化区，使青铜文化向南方扩散。

夏商两族共同营造了二里头文化。二里头文化的分布，以伊、洛、颍、汝四河为中心，但边缘的范围很大，相当于夏的疆域。最近的考古证明，二里头文化晚期经过急剧的变化，最后才呈现商文化的特征。这正是夏商相代、由新石器过渡到铜器的时代。

周族的祖先后稷，据《史记》记载是与尧、舜、禹同时的人物，周的先民原居住于晋南的汾水，后受戎狄族的逼迫而迁徙。《诗经·大雅·公刘》一篇描述了公刘率领族人武装移民的景象，他们带着干粮、武器，离开了有"百泉"的地区，登上高岗，往胥及豳地定居。公刘的儿子庆节迁豳，这个地方就是泾水流域先周文化第一期出土最多的长武一带。从公刘传了九代，到了古公亶父的时代，他们依然时常受戎狄的侵扰和勒索，周人送给戎狄许多皮币、珠宝、犬马，但还是无法满足戎狄的野心。古公不忍为了争夺土地而让人民流血，就又一次迁徙，"古公亶父，来朝走马，率西水浒，至于岐下"。他们由豳迁到漆沮的水滨、岐山之下，即今日称为周原的地方（《诗经·大雅·绵》）。周人争取和平不是通过兼并战争扩大版图，而是通过联姻扩大宗族，通过道德感化、文化吸引扩大他们的实力。当然也得打仗，他们先后收拾了密国（今甘肃灵台）、黎国（今山西黎城）、干国（今河南沁阳）、崇国（今陕西鄠邑区），周人用德威并用的方法使天下九州之六州归了自己。周文王迁到丰邑，又建立了镐京（今陕西西安境内）。武王牧野一战，灭商。

夏代以前，政治中心在黄河中段，商人起来，东段与中段拈合。周人起源于山西，他们不忘本族与山西古族夏人的渊源，认夏族是正宗，正面继承了夏代的文化遗产，又因革损益殷商的文化遗产。他先向西发展，又从西兼并过来，整合了"东夷"的文化，遂实现了黄河西、中、东三大段的抟合，然后又转而向南北发展。中国遂成为大一统的领土制国家，并由此决定了中国文化的基本特质和结构。

三、黄河·长江·海外

人们常常以"黄河文化"作为中华文化的代表，因为黄河文化长期居于多元文化的领导地位，不断地给予周边文化以深刻的辐射和影响，为加速民族融合，形成一个地域广阔、人口众多的多民族统一国家，发挥了怎样估计也不会过高的作用。传说，尧舜时代，流共工于幽陵，以变北狄；放獾兜于崇山，以变南蛮；迁三苗于三危，以变西戎；殛鲧于羽山，以变东夷。这种宗族迁徙的传说，折射了四裔对黄河文化的扩散情况。以后又有禹会诸侯于会稽、商纣用兵于淮夷、周太伯奔吴等，他们都将黄河文化广为扩散。黄河文化广为扩散，一是因为其先进性，文化交流的一般规律是：较高的文化必然向较低的文化流动；二是由于其政治上的正统地位，中国一形成国家就具有政治大一统的传统；三是其特殊的自然地理位置具有联通北部草原文化、南部长江文化的必然性。古代中国作为一个巨大的地理单元，与外部世界处于相对隔离和半隔离的状态，而黄河流域恰恰是北部草原和南部长江流域之间的中间地带，它不断地融合草原游牧文化，并持续向南方输送自己的文明。北受南进，成为南北多元文化荟萃交流的要冲、双向交流的"涡轮机"、向外辐射的"扬声器"，带动了文化一体化的进程。这也形成了其自身的一大特征：有进有出的包容性，既是凝聚中心又是辐射中心，从而成为中华文化历经战乱而不断裂的中流砥柱。

当然，不能认为黄河文化是中国文化的唯一代表。长江文化无论在起源之早、程度之高上均不亚于黄河文化，它是整个中华文化的另一大中心区。所谓的夏朝起源于良渚文化说，不管这种说法能否成立，它都勾勒了夏初军政大事与长江流域的联系。纪仲庆在《良渚文化的影响与古史传说》中说，良渚文化以琮、璧、钺为特征的玉器文化沿江而上，经安徽薛家岗折而转南传播到江西鄱阳湖流域的德安、靖安、新余一线，最南到达广东境内，发展出大峡文化；往北则跨江渡淮，传播到苏北、山东一带；又折而向西，出现在西北延安地区（《东南文化》）。陈剩勇则认为良渚文化的饕餮纹为夏商王朝全盘继承，并成为夏文化的核心内容，这一事实充分证明：夏文化起源于东南文化圈（《中国第一王朝的崛起》）。还有与中原文化不同的楚文化，它发祥于长江中游的江汉平原，播染于巴、蜀、滇、吴、越，被及华夏、岭南，在后来的历史兴会中发挥了独特的作用。古若水（今雅砻江）地区有许多古史传说，与五帝有密切关系，是探索中国文明、长江文化的一个值得注意的地区。宋以前的人以岷江为长江正源，岷江也有大禹活动的古史传说。民族的频繁迁徙带动了文化传播的活跃，无论对长江流域还是黄河流域，都产生过深刻的影响。而且有理由说，两大流域的文化，具有同源异流的同构性。

无论是长江流域的文化还是黄河流域的文化，对东南亚、南亚及中亚、西亚甚至环太平洋地区都有过辐射和影响。法国汉学家德·吉列根据《梁书·诸夷传》说和尚慧深到过扶桑国，提出中国和尚发现美洲的假说，200年来不断有新证，有《中国人最早移植美洲说》《哥伦布前 1000 年中国僧人发现美洲考》《扬帆美洲 3000 年——殷人跨越太平洋初探》等许多论文，来证明扶桑国即墨西哥。《龙凤文化源流》一书则认为印第安人的八卦太阳历继承了中国的八卦历，进而推断印第安人的祖先就是五六千年以前东渡美洲的中华先人。美国《国家地理》杂志 1991 年第 10 期刊载了约瑟夫·布鲁查克的论文《奥次顿哥》，文中介绍了奥次顿哥村的易洛魁人（印第安人的一个部落）保存的彩色鹿皮画《轩辕酉长礼天祈年图》和《蚩尤风后归墟扶桑植夜图》。有人认为这是证明易洛魁人是五六千年前移民美洲的中国轩辕黄帝族的后裔的确凿证据。

武王灭商从狱中释放出箕子，但箕子不肯臣周，领着商族遗民几千人辗转流亡到朝鲜半岛的北部建立了国家，定都平壤。朝鲜的史书记载着箕子开国的史实。

中国的台湾岛早在旧石器时期就有人类居住。台南的左镇人属晚期智人，其新石器时代的文化则有大岔坑文化、圆山文化、凤鼻头文化、芝山岩文化等，基本上都是从大陆传过去的，尤其是受与他们隔海相望的福建的昙石山文化的直接影响。圆山文化的带翼青铜箭头，形制与商、周文化相同。中国台湾的学者认为，芝山岩文化在台湾没有主型，不是在台湾土生土长的，其文化内涵与大陆东南沿海，特别是浙江、福建一带的新石器文化有密切联系，应当是从大陆传播过去的。

斯宾塞等的《文化地理学》将文化扩散分为物质扩散和刺激扩散。李约瑟将刺激扩散称为"激起传播"，并说这种类型的传播是一种观念的扩散，它并非通过实物来实现传通，而是由于思想的暗示，引起不同源却大体相似的文化产品，从而可以在没有明确证据时，将时间居后的再发明视为刺激扩散的产物。还有人将文化扩散分为扩展型和迁移型两类，前者是一种顺序传播，接受者或地区会越来越多，像夏、商、周这样的大一统中心都具有这种传播体能。但是就像中国文明中心是不平衡而且多元的一样，各不同的文化集团之间，容易接受单一的技术的或工艺的文化，而不容易接受对方一整套的文化系统。各大区域之间的文化认同有个漫长的过程。

第二章
符号传播

　　中外传播学界对"传播"的定义各有侧重，但都指涉着一个基本内涵：它是人们运用符号、借助媒介表达交流信息的行为与过程。有人强调信息共享（如戈德），有人强调传者传递刺激以影响受传者（霍夫兰）。这里所谓信息，包括观念、态度、情感、方式、方法等人类行为及其凝聚物所含有的一切消息。所以，本章将实物、生活方式统归于"符号传播"。

　　卡西尔在其皇皇巨著《符号形式哲学》中再三强调：人是符号动物；人类只有通过符号活动才能创造出使自身区别于动物的文化实体，并且只有人类才具有这种符号化能力；符号化行为包括语言传播、神话思维和科学认识，换句话说，人类精神文化的所有具体形式——语言、神话、宗教、艺术、科学、历史、哲学等，无一不是符号活动的产物。本章及以后所说的"符号传播"的符号的含义就是这么宽泛。

一、实物中的符号传播

　　一般来说，人类交流的传播媒介有三套系统：一是推理性的符号系统（包括语言、文字等）和绘画、音乐、舞蹈等表象符号系统。二是实物系统，不仅包括与语言文字声像有关的、与通讯有关的实物（如石磬、木鼓、牛角），更是指凝结人文信息的各种物产，它们从源自地向四外扩散，本身既是传播的内容又是文化载体。三是人体系统，包括人际传播和族群迁徙等。

面对面的人际交流是从古至今最基本、最常见的传播方式，但是古人类的言语及其言说方式，尤其在没有文字及其他凝结形式（如结绳、刻木）出现之前的那漫长的岁月中的言说，是我们永远无法知晓的；即便是现在出土的早期文字，我们还有很多不认识。民族学家、人类学家根据对现在的原始人的研究来猜测古人类的生活方式，他们的工作异常艰难，所得的结论也是仅供参考而已。古人类的言说方式，尽管是传播史上首先而重要的课题，我们却无可奈何。

比如说，西安半坡遗址中的石器所用的石料有玄武岩、砂岩等40余种，其中8种如片麻岩、石英岩产于西安附近的翠华山、临潼及蓝田等地，其余大都产于关中以外地区。半坡人是怎么与外地氏族交换得到这些石料的？他们跟人家怎么说，用的是什么语言？半坡人到各地采购石料时，会不会将打磨石器的方法传授给别人？今内蒙古呼和浩特市东郊的大窑村南山、前乃莫板村脑包梁，居然是旧石器时期的专门的石器造场！没有成规模的需求，不会出现这种专门开采燧石、制造石器的基地。还有仰韶的遍地开花的制陶技术也是一个谜——不可能是一拨技术工人从黄河上游一直干到下游，而且他们一直干到龙山文化时期。当时必有像样的技术传播。

对今人来说，还有一个"黑洞"是祖先们的自我传播，他们显然有了内心活动、爱美之心。山顶洞人换取海蚶壳只是为了装饰，各新石器遗址中饰物占相当的比重。他们当时应该是有共同的美感的——他们可以共享一些美的信息，也有相同的饰物流行为证，但美感主要是个体感受，它有着不可争辩的趣味差异。这中间的差异与和谐是怎么协调的？在语言出现之前很久，人们心中也许已有某种很基本的东西。原始人在能讲话以前，也许看得很清楚，模拟得很巧妙，能做手势、能笑、能跳舞、能生活，会害怕黑暗、雷雨、怪物，还会做梦——这些自我传播的内容一定很丰富。只是因为没有语言，无法向同类传达信息，无法形成传播，从而使后人永远无法知晓。

还有我们的祖先在洞穴的岩石上画画是为了总结经验昭示后人，还是为了祈福消灾？是在向神传达自己的心意，还是为了在"石史"上留大名？陶器上的纹饰是占有的标记，还是在积累知识？在武器上刻画符号是为了赋予它们更大的魔力吗？那一场场通宵达旦的原始舞蹈是为了娱神还是为了自娱？原始人活得很苦，但也很美，他们有自我传播的自觉，更有与同类传达信息和情感的愿力，还有向大自然和神灵通话的愿力。

不会说话的原始人在会偷、抢、换别人的粗糙的石器时，就接受了石刀、石斧上所凝结的文化信息，紧接着的照猫画虎的仿制就是真格儿的学习，当然还包括使用那些器具的方法。美国心理学家杜安·罗蒙巴说："猿有能力使用信号来代表当时当地不存在的东西，这是人类语言的语义的本质之所在。"人类学家发现类人猿具有使用和制造简单工具的能力，存在着运用符号及借助于这些符号进行简单思维的能力。人与猿在遗传物质上的差别很小，但人的行为方式却发生了根本的变化，根源在于人类有传播、再生信息的能力，从而滋生了使用工具的需求并扩大为制造工具的需求，正是这种需求使人类有了"自由自觉活动"的类本性（马克思语），从而形成人与猿的根本区别：人能够通过自己的活动改造自然界，为自己创造出人工环境，而类人猿则不能。

现在已发现的新石器时期的文化遗址有 7000 处，出土了亿万陶片和用各种石、玉、兽骨、蚌壳、木、布制作的农具、渔具、猎具、炊具、编织器具、饰物；青铜器则以酒器、祭祀器、兵器为多，还有他们留下的岩洞、石棚、巢居、土穴……在这浩瀚的文化遗存中，凝结着中国人传播信息的技术和艺术，凝结着自我传播、人际传播、组织传播、有限的大众传播等全部的人类传播类型。

比如说，周人在先周阶段，可能在山西汾水一带，承袭了当地的光社文化，以及若干草原文化；后来他们迁到渭水流域的岐山脚下，又与陇右的羌人进行了文化融合。"同时，优势的商文化在每一个阶段都对周人有相当的影响。岐下先周文化也自然与土著的陕西龙山（客省庄二期）有文化交融的过程，而商文化的强烈影响在岐下时代更为显著。但是周人对商文化仍是有选择地接受。铜器的铸作，由模仿商器而逐渐发展周器的特色；陶器的制作则逐渐脱离了地方特色，与商器因交流而融合为同一传统。"（许倬云《西周史》增订本）

日本学者松丸道雄仔细审察若干铭文的内容及器物上的位置，认为接受王室赐器的诸侯，往往翻铸同式的器皿，但修改了铭文的内容（《西周青铜器制作的背景》，载于《东洋文化研究所纪要》第72 册）。这是高难的实物传播的例子，自然也是很晚后的事情了。

殷商及周初的制范方法是一模翻一范,在西周中期出现了一模翻数范的方法。西周铜器有甚为相似的数器,是由于有了这种批量生产的方式。青铜工业和玉器的制造就这样扩散于各诸侯国,诸侯国内又在上等贵族、军官之间扩散开来。

是否可以做这样粗糙的划分:在各种实用性的器具上凝结着技术信息的传播;在各种非实用的作品中不但凝结着工艺技术信息,更包含着形而上的"思想"、人文的"态度"等精神文化信息的传播。

传播途径有贸易中的相互渗透、互相满足供求时的技术转让、对新实物的仿制、部落酋长或联盟共主的强制推行、同一氏族中的传教与学习、战俘将彼一区域的文化带到此一区域、征服过后的"说服"、低层次文化区主动向高层次文化区靠拢、不同行业之间在劳动合作中的"交叉感染"、交通线上的自由接触、巫师与族长的规范化教育……并且层层扩展化,信息流以其极强的渗透性、再生性扩散着。古代文明的演化、古代社会的进步靠的就是拾级而上的"信息革命"。任何文化生产都是社会性的,任何新的文化创造都是旧的积累的突变,新的传播创新是旧的传播积渐的结果。

二、生活方式的传播

仰韶文化的遗物中有一件人面的彩陶,这个人头上戴着一顶尖尖的帽子。近年在新疆发现的距今3000多年的古尸,头上戴的就是这种尖尖的帽子。这种尖帽显然是由仰韶文化传过去的。

那么,编织尖帽的工具、材料、方法势必也都传了过去,而且既然戴帽子必穿衣服,不可以头戴着帽子,下边还裹着兽皮树叶。

新疆人现在的着装方式倒有点像古代中原人的上衣下裳，束发右衽，但这是后来的事情了。山顶洞人遗物和化石程度较轻的扎赉诺尔人文化遗址中都有骨针，贵州的普定穿洞和辽宁海城的红土洞都出土了骨针。既然有了针就可能会简单地缝制兽皮以遮身御寒。传世的陶器有绳纹、布纹的印痕，又有捻线用的石纺轮和陶纺轮。新石器时代，人们已经懂得纺线织布，这种纺织工具得到广泛传播。到了商周之世早已是顶冠蹑履的华夏衣冠的时代。安阳小屯村出土的两个碾玉童子，都是头上两个丫角，身穿右衽、束带及膝的上衣，下穿长及脚面的裤子，脚着平底鞋，其装束与辛亥革命前的民间装束，已无多大差异。自然，商周人的衣着水平也是一步步提高起来的。关于颜色，夏尚黑，殷尚白，周尚赤，大一统王权的组织传播力度极大。"易服色"是改朝换代的标志，其严格程度虽不像辛亥革命的剪辫子，但也是制度性的规定。体现商周人衣着档次的自然是权贵、富商们，他们冬裘夏帛，一般平民则是穿毛布的褐衣——直到后来当官了叫"释褐"，就是脱了布衣，而不当官的人名头再大也自称"布衣"。

古人上衣下裳，上衣右衽，由商代石刻人到战国木俑，基本上并无大差别。稍后有了"深衣之制"，衣裳相连，被体深邃。据《礼记》"深衣"篇的说明，这种衣服宽博而又合体，长到足背，袖子宽舒足够覆盖肘部，腰部稍收缩，用长带束在中腰，在各种正式场合都能穿。

早期服装传播的大案，莫过于著名的赵武灵王的"胡服骑射"的改革了。由于游牧骑马的需要，胡人穿短衣、长裤和革靴，衣身紧窄，便于活动。而中原地区自夏商之衣冠文明以来一直流行宽衣博带式的服装，这不利于打仗。而当时战事频繁，所以赵武灵王排除各种阻力推行服装改革，采用胡人的服式并学习骑射，从此赵国成为战国七雄之一。胡服也从此在中原流行起来，成为华夏民族服装的一部分，并一直沿用至今，尤其是今天所谓的长筒靴，正是赵武灵王实行胡服骑射后，从北方传入中原地区的。

从社会学的眼光看，生活方式就是文化。先人那"活"的生活方式，即当时的生活韵致、情调属于时间传播的层圈，已与时具逝，不可复原，但在当时的确起过传感、传染的作用，比青铜器模仿石器对当时人的影响还大。有了文字以后，他们记载了许多"楚王好细腰，宫中多饿死""齐王好紫衣，人人皆穿紫"之类的故事。

再说吃，早期的文明分期差不多是以食物的变迁为标志的。北京猿人按不同季节分别以肿骨鹿和梅花鹿为食，浙江余姚河姆渡人以鱼类作为主要食物。等家畜代替了野生动物则到了新石器时代了。地利之便规定了人们的可能的食品来源，但人们的捕猎手段的提高会扩大食品的来源。弓箭既用于陆地猎兽也用于水上捕鱼（《左传·隐公五年》"矢鱼于棠"）。捕猎方式规定了人们的基本食谱，捕猎方式的传播也影响人们烹饪对象及方式的改进、变化。"北京人"早就会挖个坑当陷阱等动物主动入围，他们主要的预期目标是鹿。后来又有了让牛羊入"牢"的"术"，让野猪入"家"的"术"——后人调侃"家"是猪圈居然还正合了这个字的本义。

从用三块石头支着陶罐到青铜的鼎，凝聚着多少人类传播炊事经验、知识的故事？鼎，从小到大，又从大到小——开始人们冶炼能力不够，铸不出大鼎。到后母戊鼎出现时期能煮整只猪、整只羊了，奴隶主及其宾客们围在鼎旁，坐着厚厚的垫子，用长柄尖头薄刃的铜匕伸向鼎内剜取熟肉，置于俎上，再用鸾刀切碎——不知道西洋人用刀叉的进餐方式是否从中国传过去的？人们渐渐觉得不便，便每人面前放一只小鼎，不再围坐。天子食九鼎，卿大夫用五鼎。《汉书·主父偃传》记载："丈夫生不五鼎食，死则五鼎烹耳！"可见这种生活方式多么具有"号召力"。上等人是肉食者，下等人则食用五谷，所用器皿主要是陶器。殷墟遗址中有一处埋有一具人骨的土坑，人骨的身旁是一件未制的琢器，还有一个破鬲，鬲就是他的饮食用具。青铜时代狗肉是极其昂贵的食品，蒸狗肉请人吃是像样的贡"献"了（"献"字由此而来）。

喝酒之风，从猴子传给人，中国人的喝酒史差不多与吃饭史一样长，但是到了奴隶社会，就只有上等人大喝特喝了。古人认为酒是连通神意的神秘之物。祭祀天地鬼神必用酒，酒后的迷幻状态也让人飘然欲仙。大禹喝了酒以后，"绝旨酒"，并说"后世必有以酒亡其国者"。商纣搞酒池肉林时，他的国家就彻底腐败了。喝酒风的传染、传播可以以今例古。

青铜酒器种类繁多，名称各异。酒杯则以骨器为主，尤其名目多样。饮酒在上流社会的泛滥程度可以通过有的人以不饮酒为美德反衬出来。周康王姬钊在《大盂鼎》的铭文中把不饮酒作为自己突出的美德。无论喝与不喝，榜样的力量都是一种风气传播。

古人居所样式以地方特色为主，但也有相互影响的成分。杨公骥先生洋洋数万言的宏文《考论古代黄河流域和东北亚地区居民"冬窟夏庐"的生活方式及风俗》，以令人无法置疑的证据雄辩地证明了：上部圆形穹隆状、中间开口、下半在地下的地窟遗址，不仅大量地存在于黄河流域（以西安半坡遗址的住房为典型），而且在我国的长江流域（湖北、江西）、松花江流域、黑龙江流域等地曾被发现。杨教授说："这表明，在古代，这一地区之间有着密切的文化联系，存在同一的文化和生活习惯。"（《杨公骥文集》）这种被古人称为"陶复"的半地下室式的地窟，下半截"凿地"，上半截"累土"或在四面并置木柱做墙壁，南面留口做进出的门。人们修筑东张水库时，也发现一处新石器时期的住房，与半坡遗址的差不多，只是并置的是石条，而非木柱，这是就地取材的缘故。也许是一个西安老兵流落到了福建，他就这样就地取材地干起来，然后人们纷起模仿，一种建筑样式就这样传播成功了。

东南水乡的房屋总体上与西北、中原的不同，如河姆渡遗址的房屋，就是架木为屋，高出水面，以板柱用榫卯相接。良渚文化圈的房屋大多是这种样式的。在云南那边则是典型的巢居。

到了商周时代，自然还有穴居的，但有了与后来的无不同的宫室，带套间的为宫，并且已有了四合院。陕西扶风县凤雏村出土一处先周的院落遗址，正北面是主房，其布局与《仪礼》所谓前堂后寝相合。

如果说，简单的房屋样式还不易看出传播互动过程，那么一旦组成城市，就立即可以想象相互间的传感、传通了。因为城市是社群的权力和文化的汇集中心，也是各种层面生活的辐辏集合地，从而使得各种文化因素的影响力和重要性持续增加。社会交往的范围拓宽了，相互沟通促进了共同性的增长，显而易见的是共有的行为模式及类似的建筑风格成几何级数增长着。

欧洲是有了文字才有城市，中国的城市不是思想、艺术之类派生物，中国的大都源于实用的需要。传说鲧堵水时"作三仞之城"，最早记录城堡的文献是《世本·作篇》："鲧作城郭"；又说城堡是禹治水后的"自然"产物。连续9年的洪水，把一些丘陵地带包围了起来，分割成一块一块的干地。一块一块的干地上的人就不能再坚持过去的血缘纽带，而需要与同住在一起的人结成新的共同体。大禹疏导洪水入海以后，就势将天下分成九州。新的人口组合需要新的制度，于是有皋陶作律——国家出现了。《中国古史的传说时代》的作者徐旭生教授在快要80岁时勘察了文献记载的在河南的夏代故址，终于在登封找到了痕迹。而后考古人员在登封市告成镇发掘河南龙山文化中晚期遗址时，在上层的春秋、战国和汉遗址中均发现了有"阳城""阳城仓器"字样的陶器残片，证明了"禹都阳城"的阳城是现在的登封。而后又在距此不远的颍河北岸和五渡河西岸相夹的三角台地上，被称为王城冈的地方，发现了两座东西相连的龙山文化中晚期夯土城堡遗址，已基本被确认是夏代的建筑物。在河南周口淮阳区东南约4千米的大朱庄西南，面积5万平方米的堆积层下，发现了号称"平粮台"城址的龙山文化的古堡遗址，这座古城呈正方形，长、宽各185米。据C-14探测，它距今4600多年，是我国迄今所知最早的城堡，可能是先夏的城堡。

《说文解字》中"城"不作形声字，而说是从土成。"成"从古文字看是斧钺的"钺"的造型，当是"有武器的根据地"的意思。古语有"一成一旅，可以中兴"的话头。无论是为了堵水还是为了防敌，反正是基于实用的必要。

纵然商城的规模扩大了，但基本间架还是模仿古城的格局，显出纵向传播的威力。继承和学习是创新的基础。周朝的城市有了长足的进步，但脱不掉旧的模式。传统一旦形成就有传播信息上的制约力。到了战国时代，曲阜鲁城、齐临淄城、燕下都、郑韩故城、赵武灵王城等名城，相互之间有同有异，横向的交叉影响是一言难尽的。有了城市以后，文明进步的加速度一日千里了。

就说齐国的临淄城，其西北是政治中心，有"桓公台"，东北是"金銮殿"，南部是制造货币的遗址，还有著名的"稷下学宫"，这是各诸侯国的学人都来交流的学术文化中心，更是新思想、新观念的发射中心、传播中心。

有了这些名城之后，以后重大历史节目就几乎聚焦于几个成为政治、经济、文化中心的大都城了。城里人的生活方式成了体现时髦、"现代"水平的生活方式，也是最具有意识形态含义的生活方式，因为它们体现了中国这个礼仪之邦的礼仪水平。城里还是各种游说者的竞赛场，各种学说的消长形成了不同思潮的起伏。想办法说服别人的"说服学"，成了传播领域中的最有实效的部分。

而且，有了城市以后，"工匠八方来，货成天下走"。然后"相沿成风，相染成俗"，经济的民俗（生产、商业贸易、消费生活）、社会的民俗（家庭、婚姻、社群组合方式）、信仰的民俗（迷信、节令等）、游艺的民俗，在人们之间磨合着成为趋向一致的生活方式，即后人所说的文化。城市不仅提升了土地的生产能力，也提升了人类综合创造物质、精神的生产能力。城市是荀子所说的人能"群"的极致。城市中的人不再担心野兽的侵袭了，他们的许多灾难反而是来自人本身。

三、交通工具：桨、船、车

在早期新石器遗址中，能够黯然进入人们视野的就包括交通工具。河姆渡遗址出土了一件独木桨，形状与今用木桨大体一致，还有弦纹与斜线纹相间的图案。良渚遗址也出土了一件木桨，全长近一米。杭州水田畈遗址出土有两种木桨，一种是宽翼式，另一种是窄翼式，后者出土数量在三件以上。还有其他类似的例子，说明桨的发明年代至少在新石器时代早期或旧石器时代晚期，只是因为木质易腐，不易保存下来。利用水的反作用力这种物理学的胜利，此处不讲，我们想到的是水上交通的景观。《周易·系辞》说黄帝、尧、舜时代人们"刳木为舟，剡木为楫。舟楫之利，以济不通"。克服空间阻碍，变不通为通，而一旦通了，就可以互通有无，促进了人类共同体的物质文化、精神文化的交流。

所谓刳木为舟，就是将一根巨大的木头，中间用火烧焦，然后用石锛挖去焦烂的部分，中空后即为独木舟。在广东广州、江西和江苏的太仓等地已发现独木舟实物。福建武夷山船棺葬的船棺，距今3000余年，也是独木舟所制。独木舟已发展为葬具，它的自然使用当大大早于此。还有人据造独木舟的方式推测当时已有铁器普遍使用。

《周易·系辞》还说："服牛乘马，引重致远，以利天下，盖取诸随。"驯服野生动物是人类对于动物界的一大胜利。用牛马来当交通工具更显示了人的"善假于物"的狡黠——人的专门化程度不如专门的动物，但能控制利用专门化的物种为人服务，这是最初也是最大的"人文"果实。现在在新石器时代的遗址中尚未发现"车"的实物。然史籍中的黄帝亦称轩辕氏，而"轩辕"二字皆从车旁，其字意亦为车，可见至迟黄帝时已有车了。木质的车同样不好保存，北方又易风化。现在没发现车不等于当时没有。

到了夏商周时代，舟车已相当发达，"行旅"一词频繁出现在古籍中。现在已见的甲骨卜辞中有许多问出行吉利不吉利的文字，睡虎地秦简的《日书》中有大量行归宜忌的内容。最早，百姓是否有舟车不会见到记录。《诗经》中的《国风》则有不少描写小人物坐船的诗篇，如《二子乘舟》《柏舟》《河广》（"谁谓河广？曾不容刀。""刀"是极小的船）。《匏有苦叶》写了呼唤摆渡船的情景（"招招舟子"）。《考工记》说住在河流交叉地带的人，家家都会造小船，所以没有造船的专家。商周的甲骨文、金文的舟字正是小船的速写画。《史记·夏本纪》写大禹治水时"陆行乘车，水行乘船"，武王伐纣时所乘的船已有彩绘装饰。

《周易》六十四卦中有名"旅"的卦。《周易》爻辞中《大有》："大车以载。"其他卦辞中也有提到车舆的。《诗经》中提到车的地方数不胜数："大车嘻嘻""有女同车""以尔车来，以我贿迁"等。日常生活中，士大夫出门都有专用的车。殷商车制已经完备，有天子之车、礼车、兵车等。人们在安阳殷墟武官村大墓发现马车坑，马车的木质腐烂，车型尚在，还有銮铃等配件。因为夏商周三代的中心基本是在平原地带，所以在日常行旅和军事上，车都是重要的交通工具。武王伐纣时有所谓戎车三百。那时的教育门类分为"六艺"，其中之一就是"御"，这也可证明车在社会生活中的重要性。

车的制造是综合性的工业技术。《周礼·冬官考工记》说："故一器而工聚焉者，车为多。"《考工记》中有"车人""轮人""舆人"等。一车之制作，须动用木工、青铜工、革工、玉工诸项手工艺。车马在周朝，除了实用意义外，还有礼仪的意义。一个贵族能使用的车马数量及其装饰，都按等级而增减。一国一家能动员的兵车数量，反映的不仅是兵力的强弱，也说明其掌握资源的多少。考古资料中所见的周代乘车遗物分布于西安、宝鸡、洛阳、浚县、上岭村各处。车的构造与殷商车制无甚改变。

四、文字

比狭义的交通更重要的是精神的交流传通，当原始的人口变成开化的人口，为了运转复杂的社会组织，为了跨时空地传承知识和经验，须找到胜过口语的工具，这个工具就是一个共同体——能够"你知我知"的文字。世界上所有的文字都是从象形图画过渡演化而来的。中国仰韶文化遗址出土的陶片上刻着符号，有人说是文字，有人说不是，但大汶口文化遗址出土的陶器上的符号已被多数学者认为是早于殷商甲骨文的文字，名为陶文。在大汶口文化遗址共发现9种文字符号（包括可释的6种和暂不可释的3种），完全不同于过去仰韶陶器的那种随意画出的纪事符号，它们笔画工整，繁复多样，结构有规则，并已趋于固定化，有的反复出现，写法如出一人之手。多数文字学家认定它们是我国早期使用的原始文字，距今已有4000~4500年。与此同期的二里头文化、江苏连云港的将军崖岩画上都有一些表意的符号。《新华文摘》1988年第2期转载了《光明日报》《人民日报》的两则报道，1985年5月在西安西郊门斗乡花园村龙山文化遗址出土的15块兽骨、兽牙、骨笄上都有契刻文字，比殷墟甲骨文早1700年，属于夏代。1987年12月在河南舞阳贾湖发现的一处距今8000年、相当于裴李岗文化时期的新石器遗址中，出土甲骨上所显示的契刻符号，比半坡仰韶文化的刻画符号和大汶口文化的文字早2000年，比殷墟甲骨文字早4000多年，其个别形态且与之近似。这些都从时间条件上辅证了陶文是文字的说法。许慎在《说文解字》中说，庖牺（就是伏羲，传说中的人类始祖）氏见鸟兽之迹而作八卦，这是文字的开始；至黄帝时的仓颉才造成书契。篆书的"契"字是人拿一把刀刻道道，"书"则是人手执笔画太阳，书契就是符号与象形相结合造成的初期文字。从伏羲的名号可以看出，那时尚在渔猎经济时期，与后来古姓皆带"女"旁不同，说明其时尚未进入母系社会。至于仓颉，他可能是黄帝时代的巫师。

最早使用文字的动机不是为了"广而告之"，而是为了"窄而告之"——为了秘传、秘记、给自己的发现加密，如秘方、咒语，让更多的不识"字"的人觉得神秘难测，或记下只有少数人明白的暗记。随着人的倾诉本能的发动，传之久远的占有心理的驱使，人类自我标榜的虚荣心的强化，支配别人的权力意志的膨胀，人们开始扩展文字的功能。起初，生命只是老死幼生的复演，像爬行动物一样，全部的心理生活都是遗传的结果。后来，人们从"默训"中得到经验传统，并开始有绘画和雕刻的纪事和口语传统。部落的弹唱诗人（盲瞽诵史）、民间的行吟诗人将口语传统发展到了和今天差不多的样子。

最早的文字是标示氏族、家族的"族徽"，然后是常见实物的名词，如鹿、马、豕……这个特点也表明人的自我传播需要是首要的。这种命名的冲动是人文情怀的基本倾向，包括在墙壁上图写姓名的自我标榜的天真的愿望，然后是诉说的愿望，这些都使人类的经验和知识、传统得以扩展。后来，基本动词也终于出现了——主要是借助两个或两个以上的象形符号，组成一种表现动作行为的新的字，如两手相合为"共"，两足相错前行为"步"，"言"是口连续吐气等，再后来出现了表示感情和联想的会意字，再有了用"借假"字表虚词的能力，人就可以用文字写简单句了。直到有了会意字、假借字时，文字就可以记录成句的语言了，尤其是可以用有限的汉字记录大量的语言信息了。假借字的使用扩展了汉字的表音功能。文字成了交流思想感情的重要"传通"工具。

现在一般认为使用假借字的里程碑是在距离大汶口文化晚期半个世纪左右的夏代的中期。假借字的普遍使用，又产生大量的同音字，这与汉字本身形、音、义统一的特点发生冲突，又因"白字"太多而会产生误解。随后人们又摸索出由一个形符加一个声符的造字方法，用象形或会意字作形符，使人一望即知其义，同时又保留了借字表音的假借方法，声符使人一望即知其音。这种形声字有效地避免了同音通假造成的信息传达中的混乱，而且制作简单，于是很快就成了汉字的主干，殷墟文字中已有大量的形声字。

殷商的甲骨文已经具备"六书"（象形、会意、指事、形声、假借、转注），词类齐全，语法完整，比《易》《书》《诗》等文献所见的语言系统要早几个世纪。但现在见到的甲骨文是商代后半期盘庚迁殷以后的文字，实际上只是武丁以后的文字，与新石器刻画符号之间有4000年的"缺环"。

关于甲骨文字所记载的内容，有人分成10类，有人分成7类，有人分成4大类21小类，有人分成卜辞和纪事两大类，但这些都是商代王室的档案，不然不会数世累积、甲骨分埋。不过，也出现了非王室的卜辞，说明占卜这种"求知方式"在传播。另外，卜辞中家谱刻辞说明谱牒学这个纵向传播的门类起源甚早。甲骨文作为商代的王室档案则证明了巫史的确是同源的。

随着文字的创造和广泛使用，人类的传通就变得更加多样、更加准确。在此之前随着世代变更的口语传统这时才开始固定下来。相隔百万千米的人们有了文字就能互相沟通思想了，越来越多的人开始分享共同的书面知识、对过去和未来的共同之感。人类的思想变得能在广大范围里发生作用，千百个头脑在不同的地点和不同的时代能够相互引起反应；文字本身成了"千年会说话"、自身就能绵延的"传媒"。

孔子说："殷因于夏礼""周因于殷礼。"（《论语·为政》）"周监于二代，郁郁乎文哉！"（《论语·八佾》）这是说周文化是在夏商文化的基础上，优胜劣汰地向前发展的。现在已在西周的故都周原（岐山脚下）发现了西周甲骨文。当然周代的文字载体更重要的是青铜器。商代的青铜器已在刻写文字，但金文的兴盛是在西周，主要表现是各种形式和内容的长篇铭文陡然增加，有的铭文几乎可与《尚书》的一篇篇幅相近，这显示了文字记述能力的明显提高，更显示了文字在传播政治、文化信息方面的重要功能。祭祀、纪事类的文字明显比殷商的甲骨文、金文完整、严密，像篇文章了。册命类显示了王权管理国家的威力，这是一种通过信息控制大一统国家的管理方式。册命金文的文字很长，写作者主要是史官。春秋以后，王室衰微，不再有册命金文。最具备政治势能，像后来的圣旨、领导讲话和社论的是"诰辞"，它充分显示了文字这种传播工具在意识形态大国中的重要地位。从法律文书、契约类的金文则能看到文字在社会交往中的全面运用：土地交易、经济赔偿、诉讼案件等，使用文字已经成为民生、司法的基本手段。此外，还有专门发布律令告示的金文，这是典型的"组织传播"，如有名的《兮甲盘》，它告示淮夷之人必须按旧章程交纳财税，必须按规定到军队驻地服役，经商的人必须到指定市场上交换货物，否则予以刑罚。这种传播是强有力的管理，后面还要讲到。

东周以后各诸侯铸造的青铜器上的铭文，显示出地区差异，楚、吴、越流行鸟虫篆，文字出现了国别，但又相互影响，此外还有蝌蚪书、蚊脚书等新字体。东周除了金文，还有石刻文字（石鼓文）、"盟书"（用毛笔写在圭形玉、石片上，有朱、黑二色）、简牍（竹简、木牍）、帛书（墨写于绢）及书写于俑、漆木器、纺织品上的文字。书写文字的工具极大地丰富、发展了，从而使文字成了社会传播的重要工具和通道。

从卜用龟甲的来源能够看到当时"交通"的幅面相当辽阔。经鉴定，殷墟出土的卜用龟甲的种属一是中国江湖所产的胶龟和陆地龟，一是中国近海的海龟。这些龟主要是各地的"贡品"。商在未灭夏的时候已是东方大国，《诗经·商颂·长发》说"相土烈烈，海外有截"。在相土时期，商朝已经在东海海滨及"海外"建立了势力范围。夏朝向西北、东南发展，商朝由东向西推进，随着军事、政事势力的扩展，遂有交通区域的开拓与充实、水陆交通工具的普及与提高、道路邮馆制度的建立，尤其是贡赋体系依靠集权政体的国威，比民间贸易更有力地推动了"交通"的发展。周朝又从西边的岐山一直推到东海，特别是实质性地沟通了与长江流域的军政、民政的交通，就有了"好大一个家"。

第三章
"术" 传播

中国文化区别于古希腊、希伯来文化的一个重要特点在于，中国既不讲求古希腊式的理性，也不讲求希伯来式的神性，它讲求一种术道合一的"术"。科学、神学或学术都不及当场见效、现场发挥的"权术"（权者，变也。权术，最简单地说，就是随机应变的智慧）更受中国的强者、智者的青睐与偏爱。之所以说中国是"早熟的儿童"（马克思语），是因为中国人有早熟的"术"意识。中国成为"术"的泱泱大国的很大原因在于它一开始就有发达的"术"的传播。

一、道术一体

"术"不仅体现于凝结在实物中的制造术和工艺，以及使用各类器具所从事的行业技术，还体现于支撑这些表现的深层的"哲学"——更玄妙的道理——"道术一体"是人们最基本的世界观、方法论，从而体现于形而上、形而下的精神、物质世界，成为"中国制造"的诸种东西的根本特色。举一个具体而微的例子：被称为是中国超稳定结构象征的"欹器"——宥坐之器，就因为它体现了中国哲学才成为宥坐的警示符，它水少的时候就斜着，注水正好时它就正了，再满了它就翻了。构造这种东西的物理技术是受哲学支配的，技术后面是学术——道。可以说是各种"术"的传播直接推动了中华文明的进步，只是经过后人的"学科抽象"后，这些术显得只像是孤立的"技术"了。

比如有了农业技术以后人类才不再为了寻找食物而流徙，才告别岩洞，形成平原上的村落。驯化动植物的技术，是与农业经济相互刺激扩散出来的，这些技术尤能体现出人类"理性的狡黠"。各地的新石器遗址几乎都有猪、狗、马、牛、羊的骨骸，这表明"六畜"早已被驯化，人们还有了配种技术。对马的去势术据说是在黄帝时期由马师皇发明的。商代则确实有了阉术，这类人体手术是要先在动物身上实验的。日本人川田熊青曾专门研究中国古代的去势术，认为世界上中国最早进行对马的去势术。这种去势术体现了中国的阴阳观念，这种观念影响了中国人的人生哲学、人生态度。古典社会学家查尔斯·库利说："自我与社会是一对双生子。""如果个人那里有一种普遍的本性，社会那里也一定有一种普遍的性质与之相配。"（转引自郑也夫的《代价论》）在中国这样的"术"国中，自我与社会的"同构"关系则尤为典型、刺目。究其原因，表层原因是官本位一元体制从未分化，深层原因在于道术一体（天人合一的表现形式之一）的思维品质。

原始的种植技术、石器打制技术、钻木取火术、陶器制作技术、纺织技术、竹器编织术、布帛手工编织术、冶金技术、制作使用弓箭的技术及将弓改造成弦乐器的技术、巢居建筑术、天文学、数学、医学、药物学、服饰美化术、制作刻写工具的技术及刻写的技术等，这些"术"的传播推动了历史、文化的加速度发展。这些术的传播是对全民智力的开发，也是对全民思想观念的大改造。

譬如，每门手艺都会发展出独立性、行业的共同感。工匠们比耕地的人能够更快地聚集在一起讨论自己的事情，他们比农夫先进入城市，成为开化的人口，并开化别人。这种手艺、技术背后都凝结着"思想"，就是好像最没有专业性能的农业，也有"道"，如讲究时宜、地宜、物宜的"三宜"原则是"三才"理论的衍化——所谓"三才"就是天道、地道、人道，这"三才"（天、地、人）其实是贯彻于任何领域之中的、与"三光"（日、月、星）并称对举的人世间的"基本要素"。

且略说农业技术传播的一个现象：关于北方之粟与南方之稻的种植术的起源，现在还在讨论，令人信服的还是本土起源说，是本土起源后又在像波浪一样逐渐向外扩展。粟和黍起源于黄土高原已成共识，稻作的起源地已有八九种说法，有的说从杭州湾向外扩散，有的说从滇池向北扩散，还有种稻术的多中心说。不管怎么说，这些科技性的"术"，直接关乎民生有传播的迫切性，也不蕴含价值观念的冲突，传播的力度和速度相当的大。古人常说的神农"教"人播五谷，这个"教"就是在传播种植术。

人们捆绑在一起一是靠血缘，二是靠道术一体的共同感。所以，中国的民间有各种道术，它们靠着传统的力量和具体的效果传播着消灾解难的神话。

就连最有信仰色彩、象征性权力的"图腾崇拜"，在中国也是守法的含义大大超过了宗教信仰的含义。中国的图腾崇拜起始就是氏族的族徽，就与祖先崇拜同体共生，就是认同动植物，也是建立起与它们的血亲关系；如人兽同祖的图腾，则体现着追寻始祖的冲动。中国的图腾随着氏族的融合而具有明显的组合趋势，渐渐形成龙凤文化。多元演化、聚拢合一是中国文化演进的总特征。龙凤图腾各有演化史，龙有鳄龙、蛇龙、豕龙诸类，凤有鸡凤、鸷凤、燕凤、鸾凤诸类，它们逐渐组合成中华民族大共同体的主要吉祥物和标志，而成为文化象征却不再是狭隘的族徽。仅就这个演化史而言，图腾没有发展出宗教，而是发展出伦理信号极强的艺术（详见程德祺《人类社会宗教与科学的起源》、岑家梧《图腾艺术史》）。

对祖先崇拜则朝着功利的实用的方向发展：在远祖崇拜的基础上发展出圣贤崇拜并演化出后世的权威主义；在近祖崇拜的基础上发展出成熟的宗法主义并演化出后世的集权体制。这一路则是各种政治权术的"河床"——演播室。

教育和艺术是传播"术"的最重要的通道，当然其本身就包含着、就是术。

二、占卜与巫术

讲究"制天命而用之"的中国人，并不虔诚地听任神义的安排，他们用巫术来在被动中寻求主动、在"解释世界"时谋求"改造世界"。

像文明起源的中心似满天星斗一样，占卜和巫术也是到处流传的，遍及草原文化圈、黄河文化圈、长江文化圈，起初说不上谁影响谁。《国语·楚语》记载了观射父答楚昭王问，说古代有专职巫觋交通人神，后来民神杂糅，家为巫史，颛顼帝命重、黎绝地天通乃是禁绝巫职滥冒，恢复古制。他们是创造的少数，是推动精神生产的专业人员、职业力量。

功能派大师马林诺夫斯基说:"巫术永远没有起源,永远不是谁发明的、编造的。一切巫术简单地说就是'存在',古已有之的存在。""在那时,巫术乃是他们的天然知识。高一等的社会,巫术常是得自灵与怪,然而灵与怪之于巫术也是习得来的,不是自行创造的。所以相信巫术是远在荒古便已天然存在,乃是普遍的信仰。"(《巫术科学宗教与神话》)《国语·楚语》所云"民神杂糅""家为巫史",正反映了巫术乃是当时的普遍信仰。

有巫术就会出现巫觋。张光直认为半坡遗址出土的彩陶盆上常见的带鱼形的人面,就是巫师的形象,出土文物中还有不少巫师的法器。《山海经》中有许多关于巫师形象的描述,他们遍布"各国",书里还记载了不少祭祀、通天、占验等巫术。巫术贯穿于任何祭祀场面,人们祭祀天地、日月、星辰、风云雷电,求雨巫术从那时一直流传到如今。他们对祖先神、农神、河神、财神更是礼拜最勤。最深入民间的是求雨巫术和丧葬巫术。而且那时没有出现领袖群伦的中心,从而无从说起大路线的"辐射"和"影响",大概只有高级、低级、复杂、简单的分野——王室和贵族高级而复杂,但也没有让天下"趋同"而吸附"满天星斗"的魔力。即使到后来王室分化出各种巫官,民间的巫婆神汉还是照样行术吃饭。

祭祀和祈神活动总有些消极、被动,人们渴望在事先获得成败吉凶的预告。他们先是发现自然界的前兆,如发现乌云密布、雷电交加时就会下雨,某些植物开花后就会结果……于是就自然产生了"前兆信仰"。后来,进一步就有了巫师通过先兆预知未来的法术,出现了形形色色的占卜活动。

人们在仰韶文化晚期的河南淅川下王岗遗址发现了卜骨,其次在龙山文化山东龙山城子崖遗址发现了卜骨，在邯郸涧沟遗址中，也发现大量卜骨，还有许多遗址均有卜骨。其发明权与传播权均不得而知。关于占卜的记载，《尚书·洪范》："择建立卜筮人，乃命卜筮。""汝则会大疑……谋及卜筮。""汝则从，龟从，筮从"等。《左传》《国语》《逸周书》《诗经》等书籍记录了大量占星术事例，还有人对《史记·天官书》（传世最早的完整的星经）记载的星占内容做了统计，共有17类，321款，款数最多的是用兵，占了将近一半的款数——没有占星巫术，就不会有天文学。

占梦术相传出现于黄帝时代，但黄帝时没有文字，见诸记载依然是以后的事情。殷商人的占梦术既有文献记载，也得到甲骨卜辞的证实。占梦在卜辞中叫作贞梦。商王凡梦必贞，包括其妻妾所得梦也多贞问。现存的"鬼梦"的卜辞最多。占梦用的是象征法，至迟到了周代就有了专职占梦的巫师。周代从国王到巫师都利用占梦术来解决政治中的难题，或为某些重大的事件制造舆论。如周文王想破格任用姜尚，恐众大夫不服，于是熟悉巫术的文王就假托梦见先王如此嘱咐，让群臣来占梦，信仰梦兆的众大夫也就没有异议了，顺利地解决了破格任用姜尚的问题。还有武王母太姒用梦为克殷造舆论。占梦仪式遂成为推翻商王的动员令，周代统治者将占梦术为政治服务得得心应手（《逸周书·程寤解》）。占梦与占星还相互结合使用，形成交叉传通。周代的占梦官需要具有天文知识、心理知识，如果没有前辈巫觋们的经验积累和传授，周代巫觋的占梦技能和智慧不可能达到那么高的程度。

筮占是用蓍草进行演算而得卦，通过分析得卦的卦象和卦辞而推断问事的吉凶。《说文解字》："筮，《易》卦用蓍也。"八卦是筮占的记录符号。筮占术起源于植物征兆信仰，植物崇拜又起源于图腾崇拜。筮占术起于对奇偶数表示意念的偶然的发现，巫师遂用来做表示吉凶的符号，所谓八卦就是三个奇偶数的排列组合。一些民族学材料显示：中国台湾的高山族现在还用竹占，太平洋诸岛的居民有树叶占、树皮占等。

巫术后来分化成了医术、数学、天文学、史学等，史书的前身谱牒学的早期作者肯定是巫师。至于"舞巫同源"则早有定论，《说文解字》释巫："以舞降神者也，象人两褎舞形。"《尚书·伊训》："敢有恒舞于宫，酣歌于室，时谓巫风。"孔颖达这样注解："巫以歌舞事神，故歌舞为巫觋之风俗也。"郑玄《诗谱》："是古代之巫，实以歌舞为职。"巫术与歌舞的关系明明白白。

古代的医即巫。《左传·昭公元年》："晋侯求医于秦，秦伯使医和视之，曰：'疾不可为也。是谓近女室，疾如蛊……'赵孟曰：'何谓蛊？'对曰：'淫溺惑乱之所生也。于文，皿虫为蛊。谷之飞亦为蛊。在《周易》，女惑男、风落山，谓之《蛊》☰。皆同物也。'"秦国派去的医生不用医术看病，却用相面术和卦辞给晋侯做了诊断，显然是医、巫一身二任的。《管子·权修》："上恃龟筮，好用巫医。"《论语·子路》："南人有言曰：'人而无恒，不可以作巫医。'"《说文解字·酉部》："医（繁体医上酉下），治病工也。……《周礼》有医酒。古者巫彭初作医。"另外记载古代巫医的还有《山海经·海内西经》："开明东有巫彭、巫抵、巫阳、巫履、巫凡、巫相，夹窫窳之尸，皆操不死之药以距之。"《说苑》："上古之为医者，曰苗父。苗父之为医也，以菅为席，以刍为狗，北面而祝，发十言耳。诸扶而来者，舆而来者，皆平复如故。"这显然是在用巫术看病。不但医这种"工"从巫，几乎所有的工都从巫。从字形上说，巫字从工，工即巫，巫即工，百工皆从巫分化出来。古人认为工是"巧心劳手以成器者"。《考工记》说："智者创物，巧者述之、守之。"这个"述之"就是传播它，"守之"就是继承它。制造石器的石匠、制造木制农具的木匠、制造舟楫的木匠、制陶的陶匠，尤其是其中的轮作技术，还有彩陶、蛋壳黑陶的制陶工都包含着相当高难的"术"。而且一旦有了生产规模以后就有了行业规矩、有了禁忌和"不传之秘"——当然只是行业垄断、秘传少数人而已。

各种手工业的出现不可能是由一种巫分化出来的，巫也不止一种，只有巫多了，整个社会的各个层次才会出现巫兼职百工的情况。至少在底层的"能人"（巫）最容易一专多能地变成各种工匠。新的社会需求促进了新的社会分工。各种技能肯定是在传播中扩大、趋同、成熟，又在传播中分化发展、普及提高，是专业队伍与群众活动相生共长的，这显然既具有组织传播的机制，又是社会化的传播行为。

需要特别强调的是，到了商代，巫、史指导着社会的一切活动，从而形成巫官文化和史官文化两大类。今天可供考察的商代史官文化的代表为《尚书》中的《商书》，巫官文化的代表为编定于周初的《周易》中的卦爻辞。他们的相同之处在于都会占卜，商人多用骨卜，周人多用筮卜；巫官多用骨卜，史官多用筮卜。占卜术的传播是最主要的文化技术的传播，是当年的最高的也是最普及的思想方式，是大江南北、黄河两岸都在使用的预测学、决策法，比官话通行得广多了。

《周易》所载的卦爻辞，都是古代历史经验的记录，后人占筮说卦并非生搬硬套，而是灵活运用；利用占筮说卦比直接发表个人意见更易于收到预期效果。解说卦爻辞的过程，就是讯息传播的过程。对卦爻辞的解说越是切合受众心态和当时环境，就越容易让人接受，易于取得较好的传播效果。巫觋虽然在夏商周三代的政治生活中相当活跃，把原始宗教变成了决定军国大事的预测学、决策术，尤其是商王凡遇战争、迁徙、婚姻、祭祀都命令巫师占卜，几乎无事不卜，为政治抉择提供讯息，为战争决策作参考，为掌权人的意志披上"神异"的外衣，以争取舆论的支持，但巫觋始终是王权的仆人，并不能与政权抗衡，如果卦辞含义与统治者的眼前利益发生矛盾，就得从属利害原则来曲解卦象。他们形不成与权力对峙的权威系统，但他们为人文精神制造了神义的解释，并且是宗教化的道德体系的建构者。他们起初是构造天神与祖神沟通的神话，后来就是用"道"这个信念的"空筐"来承载超验的信息。伴随着周公的"宗教改革"，宗教意识形态就差不多变成道德意识形态了。权力的运转编织了宗教的文化网络，改编了超验系统的编码——这是制造传播机制的机制。

三、各种艺术的多渠道传播

中国似乎没有经历过"脱魅期"，早期的早熟的思维方式一直笼罩着后人的思维模式。现在的思维科学已经基本证明人的思维活动不是离散的、数学式的，而是连续的、模拟式的，人类的形象思维能力是在动物的形象思维基础上发展起来的，而且形象思维占据了人类思维史的绝大部分，抽象思维是后起的。而中国人的思维起初乃至很长时间都停留在"感觉动作思维"阶段，并由此直接演变成以"象"为核心的艺术思维，并使中国人的思维具有直观的形象性和想象的随意性。当然哲学和文学则有着随时发现"本体象征"的"象思维"的优势定位。

首先，中国人的"象思维"直接体现在制造工具上。原始人制造工具时就追求一定规则的形式，如长方形、菱形、椭圆形，在选材时还注意光泽，山顶洞人在装饰品上有意着色，这些无实用的美感形式是最强的抽象符号（许多美学著作全面仔细地论述过）。现在保留下来的彩陶图饰和陶塑是原始绘画、原始雕塑的艺术结晶。而且从上古开始，各种艺术形式之间就互相取材、相互借鉴、渗透——各艺术部类之间的"传通"，这是中国文化传播的大宗——既是早期的主要事实，又是后来的土壤和武库。

青海大通县出土的舞蹈纹彩陶盆，盆内绘有三组五人舞蹈的画面，人体线条流畅，给人以动感，他们显然是在随着音乐的节奏在跳舞。辽宁红山文化牛河梁遗址出土的一尊相当真人原大的完整的女性陶塑头像，各种艺术规则居然与青海大通县的陶盆若合符节。尽管一果多因，很难推断具体过程，但肯定有"传通"存在其中。

其次，这些文物在绘画、舞蹈上依然存在着跨地域的相似性，这有大量的岩画为证。

黑龙江、内蒙古、甘肃、宁夏、青海、新疆、广西、云南、贵州、四川、江苏等地都发现过岩画，这些岩画基本上可分为南北两大系统，北方地区的多表现各种车骑、征战，南方的则多表现村落与宗教仪式，相同之处则都是表现动物和狩猎。岩画作为雕刻绘制在岩石上的特殊符号，是包含着"暗号"的信息体。阴山岩画有一幅雄性的对马，是两匹处于发情期的公马，它们构成一组单独纹样，这表现了对雄性的性崇拜，表明当时正处在母系社会向父系社会过渡时期。有趣的是"对马"也在新疆呼图壁县的康家石门子的岩画上出现了。"对马"图形可能是部族的族徽，也可能是那些岩画作者不仅踏遍阴山山脉，而且远游至新疆。阴山岩画的车马图，其形类似商周时代甲骨文和铭文上的车马字形，这种车型一直沿用到秦汉的兵车时代。

云南沧源地处偏僻，但其岩画的动物、人物形象，都与云南铜鼓纹有关，特别是人戴的羽毛、兽角、兽尾，都能在铜器上找到相应的图样。这说明不管当时交通多么不便，依然有文化传播由中心向边陲辐射的趋势。更奇怪的是，岩画上的云卷纹很特殊，它初见于先秦的青铜器，后见于秦汉的瓦当上。其传通的机制、通道已不得而知，但事实犹在。

中国文化既是大一统的又是多元的，就是由于它地域宽广、多中心、多起源，最后又在征战共同体中相互交流，进行信息和能量的交换或转换。传播作为看不见的手，为这个大家庭的形成做了穿针引线的编织工作。

舞蹈的出现，正是人们用其他手段难以表达，或者尚无其他表达手段时，将强烈而深刻的体验、冲动，以全身心做一总体的表现。身体语言大大早于声音语言，姿势语言早于发音分明的语言，姿势的符号功能大于具体的、有限的思维内容，思维又在语言之先。舞蹈成为一切艺术的基础，也是各部类艺术交汇的传播"通道"。舞蹈也把其他的行为艺术，如装饰、音乐乃至伦理的信息收拢于一身。英国人类学家马莱特指出，原始宗教更多地用舞蹈来表示，而不是用思想。中国古代宗教也是如此，行动胜于思考，情感胜于观念。弗雷泽说，舞蹈是早期人类幻想以特定的动作来影响或控制客观对象的行为。最典型的要算商周的求雨祭祀当中的盛大的歌舞场面，歌舞是巫师施行巫术的手段。舞蹈的交流传播在上层是夏商周贵族生活的仪式化，在下层是民间的各种千年不变的风俗；无论是横向的传播还是纵向的传播主要是靠教习和模仿，见诸记载的除了岩画就是偏后的史书了。

各诸侯国之间音乐舞蹈既有地方性，又是相互交流的。根据《吕氏春秋·音初》的记载，最古的是北音；其次是南音，述大禹时事；最迟的是源于西音的秦音，所述的是秦穆公采风的事。《诗经》的十五国风则表明各地的地方音乐是不同的，但是各诸侯国之间的乐舞交流是普遍存在的，如《楚辞》的《招魂》中就提到郑舞、吴歌、蔡曲，这说明郑、吴、蔡诸国的歌舞在楚国已是司空见惯的了。各诸侯国包括边远民族之间的歌舞交流也有见于史籍的，如《左传》襄公十一年，郑国以师悝、师触、师蠲和2套编钟及16名女乐人献给晋侯。《史记·秦本纪》载，秦穆公为了战胜西戎，献给戎王16名女乐人。从这不难看出歌舞的交流渠道是多种多样的，它如诸侯国乐人的流动离散，民间乐人为了追求富贵而奔波，以及王室和诸侯国互相交往中的仪式观摩、歌诗问答、乐律应对等。

民间歌舞被采入宫中，是早期传播的重头戏，就像后来王室消歇文化下移成为又一轮的大传播一样。商纣王听腻了宫室旧乐，就让乐师从民间采入"北里之舞""靡靡之乐"。《管子·轻重甲》说夏桀有"女乐三万人"，各诸侯国的倡优多是民间艺人，他们为生活不得不到贵族豪门或王室宫中献艺谋生。《史记·货殖列传》说中山国"地薄人众"，生计十分困难，当地有不少商纣时"大聚乐戏于沙丘"的遗民，仍世代相传从事歌舞技艺，丈夫为倡优，女子为女乐，"游媚贵富，入后宫，遍诸侯"。这些女乐、倡优把优秀的民间技艺带到上流社会，并在上流的环境中进一步推动了歌舞艺术。这些歌舞，有的留在了战国的漆器上，譬如湖南长沙出土的彩绘舞女漆奁。

战国时代的壁画无论在绘画手段还是在反映生活的广阔、在画幅的规模上都大大超过了先前的岩画，这是传播上常见的后浪胜过前浪，当然商代就有了壁画。人们在河南安阳小屯商代建筑遗址上发现过一块壁画残片。西周的壁画发现于陕西扶风杨家堡的西周墓葬，东周的壁画见于战国初年楚地的《天问》的记载，从诗中可以知道壁画的规模很大，它是神话与真实的历史事件交错在一起的，是一组手法自由、不受时空限制的连环画。此外，还有"山海图"，这是一种图文配合的画画样式，其文字部分独立保存下来，就是伟大的《山海经》。除了壁画还有帛画、针刻绘画。

周朝作为大一统的政治中心，自有四方夷人来献礼供乐。"四夷之乐"成了王室中宴飨、祭祀时必备的乐舞，其浓厚的生活气息和地方色彩，不但赢得贵族的青睐，还激发了中原乐师的学习兴趣。周朝与西方乐舞的交流，或是请进来，或是送出去。《穆天子传》载，周穆王带着"广乐"到西方巡回演出，在"玄池"上演出了三天，在"漯水"用一只白鹿作牺牲进行祭祀，并进行了大规模的演出。《列子·汤问》说周穆王西行返回时得到了一个能制造乐舞木偶的巧人。《拾遗记·燕昭王》说"广延国"给了燕昭王两个能歌善舞的女乐，表演的《萦尘》令人瞠目结舌。

最能见出纵向传播的魄力的是鼎。大禹铸成的九鼎成为政权和神权的象征后，夏商周三代递相传承，没有谁想中断这种象征性的传统的权力，他们都是想证明只有自己才是这种权力的理想传人。于是，伴随着鼎的这种政治力量，青铜艺术始终居于商周各门类艺术的显要地位。

雕漆木器在东周以后才局部代替了青铜器，但木器不好保存，存下来最多的是楚国的作品。

上古时代的"借物传声""以声传意"的信息传达方式是相当重要的，周代专门设立管理传声的机构，用不同的鼓声和金声来传递各种信息，但现在留下来的是《周礼》提出的"教为鼓而辨其声用"的"声用说"了。这个"声用说"在后来成为音声传通的基本法则，如秦汉太学的"击鼓警众"，汉代的更鼓、族钟，道家方士的箫驯……从自然的"声咏"到自觉的"声用"，到后来的铸大钟、制铜鼓，成为关乎朝野、上下之间，关乎礼仪、民俗的多重功能的传播机制。

中国文字由观物取象到人化审美的过程，是个由一般媒介物变为书法艺术的过程，这个过程融合了各种艺术元素。它以绘画为基因，使用音乐旋律般的抽象线条，具有自我再生的能力。文字作为线的抽象形式，沿着符号化的方向高度发展，即距离实际物象越来越远，更加接近人的心灵，成为"心画"。书法的传播，兼具实用功能和抒情功能，从甲骨文、铭文到大篆、小篆，不单是个文字书写方式的更替问题，更是相关门类传通、相互生成的结果。

各类艺术是与宗教、祭祀、仪式等早期知识活动一起形成的，从事它们的骨干人士先是巫，后是由巫演变成的各种专门人才，他们是中国传统知识的主要建设者。他们的观念、思维方式在各种艺术、器物的传播过程当中凝结、融会成中国人的基本美学原则。

四、教化

一部中国古代史是"大道"以各种方式教化愚顽、先觉觉后觉的历史，这个文化帝国的神经中枢是教化。最初的家族的默训、酋长的教化除了推行祭祀的纪律、敬畏天命的观念外，不会有更多的宗教信号。即使是宗教，也多是祖先崇拜——宗法的宗教。牢固的血缘组织、实用的工艺、象形基础上的抽象艺术，都孕育、支持了教育的发展，还有"天人合一"的观念也就相当于用先验、超验的宗教来"说服"人了。

从最开始的"默训"、起脚的信息传播就规定了教育是兼有宗教、社会管理的"教化"，所谓博雅式的人文教育类型其实就是意识形态式的。因为中央政权统辖的幅面过大，所以需要推行"大一统"的教育方式以强化集权政体的统治密度和长度。教育首先而主要的是社会教育——家族一体的氏族社会教育：生存技能的传授也许是用不着重复的，维系氏族社会群体的广泛规则却是要"天天讲、年年讲"的，也就是说，原始氏族的社会教育本身就贯穿着政治、经济、宗教、伦理的内容，自然也贯穿于这诸多方面。

有关远古社会教育的传说，最早见于《尚书·尧典》。相传是尧命令羲和观测日月星辰之象、制定历法，教导人民依照时令季节耕种。继尧之后是舜和大禹，他们任命周族的祖先弃（又名后稷）担任农师，教给人民种植庄稼的技术；任命商的始祖契担任司徒，专门掌管道德伦理教化；同时任命夔为典乐之官，负责乐舞教育，这种教育当然是社会教化——大教育。还有《尸子·治天下》《韩非子·五蠹》等文献都有关于上古教育的诸多说法，什么"燧人之世，天下多水，故教民以渔。虙牺氏之世，天下多兽，故教民以猎。"这些说法表明，远古教育是与谋生技术的传播和应用结合在一起的，这也应该是远古教育的重要特征。

不同区域间的以物易物的贸易、氏族部落的迁徙、族外婚的出现发展等各种交往，成为氏族部落间技术文化交流的重要渠道。这种交流方式是相互教化、自我教育、文明扩散的重要方式，不仅包括黄河流域政权中心的文化扩散和传播，也包括周围部落群体的反抗、臣服与归化。战争与征服也是推行教化的重要手段，如前面提到的《吕氏春秋·召类》说舜征苗民，是为了移风易俗；禹伐曹、魏、屈骜等，是为了推行其政教。事实上，没有教化的军事征服就不能将暴力转换成合法的权力，而且不能征服人心，其统治也必不久长，所以教化是推行政教法令的特定而有效的形式——从中衍生出意识形态统治法是水到渠成之事。

历代儒生都把"学校"说成是政教合一的文化传播的策源地，而且自古而然。他们说，远古的圣人治天下之具皆出于学校：发布政令、养老、恤孤、说服俘虏、出征前誓师、集合众人共议、断案、祭祀天地山川祖先，都在"学校"。这种学校其实就是"传播中心"一类的公共设施——譬如今日的电台、电视台。学校在古代不断地变换名称——成均（广场）、庠（粮库，从而成为养老院、幼儿园、成年人的夜校）、公堂、明堂等。与其说它们的职能是传播专门知识，不如说是进行有组织的社会传播。它们是氏族宗庙的俗世化，是氏族集体活动的信息交流中心。

学校在夏代是被称为"校"的教育机构，"校"据《说文解字》解释是"木囚""交声"，原意是木制刑具，引申为匡正人为，交、教谐音，合意即教化的意思。社会教育还是占主导地位。殷商学校除了有庠、序、学外，多了"瞽宗"这种新的教育机构。瞽宗，原为乐师的宗庙，是用作祭祀的场所。祭祀中礼乐相附，瞽宗渐渐变成贵族子弟进行礼乐教育的机构。古人认为"殷人以乐造士，其学为瞽宗"，这种乐教实为宗教教育的组成部分，所谓"乐感文化"、以美学代宗教等诸多提法都是在揭示这一原型。殷商的教师是官师一体化的，他们既执掌国家宗法祭祀典礼，又以礼乐执教于学校。中国文化、教育政教合一的结构是这种双重身份的"传播者"，这种身份的传播者也不断地强化那个结构。

西周学校制度比殷商的官师一体更完善严密、更典型了，而且脱离了社会教育，是专门的学校教育了。西周的官学系统包括国学和乡学。国学中的大学，天子的叫辟雍，诸侯的叫泮宫，诸侯的比天子的小一半。辟雍又分为"五学"，居中为明堂，外雍以水，也叫"泽宫""大池"。环水四周为"四学"，南学为成均，北学为上庠，东学为东序（东序是夏商周三代学校之共称。）、东胶，西学为瞽宗、西雍。四学与森林、水泽相拥，鱼游鸟栖、野兽集居，是进行射御教育的场所。辟雍虽承大学之名，却还是天子承师问道、"行礼乐，宣德化，教导天下之人"的典礼重镇和宣讲重大决策的传播中心，是王室举行祭祀、朝觐、养老、飨射、献俘、治历、望气、布政等国事活动的场所。这是西周国学"官师合一"在学校建置和职能方面的典型体现。"四学"分科设教，成均习乐，上庠学书，东序习干戈，瞽宗习礼。诸侯的泮宫也是举行重大国事的地方。

西周的乡学，依地方行政区划而定，闾设塾、党设庠、术设序、乡设校。这些也是见诸记载，实情如何，难以落实。可以确定的是，所谓乡校，类似贵族们的"清谈馆"，是乡绅们聚谈讲论的舆论阵地。所谓"子产不毁乡校"，就是子产没有查封这种传播舆论的场所。所谓闾塾也是培训中心的意思，还是社会传播、组织管理的大教育。

夏商周三代教育的共同特征是"学在官府"，这种官府之学是氏族文化、区域文化、赐封制度共同组合的社会形式，它具有将分散的氏族文化汇集于王室政治的统治中心的"标准化"功能。国家这样做垄断了文化，也促进了文化的融合和升华，而且从一开始就有重德轻技的特色。在西周之前，学校均为官办，执教者也均为现任的官吏。这与古希腊、古罗马的教育截然不同，在他们那里多为私立学校，教师的地位很低，他们多被视为卖艺者流，如雅典的文法、弦琴学校则为残废军人或赎身奴隶办理。

到了春秋战国时期，随着大一统王权的衰败，出现了经济下移到诸侯、政治下移到诸侯，从而学术也下移到四夷、民间的局面。一场当时悲凉后来感到伟大的从中心到边缘的文化扩散开始了。原本在宫廷掌管典籍、身通六艺的士人纷纷出走，流落社会。

《论语·微子》记载，宫廷中司礼乐的大师挚到了齐国，乐师干前往楚国，乐师缭去了蔡国，乐师缺去了秦国，打鼓的方叔流落黄河地区，摇小鼓的武入居汉水地区。原本最受重视的礼乐人才反而最尴尬。春秋中晚期出现过两次重大的学术下移、典籍扩散的事件：一是因周惠王、襄王之间先后发生王子争王权的事件，世代掌握周朝典籍的太史司马氏离周去晋；一是周敬王立位之前，王子朝争夺王位失败，旋率领召氏、毛氏、尹氏、南宫氏等贵族和百工，携带王室所藏文书典籍逃奔楚国。

　　各诸侯国的私学出现以后，一个文化传播的大时代——百家争鸣的时代到来了。

第四章
中原文化的外向播散

　　文化，是人类将自己从与自然界的天然联系中分离出来的经验世界，是同类可以通过传达与交流来分享、学习和继承的信息体系。任何文化的产生和发展，都伴随着它的内外双向的传播过程，从工具器物、语言媒介，到生活方式、观念形态、组织体制，都无不随着人们的生产——生活行为的展开而流传。而文化传播是文化类型在播散中的塑造、整合、凝聚、拓展、调适的过程，在不同文化区域之间涵化出相似性，这个过程是个传播与接受、影响与涵化、冲突与整合的对立统一的运动过程。一部中国古代文化传播史应该正面应对黄河流域文化与东夷文化、巴蜀文化、荆楚文化、百越文化等周边文化的融合与交流。秦以后，它们已经成为一个制度上的共同体，但早期文化可以信而有征的无非是挖掘出来的器物，我们现在只能就已知的不同文化区域的出土器物的相似性勾勒一点皮相认识。

　　四川盆地的古代文化成分复杂，巴蜀两个系统也很不相同。在这个万山环绕中的盆地中央，却也有过殷周青铜器。至今最著名的考古发现，一是四川新繁水观音遗址，其居住遗址与墓葬区相连。遗存器物表明，当时的经济生活仍以石器工具为主，狩猎是重要的补充。出土的铜器有斧、剑、戈、矛、钺等，戈、矛形制与河南殷器相似。这个遗址的年代大约在殷周之际。一是在四川彭州出土的窖藏，均是殷周遗物，器物花纹形制与中原青铜器大致相似。戈、矛兵器的形制均是西周的特色，未见春秋以后的形制。有铭文的饕餮纹尊，纯粹是中原铜器，不是贸易得来，就是由战争掠获。四川成都出土的龟甲兽骨，其钻孔和烧灼痕，与殷墟甲骨一样。广汉出土的玉器也是殷周礼器中常见的。

这些遗址均在四川盆地。由渭水流域入川，虽须穿越山地，但也不是不可通过。中原文化的传播途径有两种可能：一是中原人士辗转入川，占领了盆地的若干地区，建立起据点；二是蜀地原居民经过交换或战争掠夺而取得中原文物，又学得铸铜技术，从而使得中原文化在此地传播开来。

出川江更往东南，即两湖地区，这一带在新石器时代早期有大溪文化，在晚期有屈家岭文化，在春秋以后则是楚文化的大本营。该地独创性的发展，源远流长。中原政治与文化对两湖的影响，早在殷商时代即已有实物可考。湖北黄陂盘龙城的殷商遗址，有城垣及宫殿建筑，规模宏大，而遗物的形制与埋葬风俗，与河南郑州二里岗殷遗址的文化面貌相似。盘龙城显然是殷王国在南方的邦国。带有殷人族徽的青铜器，在湖北鄂州、湖南宁乡也都曾经出现过，可见中原文化已南渡长江伸展到洞庭以南。西周人在此地开拓的遗址，当推湖北蕲春毛家嘴的大型木制建筑遗迹，遗址面积达5000平方米以上，显然是周人在江汉地区的一个据点。姬姓的曾国是最近考古学上的重大发现，李学勤以为是西周向南经营的据点。曾国坐落在湖北随县，又与附近的江国、黄国互通婚姻。这一带发现的春秋时代早期的铜器，形制多沿西周之旧，铭文简短草率，显然还是中原文化的延展。等到春秋中期以后，楚文化开花结果，反而笼罩了江汉淮水地区的中原文化的后裔。如楚人自铸的铜器，就是中原文化与蜀工形制的配合。传播必伴随着融合，播散出"杂交"品种，而没有融合的传播因无再生机能必然是要中断的，哪怕是"无疾而终"。

由湖北南下，湖南境内也有殷商、西周青铜器的发现，大都在洞庭湖四周地区，殷代遗物往往单独沉埋，作为祭祀山川之用，西周器物多为墓葬，如湖南湘潭花石遗址。殷商器物可能是输入品，西周器物作为随葬器，墓主可能是中原的移民。

南方的两广也有若干西周青铜器出现，主要分布在西江流域。广西忻城和横州的铜钟和广东信宜的铜盉，都制作精美，形制花纹均与中原的风格相同，显然是从中原传过去的，大约是经过湖南传过去的。

淮水南边的殷商文化遗物，数量不少。殷商是东方平原部族，平原边缘是其自然的尾地。周克商后，被周人称为淮夷的部族与周人的冲突不断，文化上的交往也因此相当频繁。安徽的许多地方都有大批西周铜器出土。一般地说，安徽西周铜器往往基本与中原器物相似，同时也有一些当地发展的特色。安徽屯溪离中原已经很远了，其铜器纹饰不免模仿了当地几何印纹陶的编织纹。到春秋以后，楚文化兴起，逐渐将周文化逐出中心地位。这一带成了楚文化的分支，但是应该视为这是黄河文化与长江文化的交通与融合。

江西的清江等地有不少西周文物出土。这些在赣江下游及接近鄱阳湖的支流河域的地方，都是越长江南来的交通要道。西周早期的东西多，中期以后反而较少。同期出土的陶器是几何印纹硬陶，几何印纹硬陶的分布甚为广袤，广东、福建、湖北、湖南、安徽、江西、浙江都有。这种硬陶上起新石器时代，下迄战国时代，为江右的土著文化。西周青铜器文化与之相比，俨然只是印纹陶大海中的点状岛屿而已，这说明西周在此地的文化传播力量不够强大深入。江右一带后来也一直有自己的特色。

江苏地跨大江南北，苏北也是淮水流域，情形与安徽相同，西周的文化势力早已到达。濒海及长江沿岸，在新石器时代以来，有大汶口文化与马家浜文化两个传统，后期交相影响，形成良渚文化。到了商周青铜文化在中原展开时，长江下游也相应地成了湖熟文化。在湖熟文化这个土著文化的地盘上，西周文化只有点状的分布，并无广泛的影响。江苏丹徒烟墩山的西周墓葬，江宁、仪征等地的西周墓葬或窖藏，都是这种点状分布的例子。更多的是中原与当地融合，反映了中原文化的地方化，也反映了江南土著文化的成长。

周文化曾以淮水流域的蔡国及其附近的诸侯国为根据地，经营到了今日的浙江。浙江与江苏南部不能分割，只是离中原更远，中原的影响力更不能与土著文化抗衡。在浙江的余杭、海盐、吴兴、安吉等处发现的商代青铜器，和在长兴出土的西周青铜器，形制与中原无异，花纹却明显地受了印纹陶的影响。史籍上的越国，以瓯越、闽越与南越维持最久，越国被楚国兼并后，浙南以至珠江流域仍是百越族的领域，中原文化未能有效地深入这个遥远的濒海地区。尽管大禹早已到过这里，但当地人还是用他们的印纹硬陶。

蔡国在春秋时代沦为楚国的附庸，尽管此前它一直是中原文化进入淮水流域的起点。

本节以上主要内容是在转述许倬云先生《西周史》第六章第六节的内容，许先生最后的结论是：西周自建国分封以后，其政权基本上掌握了夏商以来的中国腹地。在这个基础上，周人运用中原的资源，以商周合流的力量向各方面扩张。大致说来，西周对北方以守势为主，留下的几个据点如燕、晋，都能撑持下去，并在后来获得发展。但对南方的战争，周人常是胜利者，最终使淮夷降伏，成为贡赋南方资源的属邦。总之，西周的文化圈比其政治力量所及的范围要广大。

相对而言，我们对中国文化在海外的传播，取宽大的标准：只要有一点就算，而且并不单指中原文化。无论是北方的草原文化，还是南方的长江文化、百越文化，只要传向海外都代表中国文化。于远者，只能论略——古人常这么说。

先人是自由而潇洒的，除了对自然的依赖严重，无论是体制上的还是内心的羁绊都明显比现代人少。就像狩猎时期的人比农业时期的人容易迁徙、解放观念一样，古人也比今人活得简易舒畅。国家和社会的形态还很低，不能给予他们很多，也就束缚不了太多。低传播形态中的人，共享社会文明的程度低，内心的自然程度就高。国家的管理强度和密度低，社会空间就相应地大一些。自然人是无国界的，地缘关系是最基本而重要的关系，身处的地理环境就是最大的背景了。但是这个背景是可以改变的，只要他们抬起脚一走，就到了具有新的可能性的世界。规范他们的是"地缘"，一个"沿"字决定了他们的路线——沿海的航海，沿山的越山，沿着草原的穿草原。

春秋战国时期的尸佼曾记述过"北极左右，有不释之冰"（《尸子》）。《山海经》中记载有许多中国人移居海外，也记载了许多中国和世界各民族交往的信息。譬如《山海经·海内东经》记录了燕国在海外的移民：在朝鲜海峡两岸，都有许多来自燕国的移民。《山海经》说日本九州北部有许多来自燕国的人。他们从渤海湾带去了燕国的货币刀和铜剑，开创了日本历史上全面推广金属文化、稻作农耕的弥生文化时代。

中国是个有三万多千米海岸线的大陆国家，沿海地区人民在跟海洋打交道的过程中成为航海民族。和仰韶文化相当，处在新石器时代晚期的黄河下游的大汶口文化、山东龙山文化，长江下游兴起的河姆渡文化、马家浜文化、崧泽文化，它们的主人都是华夏文明中最早开始航海生涯的沿海居民。

山东龙山文化曾渡过渤海，到辽东半岛南端大连的貔子窝、大台山等地；同时曾向南到达太湖流域，和良渚文化关系密切。如拔牙的风俗起于山东大汶口文化，比龙山文化还早一些，而在商代以前，拔了牙的人已经进入了中国台湾，这间接说明龙山文化在东南沿海的传播扩散。

长江中下游和日本的九州、朝鲜半岛南部距离等近，在稻谷传播的各种途径中，最可能是由长江三角洲直接渡海输入日本九州和朝鲜半岛南部的。而日本的玉珏则是从太湖流域传过去的，日本的漆器是从河姆渡传过去的，还有用漆涂制竹器的知识。日本西部从长江流域接受了干栏建筑方式。齐人则给日本人带去了许多青铜武器和祭器。

至于交通的路线，一是冰期的陆桥；一是海路——左旋环流，日本人叫作"海北道中""朝鲜路线"。

　　战国末期，不堪战乱的中国人渡海逃亡到朝鲜半岛南部的马韩，马韩东南部近海的荒凉地面上于是出现了辰韩这个由逃亡的流民组成的国家。当地通用中国语言，直到二三百年以后，这里的居民仍然保存秦代以前的华北方言。我们从中看到这样的规则：由于语言限制，他们与外界的文化交流不得不放慢、减少，以至于后来人们叫他们秦韩。他们远离了旧有的文化中心，也失去了创造的资源。

　　在新石器时代晚期，中国东南沿海民族通过航海，不断地将以"有段石锛"为代表的新文化输入到马来群岛。同时从南岭山脉和云贵高原南方推动的移民浪潮，将各式石锛和双肩石斧带到中南半岛北部，直到印度东北部阿萨姆地区。在中国南方盛行的阴刻几何纹陶器，成了整个东南亚地区独有的艺术风格。

　　开始于公元前 500 年的东山文化，十分集中地反映了华南夷族、越族文化对越南的文化感染力。越南、柬埔寨、老挝出土的这一时期的铜斧，式样、纹饰几乎和中国华南制造的一模一样，而不见来自印度的影响。东山文化还证明越南曾受到楚国文化的强大影响。春秋战国之际，楚国的势力已向西进入金沙江流域，控制了丽江的产金区，并对巴蜀文化施加影响。公元前 4 世纪初，吴起当上了楚悼王的令尹，将势力范围扩大到五岭以南，与广东、广西的经济文化交流空前加强，一批楚人到达西江流域。广西浔江、郁江以南，邕江和左右江流域是古代西瓯、骆越人混居的地方，楚文化给了他们强大的影响，他们又随着战国时代的民族迁徙而在越南北部产生了以东山文化为代表的骆越文化。

越南的始祖泾阳王，传说是炎帝神农氏的后裔。公元前 7 世纪，泾阳王的后裔骆越人在越南的北部越池附近建立了文郎国。文郎国后来被来自四川盆地的蜀泮率领的移民取而代之。公元前 316 年，蜀国被秦国占领，蜀国的王室人员率领三万人南迁，他们在广西和瓯越人、骆越人混居。公元前 257 年，他们进入红河平原中部的封溪，在那里施展他们在四川筑方城的技术，建成名为螺城的盘旋屈曲的大土城。四川人在这红河三角洲开始了安阳王系的统治。他们曾抵抗过秦始皇的军队，用的是四川、云南流行的弩箭，从此来自华南的弩箭和土木建筑就在越南传播开来。

北方的草原民族据说也是炎黄的后裔。商族始祖契的七世孙王亥将大批的牛羊交给河北有易族，想做买卖，但有易族的君主杀了王亥，吞没了他的牛羊。王亥的儿子兴兵为父报仇，有易族的君主逃到阴山山脉建立了摇民国。他们像华北许多地方一样，也以黍为主粮。这则传说也许能说明商族早就和河套地区的草原原牧民有了经济交往。

杨公骥先生在《考论古代黄河流域和东北亚地区居民"冬窟夏庐"的生活方式及风俗》的宏文中引述了苏联考古学权威奥克拉德尼科夫院士从事 30 年发掘和研究，穷尽了远东地区新石器时代出土物种类的全部（石、陶、玉等各种生产、生活用具）的结论：它们都是从中国传过去的，黄河流域的仰韶文化、龙山文化对远远近近的邻居都产生过进步的影响。其中当然还包括杨教授的论述主题：黄河流域的"冬窟夏庐"在东北亚被称为"塔利夫"和"达乌罗"而普遍被采用着。

商代北方有獯鬻、土方、鬼方等许多游牧民族，周代的北方则有猃狁、北戎，还有北狄国，据说也是黄帝族的后裔。这些游牧民族经常来中原"就食"，侵袭中原土地，双方的经济往来和战争，促进了商周文化和西伯利亚、中亚地区的信息传递，促成今日的内蒙古成为华夏文化和北部草原文化交汇的交叉口，当然还有滨海地区。向北部草原传递这种文化的不仅是商代的华夏族，北方的游牧部落也是重要的"媒体"，尤其是商代晚期，北方游牧戎族大批北迁，使得西伯利亚具有了显著的商周文化因素。

周穆王以马拉车西行，打开了通向中亚的道路，形成了丝绸之路的前身。周民族兴起于泾渭平原，立国之初就致力于向西北扩展。从泾渭平原到帕米尔高原东侧，中间要跨越后来的中国的版图的一半多，这中间分布着祁连山、北山、天山和阿尔金山许多逐水草而居的游牧民族。其中最重要的就是昆仑山文化圈，波斯历史上称他们为塞加人，希腊人则称他们为斯基泰人。这个草原民族操着伊朗语系的语言在昆仑山与美索不达米亚平原之间不断地传递文化信息，把古代巴比伦的"悬圃"（空中花园）的观念传了进来。悬圃的传说反映中西交通开通以后，黄河与美索不达米亚之间互通有无、传递信息的事实。战国时代，人们把周穆王在公元前10世纪西巡的经历演化成周穆王漫游中亚地区，会见西王母的传奇——《穆天子传》。周穆王是直到战国为止，象征着中国和西部周邻民族交往的神话人物，有关中西关系的许多事情都被后世假托到他那个时代。在这部传奇中，我们可以看出中国和中亚地区的希腊人、粟特人已经建立了定时往返的商队贸易。通过中西贸易大道，中国的丝绸和金属制品、玉石进入了亚洲西部，同时又从遥远的西方获得了宝石、毛皮和玻璃制品(《中华文明史》)。

　　中国沿海居民利用东流的北太平洋暖流,在秦始皇统一之前就开始向大洋对岸的拉丁美洲进行文化传播。早在 12000 ～ 5000 年前,在更新世末期的冰川期,海水水位下降,今俄罗斯西伯利亚东岸与美国阿拉斯加西岸之间出现了一条"陆桥",即白令陆桥,印第安人从亚洲通过此桥迁徙到美洲。12000 年前或稍后,冰川期结束,天暖冰融,海水水位上升,致使"陆桥"沉没水下,东西陆上通路中断。据杨公骥先生说,从亚洲迁徙到北美洲的印第安人则在 12000 年前把"陶窦"式的地窟居住方式带到了美洲(《杨公骥文集》)。

第五章
口传政治：帝国的传播机制之一

关于口语的产生，有"模仿说"，认为人类的语言是模仿动物和自然界的声音而得到的，最先出现的主要是些拟声词；有"感叹说"，认为人类的口语是本能性地抒发和生理冲动及心理感受产生的，最先出现的语言主要是些感叹词及心理状态的名词；有"社会说"，认为人类是在共同从事社会活动的时候，约定俗成地赋予特定事物、现象以语言记号。这些说法，都有一定的道理，从不同的侧面看，不同的说法显得道理多些。我们要说的是：后来国人使用的语言肯定在传播的过程中经历过区域性的整合，形成大一统的文字则是权力系统在语言传通过程中逐渐编码化的结果。

氏族社会时期，各个部落都有自己的言语和文化，随着氏族间的战争兼并、政治上的分化统一，氏族间的经济文化相互产生影响，语言也在不断地变化。自黄帝入主中原，黄帝族的语言与被征服氏族的语言融合，形成了当时部落联盟的共同语，也就是春秋时人们说的"雅言"，即汉代以来所说的"汉语"的直接源头。据《左传》《孟子》《吕氏春秋》《吴越春秋》《汉书》等书记载，先秦时期，除了汉语的基础方言北方话（雅言）以外，吴方言、粤方言、湘方言已经在东南地区逐渐形成，它们与北方话一起，构成了先秦汉语的完整体系。

《荀子·正名》说，近世的君王确定语词的法则是：按照商代的刑罚名称确定刑名，按照周代的爵位名称确定爵名，按照《仪礼》的记载确定礼仪的专名，其他散名则按照华夏语通行的标准来统一异俗他乡的方言。这显然是想说明王畿内流行的官话的成因。《礼记·王制》说，古代高山大川使人们无法交通，处于隔绝状态的四方百姓，风俗不同，性情各异，悲喜相异，而且言语不通。周朝为了同外族交往，特设了寄、象、狄鞮等语言翻译官，来传通四方语言。《风俗通义·序》说，周、秦常在每年八月遣使巡路求异代方言，奏籍之，藏到密室。扬雄说，这些资料后来残存了千余字，成为扬雄编著《方言》的蓝本。

今天中国的语言分属于五大语系：汉藏语系、阿尔泰语系、南亚语系、印欧语系和南岛语系。有人认为汉语由七大方言系统组成：官话方言、吴方言、赣方言、客家方言、湘方言、闽方言和粤方言。汉文化层圈"出道"早，过早地成了政治、经济、文化中心，而且后来几度失去政治、经济中心地位时，文化的中心地位并未随着军政形势的变化而退位，汉语遂成了不倒架子的贵族。除了别的原因，传播积渐的作用显而易见。几次大一统的国家都以汉语族群为核心，其又必须及时、彻底地实现文化统一，以便"温柔"地将权力者的意图变成全民的意愿，从而确保其族权的长治久安。教化是成本最低、效果最好的支配人的权杖。教化的基础工作就是统一文字，使文字成为能凌驾于非人力能统一的口语方言之上，从而确保一统江山的信息传递。

口语是古代社会的最主要、最普通的传播媒介，但当时百姓日用的那些口语现在渺茫难见了，还是文字具有超越时间的永久性。虽然它们在具体事实的年代上可能与真实情况有出入，但依然有"通性之真实"——符号隐括性的真实。

一、诰辞、誓词与民谣

最早的口传政治的记录是金文上的诰辞，这些诰辞专记周王对臣下训导的语言，是周王在用语言这种文化力量进行管理，这些训导其实是在体现着"主义治国"的威力——这些"口传"也是大政治的秘密。诰辞当然记录在鼎，现存如毛公鼎等虽已不再算口传，但它是口传政治的凝固形式、文字扩散形式，本质上体现着口传政治的特征和秘密。当然当时的上层秘密的口传政治，连当时的局外人都难知其详，更别说后人了。诚如许多人质问历史学家对密室阴谋的记述：当时你在哪里，何以知之？如刺杀赵简子的刺客不忍下手，他死前有一系列心理活动——他思想斗争完后就自杀了，《左传》作者却写了一大段。还有赵高与李斯的密谋，司马迁也是以意度之。《资治通鉴》记三家分晋时赵襄子的部下张孟谈去说服魏桓子、韩康子，二子曰"我心知其然也，恐事未遂而谋泄，则祸立至矣"。此前桓子用胳膊肘碰康子，康子用鞋踩桓子的脚背，他们已经用这种暗号议定了以汾水灌安邑、用绛水满平阳的计划。张孟谈曰："谋出二主之口，入臣之耳，何伤也！"二子乃潜与张孟谈约，最后果然赵军水灌了智伯军。其中口耳相传的话大约是"小说法的胜利"。我们现在看到的只是他们说给大家听的"口传"中的一小部分，但可以看出口传政治可以言传的那个方面，从中也能看到意识形态管理法的由来和特征，如《尧典》《皋陶谟》《盘庚》等诰辞，还有《汤誓》等誓词都是显例。

《尧典》记载了部落联盟议事会集体商定国事的情形。他们口头交换意见，尧不主张用鲧，但四岳之长（四方部落首领）坚持试用，尧也只好用鲧治水。联盟议事会是原始民主制，他们的讨论及其结果的传达当然是而且要"口传"的。《皋陶谟》的"谟"是"谋"的意思，本文是舜、皋陶、禹三人讨论治国大政的谈话记录，更准确地说是会议纪要，因为它是后人根据传闻追记的。他们密议了处理腐化放纵的丹朱的问题，最后决定由大禹接班，其中有许多主义治国的道理可能是后儒附加的。这个三人领导小组的密议不典型地体现了口语传播的一些特点：

（一）口语传播较多地受到社会阶级、阶层及其他身份因素和场合、传播对象的影响，它是不同层次的"社会—文化"圈子认同的实现思想感情的主要方式。舜、皋陶、禹同心同德，亲密团结、气氛非常融洽。

（二）口语传播是大众传播媒介产生前最为便捷、普遍、覆盖面也最广的传播方式。最后，皋陶宣布让大家接受禹的领导。

（三）听说双方都积极参与到传播过程当中。尤其是舜讲完一段话，禹立即表示支持，而且全文都是在个人发言与相互对话中展开的。

（四）口语传播具有天然的保密性，再加上直接对话交流的姿势语、音调、表情和其他的暗示，更增加了外人不知的信息。

这些因素用文字记载后就难以见到了。譬如他们当时讨论的处理丹朱的问题，在当时可能是机密，等到人们看到《尚书·皋陶谟》时已只有道德戒律的意义了。

另外，从《尚书》中的誓词中可以看到口传政治的上令下达的形式，这与金文中的律令告示是同源同构的东西。从文字的早晚说，金文早；从出场人物的早晚说，《尚书》中的人物早。《甘誓》属《尚书》中的《夏书》，是大禹的儿子启讨伐有扈的战前誓师词。《墨子·明鬼》曾全文引录，但名为《禹誓》，《庄子》《吕氏春秋》也曾引用，伪《大禹谟》亦载此篇，不管具体是属禹还是属启，它都是一篇可靠的夏代的文献，而且它也是西周人根据夏代材料写定的。甘，位于今日陕西省，《甘誓》是启在甘地与有扈部落决战前的动员报告、进军令，启开始命军中执事人员听誓言，接着宣布敌方罪状，然后要求军队全体人员努力恪尽职守，完成各自的战斗任务，最后他悬赏示罚："用命，赏于祖；弗用命，戮于社。予则孥戮汝。"

《汤誓》是汤在鸣条与夏桀决战前发布的誓师词，学术界多认为写定于战国时期。全文以"王曰"开头，语译如下：

"来吧，诸位都来听我说。不是我小子敢于发动暴乱，是夏桀犯了许多罪行，上天命令我来诛杀他。现在，你们有的说：'我们的王不体恤我们，让我们撇下庄稼活便是大错，又怎能讨伐别人呢？'我听到你们的话了。可是夏朝有罪，我畏天帝，不敢不去讨伐。现在你们要问：'夏朝的罪行是什么呢？'夏朝竭尽了民力，压榨人民，百姓都不肯为他出力了。百姓说：'这太阳什么时候毁灭呀？我愿意与你一起灭亡。'夏朝的德行坏到这个样子，现在我们必须前去讨伐。你们辅佐我就是执行天的使命，我要大大地赏赐你们。你们不要不信，我不食言。如果你们不听从我的誓言，我就要罚你们做奴隶或者杀掉你们，绝不宽恕。"

这种口传政治是发号施令，但又不是典型的作战令，信息发送者还需要说服和劝诱接收信息的人。因为听者不是雇佣军、不是王室的私人军队，而是临时征集的平民，需要让他们接受发送者的意志，发送的信息才能有效，所以这是典型的"话语政治"，显示了权力运作通过语言作用于人们的思想观念的诱导性，从而把强迫变成了自愿。而话语的神奇力量在于它不是一个简单的语言单位，它是一个多元综合的关于意识形态再生产的语义网络。它意味着个人或社会团体依据某些成规或观念将意义或意图传达于社会，以此确认一个方向，如商汤一再说他是受命于天，必须去推翻夏朝。这里需要澄清的不是为意识形态所掩盖的话语运作的特征，而是应该重视话语是如何以一种个人表白的方式进入意识形态再生产的过程。商汤的动员令充分表明了权力如何通过语言来发挥意识形态的"给说法"的蛊惑性、以"义利一体"的观念来"说服"众人去投入战争的煽动性：它既有建立"大事业情结"的感动美学，又有让人趋利避害的实用"理性"。政治话语总是信息发送者以主动侵入的方式，支配着被动的人们"自觉"地沿着权力的意志去行动。

《盘庚》具有一种对话的姿态，盘庚把许多反对迁都的人召集到王庭发布讲话，他反复说明迁都是为了使大家避免灾祸，安定国家。他说，迁都先王有前例，我是顺从先王的意志为子民谋幸福。破坏迁都大计就会得到祖宗的降罪，得到灭种的惩罚。到了新都之后，盘庚又召集臣民讲话，勉励他们恪尽职守，重建家园，他将根据他们的功劳给予奖励。面对臣民们不安于新都的怨言，盘庚召集贵戚大臣讲话，并要求他们把他的话传达给全体臣民。他再三论证迁都的意义，进行意义催眠。他察觉到人心不安的原因是旧贵族的大臣在借机煽动、蛊惑，所以他打算整顿法纪，对不合作者进行严厉的训诫，警告他们必须恪尽职守，不许乱说乱动，否则将受到惩罚。

这显然是一种片面的"对话"，因为只是当权者在"讲话"——集权政治的特征之一就是靠"讲话"就可以行使管制，这也是口传政治的最大的特点。讲话，是权力中心在发布政策和法规。最高当权的讲话就是最高的法规，是"绝对真理"，其他的官员讲话是"相对真理"，再往下的讲话就都是在"服从真理"。盘庚的统治不够牢固强大，他说迁都是为了安定国家，其实这表明了在旧的地方的旧的统治秩序已经无法维持了，需要到新地方重建新的秩序，而且他本人的权力还不够具有权威，还要假借"上天"的旨意来帮助他进行精神统治。

关于权力人们已经说了千言万语，还有万语千言要说。罗素说，只有认识到对权力的嗜好是社会事物中重要活动的起因，历史，无论是古代史还是近代史才能得到正确的解释。在人类无限的欲望中，居首位的是对权力的欲望和荣誉感，而获得荣誉的最简便的方法就是获得权力，假如有可能，每个人都愿意成为"上天"，如商汤就以"上天"的使者自居。后来所有受命于天的神话都是为了给自己发送的信息建立一种不容置疑的合法性。韦伯说，权力是一个人或更多的人在一种共同活动中违反参加同样活动的其他人的意志而实现自己的意志的一种能力。《大不列颠百科全书》把权力定义为："一个人或许多人的行为使一个人或其他许多人的行为发生改变的一种关系。"总之，权力是一种起控制或强制作用的支配力量，是把一部分人的意志强加在其他人行为之上的能力，使用这种能力的途径或方式无非是暴力或话语——就是古人常说的"文武之道"。所谓的"文化"或"武化"都是权力的运作方式，而且武化依然伴随着文化——无论是启打有扈还是商汤打夏桀都得有一套说法。所以福柯把权力看作话语的运作机能，他认为话语的实际运作所表达的意识形态功能就是权力。金文和《尚书》中的诰辞和《甘誓》《汤誓》之类的誓词则只是早期的范例。

人类结成群体、部落、国家之后，所谓文化传播就都是权力的运作了。因为权力不只是统治阶级支配被统治阶级，它无处不在，而且像传播行为一样不在任何其他的关系之外，如经济关系、知识关系等，而是存在于这些关系之中。权力的运用来自无数的方面，在各种不平等的与运动着的关系的相互影响中进行。口传政治的另一个重要的领域就是民间的以各种方式诅咒统治者的歌谣，就像商汤说的那种："时日曷丧，予及汝皆亡！"——然而它恰恰成了新的统治者的"同谋"。

民众的口语政治主要是用歌谣、谚语、隐语、笑话等形式来表达他们对现行政治的不满。一些学者也利用这种民间话语方式来试图实现自己的政治目的。历代开明或残暴的君主都非常重视民间舆论。从黄帝开始就曾派出四方使者搜集民间舆论，直到后来用各种方式到社会底层"采风"，这是中国特色的"民意测验"，以至形成专门的政府机构——乐府。关于这一点我们在后面还要单讲。现在且说口语传播在政治生活中的"不确定"的效果。

口语传播为听者对信息的取舍提供了相当大的自由。听者可以根据自己的意愿改组接收的信息，尽管对待文字信息依然也有这种曲解的"自由"，但不如对待口语来得随意。民间口头流传的话语具有"无主性"，在口传的时候又势必添加传播者的意向和情绪，有时尽管是无意的也会对原来的信息做某种调整、强调、隐瞒甚至歪曲，如流传一时的谣言奇闻、小道消息。最典型的口传政治莫过于宦官、近侍矫诏口传圣旨，其中的水分大概只有天知道了。谁离权力中心近谁就有知情权，也就有了信息资源，就容易成为消息灵通人士，在集权政治的大氛围中，他们对"上边"的好恶、意向的细小观测就成了下边的重大情报，如果说皇帝"口含天宪"的话，他周围的人们凭一张嘴就能掀起官场风云了。

推广说来，如何准确理解说话者的本义，甚至预测流动的语串，然后根据场合说出得体的话语，是从政的基本素养。正因此古人把"善言"和"善听"视为明君良臣的首要资禀。《史记·五帝本纪》说黄帝"生而神灵，弱而能言"，他的孙子颛顼"疏通而知事"，其曾孙高辛帝"生而神灵，自言其名"，"聪以知远，明以察微"。而颛顼有不才子"不可教训，不知话言"，便成为大凶。古代社会特别强调政治性的口语交流中进谏和纳谏的法则和艺术、进行外交时能言善辩的本领。到了《战国策》的时代，更是口传政治的奇观了。

口传政治很好地说明了话语的运用即权力的运作，话语与权力的关系是一种相互依赖、相互生产的关系。权力必须进入特定的话语并且受特定话语的控制才能产生出来，没有话语，权力无处安身。同时，权力结构又是话语的内在框架，它制约着话语的陈述方式和运行条件，把不同的话语形式结成一体。话语与权力是共生同长的同体胎儿。

二、采诗献诗与赋诗言志

统治者有时是非常重视了解民心民意的。上情下达有整个行政系统为保障,但下情能否上达就没保障了。这是不利于长治久安的,于是就有了一套收集民间口传信息的措施,《国语·周语》载:"天子听政,使公卿至于列士献诗,瞽献曲,史献书。"同书《晋语》:古之王者,"使工诵谏于朝,在列者献诗使勿兜。"《小戴礼记·王制》有天子"命太师陈诗以观民风"的追记。诗、曲、书——来自社会的信息,这些都是天子听政、观民风的重要参考资料。《左传》引《夏书》:"道人以木铎徇于路。"道人是政府官员,他们既向民间宣传王命,又采集民间舆情,沟通上下,构成了一个不太重要也不是无关紧要的政治传播网。当时怎样具体地影响决策已不得而知,这种到民间采诗并要求各地向中央献诗的活动的可见结果就是形成了《诗三百》的结集。正是这一套制度保证了各地的"国风"得以进入王畿,在"中央乐团"保存,并在王室接待诸侯的时候公开演示,从而流传开来,使得各诸侯国之间共享别国的诗歌所记载的信息,彼此之间可以使用对方的乐歌来表达双方都理解的含义。

因为韵语便于记忆,从而成为有效的传播手段。也可以说,为了帮助记忆、便于流传,将要说的话编成韵语,是较早的自觉的传播技术。后人推测:"上古之世,地旷人稀,既无文字以同声气……隔离稍远,必赖传达。词繁意琐,则传言者或失其真,故必简其语,齐其句,谐其言,而后传之者便矣。"(徐澄宇《诗经学纂要》)这话是可信的,因为不但民间流传的多是韵语,就是上古的君主文告也有许多是大致押韵的。梁启超认为古诗就是古代的"民报",林语堂认为歌谣是上古"文字新闻"出现之前的"口头新闻",他们都看到了早期口头创作的传播价值。

《汉书·食货志》载："孟春之月，群居者将散，行人振木铎徇于路以采诗，献之大师，比其音律，以闻于天子。"在群居将散的时候收集工作显得密度大些，这也说明"群居"的时候有更多的信息交流，这里所谓"群居"就是"集会"——过节气时各种民间娱乐活动，如"社火"之类，其过程本身显然也是个传播的过程。该书《艺文志》说："古有采诗之官，王者所以观风俗，知得失，自考正也。"这二者都说王官采诗主要是为了收集社会舆论，体察民情。

各诸侯国自采本地的"口头创作"献于天子的制度，类似于今日地方政府向中央送信息、送新闻。何休注《公羊传·宣公十五年》："男女有所怨恨，相从而歌，饥者歌其食，劳者歌其事。男年六十，女年五十无子者，官衣食之，使之民间求诗。乡移于邑，邑移于国，国以闻于天子。故王者不出牖户，尽知天下所苦。"这样王者才能兼听各种信息、了解实际情况，拟定正确的国策，执行以民为本的仁政王道战略。因为古代没有别的信息网络，除了直接采风于民间，无法获得官僚奏本以外的社会信息，而官僚的奏本是既狭隘又不尽不实的。

所谓公卿列士陈诗进谏的制度，相当于让属下提意见，是上古议事制度的一种变体。《左传·襄公四年》载："昔周辛甲之为大史也，命百官，官箴王阙。"《左传·昭公十二年》载："昔穆王欲肆其心，周行天下，将皆必有车辙马迹焉。祭公谋父作《祈招》之诗，以止王心，王是以获没于祗宫……"《大雅》中的《民劳》《板》及《小雅·节南山》，都证明西周社会公卿列士向国王陈诗进谏是事实。《国语·周语上》记述邵公谏周厉王不要用鲧堵洪水的办法来堵人们的嘴，而残暴的周厉王居然派巫师、"特务"监视肚里骂国家的人，并严酷处罚这些所谓的"腹诽"者，结果不出三年人民就流放了他。这也见出民心向背的重要性，主动了解民意、顺应民情既是必要的也是重要的。周宣王"中兴"图治，为接受正反两方面的意见，恢复了进谏制度，这是大量针砭时政、言辞激烈的讽刺诗不但涌现出来，还能保存下来的原因——如在《大雅》《小雅》中所看到的那样。

用文学表达政见是中国士人的一个传统。朝政黑暗的时候则多用隐蔽的讽喻，如在厉王弭谤的年头就用假托的手法，《板》假托讽刺同僚，诗人以"忠正"的面目出现，斥责那些奸佞混乱朝纲，招致民怨沸腾和国家灾难，指出人们已经无法忍受，如不改正就要亡国，这显然是讽谏厉王的。《荡》诗托古讽今，假托文王哀伤殷纣暴虐招致灭亡，严斥殷纣亲信小人，不用贤才，凶残贪暴，是非不分，内外交怨。他说夏桀的灭亡是殷纣的镜子，要牢记天命无常的教训。这实际上是叫厉王以殷为鉴，否则也难免会有同样的下场。像这样广为传诵的讽喻诗还有《抑》《民劳》《节南山》等。这种以文学的形式流传却运载着政治意念的传播现象，是中国古代文化传播史上的一大现象——历朝都有大量的讽喻诗。这算口传政治的"变体"，是民间政治力量利用语言媒介来谋求自己在政体中的份额。

采诗、献诗是"反常"的逆行传播——是由低层次向高层次的辐射，这种辐射是高层次情愿来俯就、吸收的。当权者这样做当然是为了巩固政权，而且正反两方面的经验教训都证明这样做是管用的。这是其实用价值之一，另外的实用效果还有许多，如丰富了宫廷礼乐的篇章，各诸侯国诗歌的不同情调给王室一种新鲜的感官刺激——只有陌生化才能满足人们的无厌的好奇心。这些在当时宫廷生活中是重要的，所以有一种太师（乐官）专门整理来自各诸侯国的诗歌，他们重新改编散乱自由的"外省"的诗歌、音乐，这种整合使原先处于"边缘"地位的作品进入了大一统的王权的礼乐秩序，从而得以在更大的范围内持久流传——这也是中国古代传播史上的规律性特征——必须进入"中心"才能传之久远，才能免于被淘汰的命运，这跟中国的集权体制有直接的关系。

这种王权中心吸附边缘信息，加以改编利用的做法，对于文化传播有功有过。每一个新的大一统的形成、上升时期，往往是文化整合、融合、升华的黄金期，夏商周历代如此，然而任何大一统的一元化的文化统治，事实上都包含着形式化的强制、对于新鲜信息的阉割、宰制。这种整合是种文化暴力，中央将各诸侯国诗歌音乐体系化的工作是在编织权力网络，它建造起一种"太阳"吸引群星的态势，引诱边缘的民间的文化创造直奔包装成文化中心的权力中心，说白了，就是"文化朝贡"，是各诸侯国经济上朝贡中央政府的文化"陪嫁"。等到清朝整理出版《四库全书》时，这种暴力性质才有目共睹。

政治的重要内容当然包括外交。对于中央政府来说，他们与诸侯国的关系也有"外交"的色彩，各诸侯国之间的交往当然是外交了。外交的一个重要内容是维护交流，尤其是在贵族政治时期，战争也是要遵守游戏规则的。直接的政治、军事目的也往往以雍容和平的形式表达出来，有话不直说，而是通过"赋诗言志"的规则含蓄地暗示出来。双方还都听得懂，说明他们有相同的知识系统或编码系统，这得力于王室的标准化整理工作。王室的乐官将收集于各诸侯国及公卿列士贡献的诗歌加工、合了乐律，书写于简片，让乐工排练演习。各诸侯国的诸侯们自然加以仿效，贵戚们再加以模仿。就这样，一圈一圈地扩散于文化阶层。是否懂礼乐是贵族及何等层次的贵族的一个"硬指标"。文化虽说是虚的，却既有实际用处又一时看不透的价值。各种仪礼歌诗的修养是必备的，不仅在外交场合，就是在上流社会的社交来往中也是非常有用的。所以，孔子说"不学诗，无以言"。

在春秋时代，王室、诸侯、大小贵族都有大小不等的乐队，流传或者说通行着大致相同的演奏乐歌。列国人士把这些乐歌的歌词借用来作为表情达意的工具，是因为它们已经通行才能无障碍地相互"传通"。《诗三百》成了人们表情言志的信息通道。《左传》《国语》记载了大量赋诗言志的事情。所谓赋诗言志不是自己创作诗篇吟唱，而是选择现成的诗篇由乐工演唱，借以表明自己的情意。如《左传·襄公二十六年》记晋侯囚卫侯，齐侯和郑伯往晋排解。在宴会上，晋侯先赋《大雅·假乐》作为欢迎曲，表示对两位国君的欢迎和赞颂；齐国的景子答赋《小雅·蓼萧》，赞颂晋侯的恩泽遍及于诸侯；郑国的子展答赋《郑风·缁衣》，表示郑国不会背叛晋国。他们接着商谈救卫侯的问题，景子赋《辔之柔矣》（逸诗），以驭马要用柔辔为喻，劝晋侯对小国要宽大；子展赋《郑风·将仲子》，取诗中"人之多言，亦可畏也"一句，暗喻要考虑各种舆论。于是，晋侯放回卫侯。

再如《左传·定公四年》记载楚国遭吴国侵略，楚国大夫申包胥向秦国求救，秦国不理。申包胥绝食痛哭七日，感动了秦哀公，"秦哀公为之赋《无衣》……秦师乃出"。《无衣》中有："岂曰无衣，与子同袍。王于兴师，修我戈矛，与子同仇。""修我甲兵，与子偕行。"秦哀公表达了与申包胥同仇敌忾、一起上战场的决心和意志。

列国间进行外交，往往通过赋诗言志的方式，用比喻和暗示的方法表达彼此的立场和意见。赋诗成为外交官必备的一种才能，出使办理外交事务，必须选择能掌握诗歌意味的人才。文学成为政治的传声筒——这是口传政治、话语政治的畸形样品，现代外交已将这些因素推到背后，变成了氛围。

另外，诗歌在分封国之间的日常交往中起着不可或缺的作用。周朝兄弟宗族之间经常"聚会""串门儿"，相聚必有宴会，宴会上必有诗歌。当了王的人也经常欢迎其他亲戚相聚，以增进团结，巩固联盟。《伐木》《常棣》《行苇》都是描写周朝宗族宴会的诗，尤其是《常棣》说："凡今之人，莫如兄弟。"《鹿鸣》诗则是通用的宴会诗。后世的帝王招待新中进士的宴会称为"鹿鸣宴"，人们常说"鹿鸣求友"，这是这种话语传播的再生果实——"典故"在汉语语境中真有无尽的再生的意义，这是汉语书面语传播的一大景观。

第六章
军令如洪及分封制：帝国的传播机制之二

任何话语系统都是权力编织的文化网络，而权力的核心或者说其社会威力最大化的部分是政权，政权的主要来源不是单纯的知识或财富，而是暴力争夺、军事征服的胜利。组织传播功能的极限、奇观是军令。军令如洪，像洪水从源头一旦爆发便迅速推进——军令从最高统帅部发射出来，沿着编伍组织层层扩散，直到每一个士兵。军令传播之准确神速在任何时代都是当时的最高水平。军令的权威不容置疑、讨论，不容申辩、讨价还价。

军政一体，兵刑同源，礼法同门，自夏商周三代以降的国家无不迷醉"政令畅达"犹如军令的集权效率。自春秋时期管仲实行的那一套"作内政而寄军令"之军政合一的行政制度引得各诸侯国效仿后，就几乎成了历朝历代行政系统的定制。就像政治是经济的集中表现，军事是政治的集中表现。

一、协同指令信号

《吕氏春秋·荡兵》中说："兵之所自来者上矣，与始有民俱。"《大戴礼记》载鲁哀公问孔子："古之戎兵，何世安起？"孔子说：

"与民皆（同'偕'）生。"上古的战争是简单的生存竞争，后来则有了复仇、掠夺财富和奴隶、扩大版图、获得支配权等名目。见诸记载的最早的军事上的传播工具，大概是黄帝大战蚩尤时所用的特制的神鼓。在传说中，似乎是那个神鼓起了决定战争胜败的作用。在黄帝大战蚩尤之前的战争中，大概早已有鼓、号之类的传之辽远的表达军令的"媒体"在起着指挥进退的组织（即传播）作用。鼓，当然是重要的传播军令的"扬声器"；依靠视觉的则有令旗一类的传播工具，如《墨子·号令》中所说的"麾"之类，进攻的速度和节奏则由将帅以鼓点控制。《司马法·严位》说："奏鼓轻，舒鼓重。"奏鼓是声繁点密的急鼓，舒鼓是节拍分明的缓鼓，分别表示快、慢两种进攻方式。用鼓的重要性，最典型的就体现在《左传·庄公十年》所记的齐鲁长勺会战时，一开始鲁庄公就要击鼓，曹刿说不可。等齐国三鼓之后，曹刿说击鼓，于是齐国败了。事后，庄公问为什么这样就赢了，曹刿说："夫战，勇气也。一鼓作气，再而衰，三而竭。彼竭我盈，故克之。"没有鼓这种传播工具，就很难指挥自然噪音达不到的人群。《孙子兵法·军争》引比它早的兵书《军政》说："言不相闻，故为金鼓；视不相见，故为旌旗。"

　　标记性的符号系统高度严密完整，不得有半点差池。

　　指挥军队的最高凭信物是"钺"，国王将象征国家权威的"钺"交付领兵出征的将军，如商王武丁曾多次派他的夫人妇好出征，临行前赐钺予她，以示她是代表国王出征的。这个钺就是她指挥军队、号令从征人员的信物。向上求援、向下传达军令时也要有凭信物，初期往往是"圭"之类的玉器，发出者与接收者之间可以毫不困难地见信物而相信。后来，凭信物演化成一套符节系统，每个国家的都不一样。"符"或叫兵符，因多是用铜铸成虎形，并铭有关于调兵制度的文字，所以又称"虎符"。虎符分两半，右半在国王，左半在兵营，将军从国王那里取得调兵的凭信时，才能调动并指挥军队。不妨称这种传令机制为"信物传播"。《墨子·号令》篇说如来城下慰劳守卫将士，兵符符合的让进，不符合的就将其扣留，并报知城主。没有严格的编伍，层层责任便没法落实，而军中的信号联络、兵符勘验都极尽严格之能事。墨子说："无符节而横行军中者，断。"

春秋初期以前，战争规模有限，而且速战速决，至多持续一天或几天。春秋晚期战争规模急速扩大，各诸侯国都在边境的战略要地上建立关塞，《吕氏春秋·有始览》列举了 9 个名关大塞。与关塞相配合，各诸侯国在边境上修筑大量瞭望台（"亭""邮亭"）、小城堡（"障"），设置了报警的烽燧信号系统，其他远程军事信号传播系统成了常用之物。

《墨子·号令》说，白昼以烽燧（烟）报警，夜间以火报警。据《墨子·杂守》所述，使用烽火及其他配套的信号已成系统："筑邮亭者圜之，高三丈以上。""亭一鼓，寇烽、惊烽、乱烽。传火以次应之。至主国止。其事急者，引而上下之。烽火以举，辄五鼓传，又以火属之，言寇所从来者少多。且弇还去来属次，烽勿罢。望见寇，举一烽；入境，举二烽；射妻，举三烽一蓝；郭会，举四烽二蓝；城会，举五烽五蓝。夜以火，如此数。"

二、军队编伍：组织即传播

《左传·哀公元年》记伍子胥之言说，夏少康在逃亡时"有田一成，有众一旅"。杜预注："方十里为成，五百人为旅。"夏代实行的是兵民合一的民军制，士兵是经营"田"的"众"，临战时征集出战。商汤时还是征集制，后来演化成正规的常备军，按十进位编制，一"什"十人，十什为"行"，设百夫长；十行为"大行"，设千夫长；十大行为师，万人，官长称"自"（师）或"师长"。所有的军令就在这个体制内传达落实，以少驭多，像心指挥手脚一样。周代的军队，有宗周六师，称西六师，在镐京；成周八师，称东八师，在洛邑。这是国家直属的正规军，另外还有分封的诸侯的地方部队，都是一级辖一级，上级的任何军令都能"一石激起千层浪"。

见诸记载的一个口传扩散的典型例子，虽不见用于军事场合，却依然可见传话的"形式"，还很有趣：《资治通鉴》卷四载宋康王连打了几场胜仗，便变得骄横狂妄，"为长夜之饮于室中，室中人呼万岁，则堂上之人应之，堂下之人又应之，门外之人又应之，以至于国中，无敢不呼万岁者"。军中传令亦然，前排从将军口中得到军令往后传，尤其是撤退时，一个"退"字便排山倒海般地席卷全军。良将治军就是能够令行则行，令止则止。《墨子·号令》说："不从令者，断。非擅出令者，断。失令者，断。……上下不与众等者，断。无应而妄喧呼者，断。总失者，断。誉客内毁者，断。离署而聚语者，断。闻城鼓声而伍后上署者，断。"一个编伍单位之内的互相监督很重要，不同编伍之间的互相监督也很重要，举报别人失令能得重赏。《墨子·号令》篇详细讲述了军令如山、严如刀刑的必要性。如敌人突然袭来，即使到了眼前，无令亦不得喧哗，"及非令也而视敌动移者，斩"。下级逃跑归敌了，斩其上级。

行政体制军事化，确保了政令畅达、有效，军政合一是提高行政效率的"法宝"。管仲使齐国称霸的高招、要招就是其"参其国而伍其鄙"的"作内政而寄军令"的行政改革，改革使国家军事化，从而提高了国家的管理能力、动员能力、高度一元化的执行能力。这不仅在军事战争中见出效果，在与邻国的"商战"也见出管理效率。管仲的办法是将"国"划分为21乡，工乡3、商乡3、士乡15，士乡每5乡为一军，这就是"参其国"。士乡的编制为"五家为轨，十轨为里，四里为连，十连为乡"。轨、里、连、乡四级行政单位是军政合一的。伍其鄙，是将都城（国）以外的地方也军事编制化：以三十家为邑，设司；十邑为卒，设卒帅；十卒为乡，设乡师；三乡为县，设县帅；十县为属，设大夫。全国分为五属，即"伍其鄙"。这是比西方任何科层制更科层化的管理体制，不但军令如洪，而且政令、法令都如洪水一般，一旦发令即如发水，迅即遍布区域内的网络。这是最早的"全民皆兵"的创制，管仲说，这样做"百姓通于军事矣"（《管子·小匡》）。

《资治通鉴》卷首语的"臣光曰"总结了集权政治以一人指挥天下的秘密，他说的"纪纲"的"硬件"其实就是这种军事化的"科层制"：

> 夫以四海之广，兆民之众，受制于一人，虽有绝伦之力，高世之智，莫敢不奔走而服役者，岂非以礼为之纲纪哉！是故天子统三公，三公率诸侯，诸侯制卿大夫，卿大夫治士庶人。贵以临贱，贱以承贵。上之使下，犹心腹之运手足，根木之制支叶；下之事上，犹手足之卫心腹，支叶之庇本根。然后能上下相保而国家治安。

三、军令、政令、法令同源共生

简单地说，在民兵军制时期，征兵于民并将民众组织起来必有一套"通知"系统，那个组织过程很难，《汤誓》须再三向被征集来的人解释征集作战的意义，以化解他们的抱怨。一旦变成正规军以后，军令一下，立即就执行了，违反了军令就斩、断。管仲的军政一体化的行政改革立即见出效率，并引起别国不同形态的模仿（在当时是重大的文化传播事件）。早期军、政、法是同源一体的；后来，随着和平进步、礼仪完善而分化；再后又随着诸侯兼并战争的需要而合并，是军令传播的效率引发了各诸侯国将它们高度合一的共同努力，直至演化出高度集权的大一统王权。集权体制的组织效能、传播效率都是其他体制望尘莫及的。在军争的胜利关乎政权存亡从而高于一切时，把国家尽可能军事化，是各诸侯国生存竞争的当然选择。

这个演化过程说来话长。首先是从原始军事民主制（含国人大会制）到国家政权制。

各部落结成联盟一是要治理洪水之类的自然灾害，二是要共同抗击外部入侵之敌。各诸侯国的长城都是由防洪的堤坝演化而成，也可看出二者在"御外"上的一致性，都需要协调一致的行动，各方领袖坐在一起议事是必不可少的程序。这种军事民主的运作机制最后演化成"贵族议事会"，这就是中国式的"代议制"了。"会议"成为最高权力机关，或者说行使最高权力须通过"会议"，决定了中国最高的权力形式是"令"，"下令"与"传令"便是权力运行的最基本也是最重要的形式，谁控制了"发令"权，谁就掌握了权力的命脉。如《史记·夏本纪》载："皋陶于是敬禹之德，令民皆则禹。不如言，刑从之。"政令、法令一语毕传，事实上也是军令。

大禹之所以这么厉害是因为他拥有一支能划天下为九州的军队，他划天下为九州就用地缘改组了血缘，消解了血缘氏族制度，并以此为基础重新设立了公共权力系统，实施征收税赋的新的财政体制，大大改变了部落联盟议事会的性质而初建了国家政权，从原始公社转向了阶级社会。其标志之一就是"世袭制"取代了"禅让制"，国家变成了一家一姓的"家天下"。所有的"令"都要求"众口一词"的服从、遵命了，民主成了"令"的包装。夏启打败有扈氏后，在钧台（今河南禹州）"大会诸侯"，得到诸侯"众口一词"的正式承认。

现在看到夏代的最早的法律文书还是《甘誓》之类的誓词和军令，还有各种"命"和"令"。胤侯奉夏王之命征讨羲氏、和氏，对六师军队引《政典》为军令："先时者杀无赦，不及时者杀无赦。"这是政令、军令、法令三合一的范本了。三套命令能三合一地发射、传播，而且只有这样传播才最有威力、效力，这才是中国特色，而且是不变的特色。从传播机制透视中国的政治、文化，最能见出其结构性的奥秘。

三权合一，而不是三权分立，根源在于中国有个神秘的"礼"——就是司马光在《资治通鉴》开篇的"臣光曰"中所说的最大不过的"纲纪"。它是氏族制度遗传下来的习惯法，尤其是父系家长制的习惯法。它虽是行为规范，但也是以宗法法权为后盾的强制性的规范。夏商周三代共奉，逐渐条文化，即所谓"律出于礼"，到了周公明确地创立了"礼刑结合"的立法路线，即"周公寓刑于礼"（《唐律疏议》）。《左传·文公十八年》记"周公制周礼"，所谓制礼就包含着制法、立法。"周礼"首先具有根本法的意义，就是规范了周代政治生活的基本制度——宗法等级制度，同时又是西周时期法规大全，包含刑法、民法、诉讼法、行政法等部门法的内容。

夏商周三代的刑事法规统称为"刑"。夏代有"禹刑"，据说有3000多条，商代有"汤刑"，周代有"九刑""吕刑"等。但三代的刑是不公开发布的，原因是"惧民有争心也"，封锁"知情权"以达到"刑不可知，威不可测，则民畏上也"的目的。任何极权政治都必然是神秘政治。控制、限制、压制法律的传播再好不过地揭示了其愚民政治的本质，他们只在上层社会传播"法典"，这就是保存下来的"殷彝"、西周的"金文法"，还有所谓的"青铜民法"。它们的传播范围横向上有限，纵向上却是长久的，这正是统治者想让其统治永世长存的用意之所在。这种封闭加极权使政治脱离不了"治乱循环"的厄运，这才显示出春秋战国时期的各诸侯国"成文法运动"的开明性、文化开发的历史意义。士人崛起的时代是一个"百家争鸣"的时代，但那也是一个战火连绵、生灵涂炭的年代，这正是对封闭的极权政治、文化垄断的必然反拨，其从反面证明了限制文化传播的代价。

四、分封制：主从关系的反馈传播

夏商周三代都是诸侯拱卫中央的模式，夏朝初期是从部落联盟体制演化成"统一"的国家的，殷商的诸侯与共主的关系是比较疏松的，都比不过周武王和周公的分封制。它将中央集权与地方分权用血缘的纽带连接起来，将此前诸侯分别独立的状态合为一整体，这是王室统治地方的最完备的办法，最终形成一个以周室两都为中心、一坐西朝东的辐射态势。《荀子·儒效》说："（周公）兼制天下，立七十一国，姬姓独居五十三人。"分封旧有的诸侯，包括前朝王室的后裔，是为了有效地加以控制；分封功臣与姻亲是为了开辟与建设新的疆域，核心的力量是姬姓宗族。这种以亲属血缘为基础的宗法制度，克服了地缘政治的局限，强化了他们与宗主之共同体的内在凝聚力。另一方面，分封的人员必须深入本地居民之中，保持与群体的密切联系，从而保证以少数统治多数的优势地位。当地缘性占了主导时就是列国的时代了，那也是分封的队伍与当地居民文化融合的结果。世界历史上再也没有比分封制更厉害的以行政的力量来推进文化传播与民族融合的体制了。后来的郡县制不是封土，而是封官，是深化了集权的本质而不是削弱了它。这个一元化的宝塔形的结构对于统治者来说是"一劳永逸"的高明至极的制度。

从文化传播史的角度说，分封制体现着周代文化的使者将先进文明楔入落后的旧国与蛮夷地区，这对于传播先进的周文化，加速因国地区的发展起了巨大的推动作用。过去的一统，其实是名义上的，只有脆弱的贡赋制度，只是一个政治外壳，没有文化融合的统一体是徒有其表的。而周代的分封制是宗法加礼教的完备而严密的政治秩序、社会秩序、生活秩序与精神教育，它运用封建宗法的组织与礼乐教化的力量以推广其血缘化的统治，从而构成一个广大深厚的民族国家。这从孔子终身歌颂周礼之美就可以感到它是非常具有魅力的秩序。

还应该看到，不仅"主"向从辐射，"从"也向主贡献，传播是双向的，各诸侯国向王室献诗只是其中的一项，其他的实物系统的双向传通，不胜枚举。《诗》曰："周道如砥。"为了开辟与封国的政治、经济、文化、军事的全方位的联系，周朝努力扩大交通区域，比夏商的规模有了巨大发展。这也是由于分封制是一种新的人口编组，大量的移民，既需要交通的保障，也需要建筑新的城堡（详见《诗经·大雅·崧高》）。周朝不仅扩大了东西向交通的旧有规模，而且南北向的交通也大大展开了。夏商时期已有了货币，但不像西周那么通行（自然还有以物易物的贸易），先是贝币，后是皮币，再后是铜币。《汉书·食货志》说周代有"九府圜法"之货币制度，现在能见到的周币有"泉""布""刀"三种铜币。分封制从集权上说是封闭的，但在当时开放了社会、开发了民力、开拓了生存空间与文化空间，是能见出统一的实效的、能促进五湖四海的沟通与交流的新制度。若从制度经济学角度说，当时投入了许多空前的新制度。

王室与地方、诸侯国之间、小国内部各地区的联络密度空前增加了。据《后汉书·西羌传》说，当时各诸侯国都想办法或拉拢或征服相邻的蛮夷戎狄，才有了"普天之下，莫非王土；率土之滨，莫非王臣"的局面。

任何好的制度久则生弊。西周以礼治天下，首先是武化已变成文化，已由武力作强制型的统治，演化到了合法地位的象征化的管辖。另一方面，规整的礼仪传导出一种固定的秩序。与刑法秘不示人相反，礼法是唯恐人不知的，它以各种仪式、家庭教育、学校教育加以广泛深入的传播。提高礼仪素质却不是根本目的，根本目的在于使成员间的权力和义务有明白可循的规则，从而减少内部的竞争与冲突，增加统治阶层本身的稳定性。这种靠传播礼法来"文化"世界的办法，之所以被后代儒生认为是至善大道，原因在于它将国家之人支配人的关系道理化，而不是暴力化，让支配权的内在理据成为支配者与被支配者都要承认并信服的心灵契约。首先是树立"永恒的昨日权威"——就是常说的"法先王"，究其实质是要求人们遵从"传统"的支配；然后是要求帝王成为献身大道，从而能获得神宠的具有"超凡魅力"的权威——礼义的要求实际上往往变成"美化"拉倒；最后全民遵礼守法，在"纲纪"中循规蹈矩地生活。这种"彬彬有礼"的秩序理论上是完美的，但是久而久之，谋求这种安定也牺牲了集团内中的灵活适应能力，赶不上社会的发展，各诸侯国"分省自治"的活力大于王室的"赐予"时，那种不变的礼便成了日见烦琐而不当的"虚文伪礼"了。"王纲解纽""礼崩乐坏"是社会发展的必然结果，其中最重要的一条是由于交通发达、传播加快带来的交流与冲突——坐享集权之利的天子和怀旧的思想家都抱怨是开放破坏了旧秩序的好日子。

西周以前的王朝高度垄断各种权力，别看它们时时处处讲究礼，其实是"军人政府"——"国之大事，在祀与戎"，祭祀的礼仪过程是展示宗法等级，而那个等级是可以通过暴力、战争改变的。而且，宗法制包含着贵族自然淘汰的机制，一般是"君子之泽，五世而斩"。从血缘关系上说，庶子旁系到六世的时候就情绝义尽；从官爵地位上说，五世以后，庶子旁系降为庶人；从财产状况上说，五世以后就难免贫困化。当然若立了功名再获得封赏会出现另外的情况——这是说的一宗之内的分化。阶层变动传播着动乱的信息，封建社会的"周期性震荡"除了别的原因外，还因为宗族内里的阶层分化。从传播角度看，从贵族降为平民，将上层文化带到了民间，也是普及文化的一个渠道。若没有这种上下升沉的渠道，便不会出现孔子式的思想巨人。

第七章
文化人的传播时代

一、繁滋传播的公共空间

据《春秋》记载，在 242 年间，列国间的战争和朝聘会盟十分频繁。在战争和朝聘会盟的时候，唱的主角都是文化人，兵学、文学都是显学。此处且先说文学。前述外交场合"赋诗言志"——通过歌唱《诗经》中体现自己心志的篇章可以像宣言一样下战书或递和约——这得力于从中央到地方发达的礼乐教育，同时也表明地方上有类似王室的礼乐官员那样的教育者。总括地说，夏商周三代的官府之学，是荟萃氏族文化、诸夏文化和诸夷文化的熔炉，它将分散孤立的氏族文化汇集于王室政治的中心，因而既体现了国家政权对文化的垄断宰制，又促进了各种文化的大融合、大升华。公平地说，"学在官府"是氏族社会转化为社会大文化的必要形式和途径，它突破了氏族血缘关系的囿限，达到了后世民族国家意义上的统一教育，完具了中国古典教育的原型，成为后世文化教育的土壤和武库。

但是随着社会的加速发展，人们扩大了对文化的需求，就像旧的政治体制无法掌握新的局势一样，旧的文化体制也统领不了新的文化势头了。一个伴随着王权下移的文化下移、扩散运动不可避免地出现了。周天子日益失去其中心的魅力，他身边的文化人开始散向诸侯。《史记·历书》说："（周）幽（王）、厉（王）之后，周室微，陪臣执政，史不记时，君不告朔，故畴人子弟分散，或在诸夏，或在夷狄。"司马迁在《史记·太史公自序》中还说，世世代代在周室掌管史记的司马氏，在惠、襄王之间（公元前676—前619年）也分散到了诸侯国，"或在卫，或在赵，或在秦"。《左传·昭公十七年》记孔子曾浩叹："天子失官，学在四夷。"《论语·微子》记载了鲁哀公时，大师挚等分别投奔齐、楚、蔡、秦等地。这说明文化世家的分崩离析早就开始了。他们把"王官"的知识、文化话语，带到了诸侯国，加剧了文化融合的进程。以楚国为例，那里原为荆蛮荒服之地，而在春秋晚期一次东周王室旧贵族大规模奉典籍奔楚事件发生后（详见《左传·昭公二十六年》），迅速成为与宋、鲁并列的东周三大教育中心之一。

整个春秋战国，大国争霸，小国图存，交战掠夺和巴结贡赋相互纠缠，没有一日安宁。霸权迭兴加速了地区的统一，春秋初期一百几十个国家到春秋末期只剩下了几个大国和十多个中等国家，基本上实现了区域性的统一。各诸侯国最需要的是人才，官府的学校也在适应新的形势，发生着变化，但远远不能满足各诸侯国对人才的渴求，于是私学大兴。新的焦点、更重要的传播路线和"传媒"已不再是天子或诸侯的政教和官府的学校教育，而是各种知识人的私学、游学和游说了。《战国策》那些让人眼花缭乱的说客翻云覆雨的故事，即使"一言兴邦，一言丧邦"的说法太夸张，哪怕那些故事有一半是真实的，也足见"游士"及其他各种士的新"点子"、新

"思路"（游说）的确具有关乎改革成败的威力。其中一个重要的依托是私学的普遍出现。

春秋战国是一个需要智能，并产生智能的时代。《管子·霸言》这样概括那个用贤得人是头等重要的形势："夫争天下者，必先争人。"率先养士、用士的是齐桓公，他用管仲为相，养游士80人，这个以管仲为首的智囊集团终于使齐国率先称霸。而齐国的"稷下学宫"也成为新型官办的"私学"，其自由讲学的体制，使稷下学宫成为各种学派荟萃的园地、百家争鸣的重镇。

二、私学：组织化传播思潮的信息中心

孔子（公元前551—前479年）之前或同时，已有私学。如周室的老聃，楚国的老莱子、伯昏无人，郑国的列御寇，他们是道家的开创者；郑国的邓析是名家的开创者；壶丘子林是郑国国相子产的老师；鲁国的少正卯曾被当作法家；柳下惠是隐士派的代表；还有王骀、詹何等。《说苑·反质》记讼师邓析"操两可之说，设无穷之辞"，只要学生交学费，他就教其雄辩之术。虽然私学非孔子首创，但他是把私学推向新境界的伟人。孔子那些众多的金光闪闪的头衔，都因他创办私学而得。他那被后人研究了无数遍的教育原则、教学方法，都是其学生记录的他的传播言行。所有的大师都是传播塔、讯息资源中心。

孔子言传身教了3000多名学生，其中有许多出身自夷狄之族，而作为孔子思想核心的仁学，就出自东夷的"相人偶"礼俗所包含的平等互敬的质朴观念。他的学校是"没有围墙的大学"，他在周游列国时不断有学生出仕，有新生入学。他的学生经他的同意或授

意，参与了齐、鲁、宋、卫诸国邦邑的治理，并取得很大的成绩。有的学生在孔子在世的时候就已开门授徒，如颜回。孔子死后则"儒分为八"，都各自构成辐射一方的宗师，这个"分子链"在无限地裂变。"七十子之徒散游诸侯，大者为师傅卿相，小者友教士大夫"（《史记·儒林列传》）。他的门徒遍及卫、陈、楚、魏、齐、鲁诸国，他们使儒学传习辗转，影响扩散到夷夏诸邦，为儒学在全社会的流传打下基础，也为儒学在汉后复兴成为主流学问打下了坚实的基础。"百年树人"，一个学派成为一个教育系统，不是哪一个人一口气吹出来的。传统的形成是由这一脉的学人持续不懈地传播积渐而成。

孔子传播文化的另一途径是编辑文化经典。他删正了《诗》《书》，修正了《礼》《乐》，注解《易》（《十翼》），编著了《春秋》，它们既作为教材直接教学生，又成了旷世经典——中华文化的原典。

此后，书籍以经典教育的社会化形式成了文化传播的重要"通道"。官府文书的传播通道作用早已存在，但那是政令系统的传递，传递的是负载着行政指令的文牒。它与文化书籍在社会上自由传播的目的、作用、效果都不一样，因为"内容和关系"都不相同。根据美国巴罗阿多学派的说法，官府的公文旅行，主要是"关系的表达"，通过象征权力的符号进行着一种外在表象的传播。而孔子编定的史书、文学与音乐、哲学书籍的传播，是倾向于"内容的表达"，对信息符号进行编码，从而在主体间循环，传播符号大于事物本身的传播，并且扩大着新的传播空间。这种传播的心理效果是无法统计的。

如果说孔子在学者阶层影响最大的话，那么墨子在手工业者中传播文化，影响至巨。墨子名翟（约公元前476—前390年），他教授弟子各种工艺知识、军事知识，"凡天下群百工，轮车鞴鲍，陶冶梓匠，使各从事其所能"（《墨子·节用中》）。他出身低贱，自称"贱人"，但他精通工技，博通经典，还曾做过宋国的大夫。《淮南子·要略》说他早年"学儒者之业，受孔子之术"，后来由于反对儒家的政治主张，"背周道而用夏政"，创立了墨家学派。同书《泰族训》说："墨子服役者百八十人，皆可使赴火蹈刃，死不还踵。"由于墨家主要由百工组成，故多刻苦、遵守纪律之人，他们还具有舍己为人的精神。《孟子·尽心上》说墨家"摩顶放踵利天下，为之"。他们具有包含着宗教精神的社团特征。墨子死后，其门人推选一人为首领，称为"钜子"（老大），禽滑釐、孟胜、田襄子等人相继任之，与儒家并称为显学。《吕氏春秋·当染》记述，孔、墨之"从属弥众，弟子弥丰，充满天下"。许多古籍都说，墨家"列道而议，分徒而讼"，对开战国之百家争鸣的风气起了巨大的推动作用。

墨家建立了中国的民间社会的一种结构类型——帮会。这种结构在太平年头受到官府，尤其是基层政权的压抑和排斥，在乱世的时候显出它特有的组织能量。在成熟的帮会中自有一套传播密码，如黑话、行话，从而建立起"我向同语反复的全能统治"。在漫长的封闭的王朝岁月中，"师徒制"是底层文化传递和社会继承的主要方式、渠道。

与儒家建立起教育中的师生关系、墨家建立起组织中的上下关系，从而有一个明晰横向传播、纵向传承的轮廓不同，道家几乎无"家"，无法确定其起源与传习的线索，只是一批知识人有一种大致相近的思考路数、致思取向。这种大体一致的理路，构成了后人看着是一派的道家。越地的范蠡、计然是一脉，黄老之学是一脉，列御寇、庄子是一脉。他们基本上都有一种文化贵族立场，都有一种自然主义的无政府派头。他们基本上认为，文化会成为文化传播的牺牲品，太多的传播导致真义的丧失，这是在建立一种人为的"类象"的统治，从而使人丧失本然的自我意识，活在假象当中。这是很革命的、能让后现代认同的话。

不管诸子的起源具体为何，是否出自王官，他们都是靠着私学——组织学生、著书立说获得社会性的影响的。老子反对立言，但还是靠5000多字的《道德经》度化了一代又一代，并在中华民族的思想循环、公私生活中提供了无可替代的思想资源。诸子各派都是私相授受的门派，在社会上活跃的名家、法家都各有各的授业、传道的途径和历史，都有其传播自己学说的理论和方法，从而不但在当时得以"鸣放"，并且得以在后世传播。

私学因是自由的学术团体，所以可以自由流动，像古希腊的早期学校一样。私学大师游学列国，主观上是为了寻找改变世界的用武之地，客观上成了流动宣传队，进行了广泛的学术传播和交流。孔子曾率领众弟子周游诸侯国，孟子比孔子风光多了，前呼后拥的"车数十乘，从者数百人"，出齐入梁，到处受到诸侯的高级礼遇。荀子本是赵国人，多次率徒游学于齐、楚、赵之间，最后定居于秦。其他私学大师也多是如此，"上说下教"——说服国君，教化民众，扩大其学说的政治影响和学术影响。他们走到一处，未必从经济上造福一方，却从文化上泽被一带。墨子和他的学生到处排忧解难，普及科教，则从经济、文化上都造福于他们施教的地方了，只因不想、不能与政权合辙，这个伟大的学派从而被官国沉埋了。

三、传播工具的革新

百家争鸣之所以搞得起来，除了已经成为常识的那些原因，还有一条传播学自身的原因，就是传播工具的革新——书写文字的简易化、书写工具的简便化。梁启超《论中国学术思想变迁之大势》说周朝末年学术发展的原因之一是"由于文字之趋简"。傅斯年《战国子家叙论》将"书写的工具大有进步"作为首要的背景，"在春秋时，只政府有力作文书者，到战国初年，民间学者也可著书了……这一层是战国子家记言著书之必要的物质凭借"。蒋伯潜《诸子通考·诸子兴替之因缘》也说："简牍刀漆进化为纸帛笔墨，由官学变为私人之师儒，由官学变为私人之著述。"这使诸子百家成为一个时代的大背景。

这里还得稍事停留，追述文字发展的一个小轮廓。自甲骨文、金文之后，有石刻文字，如石鼓文、诅楚文、中山石刻等。从商至战国千年的发展，文字的总量增加三分之一（据《甲骨文编》等书统计，甲骨文单字 4000～5000 个，而以战国文献为主的《十三经》共收单字 6544 个）。从现存的甲骨文和铜器铭文看，商代文字的使用仅限于较高级贵族，尤其是国都内具有专门知识的神职人员——贞人、卜人和史官们。西周实行贵族教育，教学所用的典籍、简策只存于国学中，"唯官有书，而民无书"。春秋以降，文字随着"学在四夷"而更广泛地走到边远地区和下层民间。战国冶铁业的发展，使铁工具普遍运用于制简和刻削文字，纺织业的繁荣，则为帛书开辟了广阔的前景。墨子"尝见百国春秋"（《答魏收书》），不仅官府著书数量激增，私人著书的数量，就现在所知的达百余种，每种动辄数万、十数万言。而春秋时代及以前的典籍不过十几种，且文章短小、文字简古。

据后儒说，商周的学校教育就有了典册型的教材。孔子读《易》"韦编三绝"，那种韦编就是用皮绳穿起来的简册。估计商周之际肯定有了具有书籍结构的供传阅的简册和版牍。王充的《论衡》记载了制简、制牍的过程，就是"截竹为简，破以为牒，加笔墨之迹，乃成文字""断木为椠，析之为版，力加刮削，乃成奏牍"。据出土资料显示，战国前期的秦国是以木牍为官方正式书写材料的，秦国还形成了与东方六国文字差异较大的小篆体文字。

所谓书写工具的简便化，就是不再主要在金石、陶器上刻写文字，而是用毛笔在简、牍上书写，并更进一步用毛笔在白色丝织品即"帛"上书写。古书常言"书之竹帛"，将简、帛并提，《墨子·明鬼下》曰："古者圣王必以鬼神为，其务鬼神厚矣。又恐后世子孙不能知也，故书之竹帛。"这说明在墨子生活的战国初期，帛作为书写材料已经很普遍了，可惜的是，由于帛书不好保存，迄今所见有成篇文字的战国帛书只有一件，这就是举世闻名的楚帛书。楚帛书出土于 1942 年，后流入美国。丝织品虽然贵，但是在其上书写比刻写金石做工简便多了，足可以与简牍并为通用的书写材料。青铜、石头上的文字只能由读者走过来看，而不能人手传阅，而且刻写的字数不可能多，这些都限制了它们的传播速度、范围和效果。而简牍、帛书与之相比不仅做工简便，更重要的是它们可以负载较多的文字信息，而且可以不胫而走，从而成为专供人们阅览的方便的传播工具，也成为人们制造传播符号的理想载体，因为用笔墨书写，用刀铲削文字进行修改，比过去的铸、凿、刻不知简便了多少倍。

书写文字的简化，也是古文字的进化，从商代算起也已有约千年的进化史了。文字进化速度的加快，还是由于士人的崛起、书写工具的简便化。文字总的趋势是由繁到简，在字体和字形上都趋简，驱力在为了加快流通、传播。字体演变序列是由甲骨文、金文向小篆靠拢，即由最初的象形图线演变为比较平直的由线条构成的、象形程度较低的符号。字形的变化则是随着字体图形化向线条化发展而由不规则向规则转化了。在结构上，经历了三种变化：形声字比例逐渐上升；文字意符从以形符为主变为以义符为主；记号字、半记号字逐渐增多。

同时，简帛文字用柔毫书写，显得笔道圆活、骨肉匀停。书法美学进入了自觉的阶段。

四、稷下学宫：自由传播的基地

与古希腊的雅典学院大体同时期的稷下学宫初建于齐桓公田午当政时，经齐威王、宣王二世，稷下学宫达到了鼎盛。当时，各诸侯国都在争士养士，还有别的力量的对比，到田齐王建当政时，齐国局势岌岌可危，稷下学宫也江河日下。至公元前221年，秦始皇统一中国时，齐被秦消灭，这所高等学府也随之消失。

稷下学宫的出现也许是偶然的，但它的兴盛就不是偶然的了。它兴盛的原因之一是士大量增多，并且大量地自由流动。他们不再投奔王室或诸侯的采邑，而自由结社、讲学，这显示了知识与权力的一定程度的分离。思想话语的承担者与权力的拥有者出现了分离，思想话语与实用知识也出现了分离，"礼崩乐坏"使得那些不证自明的真理与毋庸置疑的权力、权威都失去了往昔的威力，这才出了"百家"，才有了"争鸣"的空间与理论内驱力。

稷下学宫的教学组织者、领导者，是由众人推举的学界名流。国君不直接干预教学与学术研究，形成了权力与学术相分离的格局，为学术的独立发展、向深度广度掘进提供了条件，为百家争鸣创造了环境。它向各诸侯国的自由学者敞开大门，不分国籍、不论门第、不囿于一家一派之言，容纳"百家之学"。它创设的"期会"制是后世书院"讲会"制的滥觞。各派学者都可以在这里自由讲演，宣传自己的政治主张、学术思想，这是此前没有过的文化传播的盛况。所以，各派学者纷纷前来，儒家的有孟子（邹人）、荀子（赵人）、徐劫及其徒弟鲁仲连（齐人）等；道家的有宋钘（宋人）、尹文（齐人）、慎到（赵人）、田骈（齐人），后两者变为法家；还有阴阳家、名家、法家等派的名人，"学无所主"的淳于髡。一言以蔽之，它是精英文化的集结地、百家争鸣的论坛和文化沙龙、战国时期的文化教育中心。

各种主义都可以在这里自由宣讲，各派都有自己的门徒，他们的学术治国、建国的活动发起了主义治国运动。稷下在当时为各诸侯国培养、输送了人才。治国一是需要学说，譬如说要用王道还是霸道，是讲究耕战还是讲究礼治教化，再后是连横还是合纵，都需要有透过流行见识的高人的高见来"指点江山"，还需要有一个队伍来贯彻执行。

稷下学宫比雅典学院多了政治气氛并不奇怪，奇怪的是当时还有能够容许多元的政治主张的学堂，然而正是多元共生的"结构"促进了百家争鸣的繁荣。

我们可以从"互动反应"的角度，透视稷下学宫诸派的"百虑而一致，殊途而同归"的、在传播、交流中的"互动"效果。由现保留下来的稷下学者的观点汇编的《管子》一书是公认的"杂家"著作。在学宫中自成"大家"的都各有各的专书，如三为祭酒的荀子，有《荀子》显示着他融合儒法、兼采道家的理路。

自由传播形成的融合才是真正的文化融合，不是用刀压迫、用名利引诱的强制性的、虚假的融合。百家争鸣走向融合性的一统、具有差异性的统一，减少了不肯定性和无序性，并出现了可以量化的新成分和不可预测的成分，这都是实质性的进步。如果没有有效的传播，更多的人还生活在"熵"增长的蒙昧中。

五、门客和游士：各种层次的传媒人

法国著名传播学家米涅在1995年出版的《传播思想》中，将"研究调解过程的变化"列为传播的五大要点之一。早就有学者将调解与说服列为传播的内容，调解人、经纪人、媒人、说客是社会发展的伴随物，他们的活跃是社会发达的"代价"。他们在民间的活动，早期史籍中不会有什么记载，等到对他们有了详细记载的年代，他们已经失去了新"媒体"的光彩，没有资格进入传播史的册页了。我们看到的只能是帝王家谱（史学）中的入帏皇家、诸侯生活的食客，他们有的是优秀人物，有的却是"只求一饱"的名副其实的食客，这就是史书中常提到的"养士之风"。

魏文侯、赵烈侯、燕昭王都有过动人的求贤故事，秦孝公下过求贤令，还有著名的四公子的养客"雄风"，更不用说吕不韦的广集天下士了。这类食客或门客不管是高人义士还是鸡鸣狗盗之徒，都是主公与社会交换信息的使者，是站在豪门门口"中转"大门内外

力量关系、资讯的门客。门客是后世"幕僚"的前身，高级的是受尊重的顾问，低级的则是走狗、杀手、家丁。总之，他们是主公的"私人"。有名的"冯谖市义""鸡鸣狗盗"的故事，显示出了他们的调解功能。他们对当时社会的公私生活有着很大的影响。

他们最大的传播功能是"开放了豪门"，扩大了社会的"交换关系"，把社会上的"街头新闻"带回豪门，也把豪门的生活方式传向社会，他们各以其技能弥缝其间，对社会风气有时好时坏的影响。这种私属的人身依附集团，在篡权之类的阴谋斗争中，作用非凡，从而在后世的"宫廷政变"、藩镇割据中有着深刻的影响。这也是政治史上的传播现象吧。

游士的品类也很繁杂：上有孔子式的为推行其"主义"而周游列国的，下有毫无主义可言，完全是追逐权力、财富的人，权力的攫取与再分配引导着他们上上下下的话语运作。这类人的中性称谓是策士，有人说孔子的高足子贡是策士的祖师。

游说，即墨子所说的"行说"。那些策士们不同于一般的学者、教育家、思想家，他们没有定于一尊的立场和主义，而是什么吃得开就讲究什么，也就是说，他们不是推崇一个时代的永恒价值论者，而是迎合任何时代的时代迎合论者。他们认为"坐而论道"或"坐而议"作用不大，他们要积极地参与现实政治活动，以扬名显亲、升官发财。他们到处奔波，周游列国，"说而不休"。他们操纵外交风云，倒卖各种情报，乃至刺探对方头面人物的隐私，为主公出谋划策，他们当间谍、顾问、说客、使节，用百姓俗语说是"六国贩骆驼"的人物，其中最典型的人物就是苏秦、张仪了。

这种高级"马泊六"见缝就钻，活跃了人才市场。当时各诸侯国都搞军事竞赛、综合国力竞争，极需高智能人才。"养士""争士"之风愈演愈烈——这是中国历史上士人最为辉煌又风光的"黄金时代"，也是文化人传播的力度、活跃程度空前绝后的大时代。士人的自由流动，形成了人力资源的最佳配置。这种高智能的人才集团的流动迁徙，极大地促进了不同地区、不同学派的文化融合。各类游说人士，成了最活跃而富有成效的"传播媒体"。

他们是"用话做事"的特殊人士，凸显了人类"说话就是做事""语言就是行为"的本质。他们的话语实践可以成为传播学的分支修辞学、说服学、语用学的典型例句库。他们制作了许多"语言事件"，他们是把握"陈述状态""环境效果"的天才、机灵鬼。苏秦说秦失败，又转而挂了"六国相印"，靠的就是一张打动人趋利避害心理的嘴，他就凭三寸不烂之舌重新编组了"国际关系"的力量对比。

没有这样一个活跃而喧嚣的环境，中国文化以知识人为媒体的"大行销"是不可能实现的。天不生仲尼未必万古长如夜，但中国不出这个文化传播的时代，就还在沉闷的昏暗中，偶尔有光，也不过是刀光剑影而已。而有了这些人，尽管刀光剑影更多了，但社会进步了，人类的历史前进了。

六、图书的收藏与复制

自从有了诸子、私学和书籍以后，中国人的精神生活环境得到了极大的提高。我们名以"子"的那些宗师们都不是横空出世或从天上掉下来的，他们的前后左右有云团一样的文化人，只因没有成为第一，遂被类似体育史只记载破纪录者的书写原则和人们的记忆习惯给遗忘了。在他们的私学培养创造型的人才时，官府、诸侯、贵族的学校还在培养着彬彬君子，并在与私学"对话"、竞争，官学还在维持着当时的常规的教育局面。当时社会上的文化、教育、知识、思想的传播远远比我们现在知道的要多得多。自然，有了私学、诸子和私人撰写书籍的风气后，精神生产的规模、品种，文化产品的流通渠道和样式肯定以翻番的加速度增长着。

到了战国后期，从新近考古的资料来看，各类书籍多得让人眼花缭乱，不像过去的思想史所勾勒得那么线条简明、轮廓清晰，单是这个书单子就让人头昏脑涨：

睡虎地的简本：《秦律》《日书》《编年记》《语书》。

马王堆汉墓帛书：1.《黄帝书》（《经法》《十大经》《称》《道原》）《五行》《九主》《易经》及《易传》（《系辞》《二三子问》《要》《缪和》《昭力》《易之义》）等；2.《战国纵横家书》《春秋事语》等；3.《五星占》《天文气象杂占》《相马经》《导引图》《五十二病方》《却谷食气》《刑德》等；还有《城邑图》《园寝图》《升龙图》等图形文书，用蓝色、红色、墨色画在帛上的军用地图，是现存最早的彩色地图。

放马堆、银雀山、张家山、八角廊、双古堆等地出土的《引书》《脉书》《万物》《唐勒》《奏献书》《历谱》《算术书》及各种久已亡佚的著作。

出土资料还为一些过去被当成伪书的子书正了名，如《尉缭子》《尸子》《文子》《鹖冠子》《六韬》等。

就说马王堆的书，第一类是后来进入上层思想世界的书，即经书一类，传播的渠道也在上等贵人，至少是精神贵族中。第二类是史学著作，但传播的范围不限于史官，它们的读者群几乎是所有的文化人，中国的史官文化传统是相当深入而有力的，人们已经知之甚详，不用重复。第三类是术士们的理论武器，也是民间术士的"技术资源"，自然也供民间的日常信仰生活采用。它们起初大约在下等人中流传，后来成了神仙、方术、谶纬专家们的经典学术。

这些书籍怎么刻写、书写、抄写、编发、誊录、转录、流通，均不得而知，但是一种著作问世后，就常常伴有不同的手抄本问世。最先成书的极可能是学生记录老师的讲话，如《论语》就是孔子的受业弟子和再传弟子所记叙的孔子的言行录，然而究竟是什么时候编纂成书，就很难断定了。汉时，《论语》有三种手抄复本，《鲁论语》20篇，《齐论语》22篇，皆今文，第三种是在孔家旧宅发现的古文《古论语》。《列子》现存五种手抄本，手抄肯定是复制书籍、传播书籍的最重要的方式。有了书籍，精神产品可以转化为物质形态，从而广为传播；有了复制书籍的方法，同一本书可以变成成百上千本——书的复制使书周转流传，四海受益——出版业是人类文明的重要里程碑。没有书籍的复制，先秦的文明难以流传下来，直到今天，"海内孤本"还有无价之宝的意思。

《国语·楚语》载有一份楚太子箴的必读书目，其中有《春秋》《世》《诗》《礼》《乐》《令》《语》《故志》《训典》等。楚国地处南邦，能将中原地区的文化精品列为必读书，可见手抄书的流传和深入，因为《春秋》在当时还只是鲁国的史书，并不是后来的经典必读书。

上述出土的读物，都是墓主所涉猎、收藏的读物，而一个墓主所涉猎的范围，可以代表他这一阅读群体的取向。不同书籍已经有了不同的读者群来收藏，这是图书传播的必然形式，文献的收藏是流通的必然环节。

当然，国家收藏甲骨文书早在商代就开始了。《左传·襄公十一年》："国之典也，藏在盟府，不可废也。"这表明当时已有自觉的藏书意识。《左传·昭公二年》记载："二年春，晋侯使韩宣子来聘，……观书于大史氏，见《易象》与《鲁春秋》。曰：'周礼尽在鲁矣……'"那时人们已经把藏书作为"文运"的体现和象征了。《左传·昭公十二年》载，楚国良史左史倚相能读《三坟》《五典》《八索》《九丘》。《国语·楚语下》说倚相能道《训典》，以叙百物。收藏图书、记诵之学已成令人敬重的作风。《左传·哀公三年》载，鲁国宫中失火，人们抢救图书时，按御书、礼书分别抢出，这说明鲁国的图书是按类收藏的。《汉书·艺文志》著录下来的会大大少于历史上实际存在的，则是毫无疑问的，那些书籍当时肯定各有各的流传史。

别的不说了，可惜的是李悝的《法经》、申不害的《申子》、吴起的48篇《吴起》，这些兵法家的著作，稷下先生田骈的25篇《田子》，纵横家张仪的10篇《张子》，苏秦的31篇《苏子》，若流传下来，会丰富人们关于百家争鸣的景观。那位在梁国为相十五六年，被庄子称为"其书五车"的大名家惠施的书也居然遗失了！

当时成为社会上文化传播媒介的除了图书还有许多别的东西，现在能看到的如壁画、各种器皿上的铭文，如曾侯乙墓出土的编钟、钟架、编磬和木制磬匣上的铭文。其出土的大量铜镜的背面，大都有一些铭文，铭文的内容五花八门，毋庸细说。有意思的是，据日本学者研究，古代中国人从先秦就认为铜镜怀有神秘感，西汉谶纬大兴以后，人们就把铜镜当成这个世界的支配者，作为帝王权力的象征而神秘化、神灵化，上面常写着"见日之光，天下大明"，给人恍然大悟的开悟感。这种铜镜会不会作为上好的礼品以馈赠的方式流传？这个我们不能确定，但它肯定在被仿制着，上面的铭文也被复制着。

秘密流传得很好也很热闹的是术士的技术秘诀，因为术士要垄断沟通天地人神的权力，他们也书写符（如解注瓶上的）、咒（如祝由），将神鬼的力量传给人们，这些符咒也被模仿、复制，也在流传，发挥着"神圣"的作用。秦汉间的画像、图像类的东西也有数术的意味，春秋战国时期就流行着以所谓《白泽精怪图》识鬼物以辟邪的技术，这一脉的知识、信仰、技术，一直是非常受各色人等重视的。无论是在上层，还是在下层，无论是公共生活，如各种级别的祭祀，还是私人生活，如怕死求生的祈祷，都是很重要的。

《汉书·艺文志》把数术类图书分为六种：一天文，二历谱，三五行，四蓍龟，五杂占，六形法；并说："数术者，皆明堂羲和史卜之职也。"数术中有著名的三式——太乙、六壬和遁甲，太乙、六壬早就有文献记载，出土的西汉初期的六壬式盘和太乙九宫式盘，证明它们最迟产生在战国时期。《史记·日者列传》说秦焚书，"而易为筮卜之事，传者不绝"，数术反而得到了迅速发展，到汉初以数术名家者有"五行家""堪舆家""建除家""丛辰家""历家""天人家""太乙家"，还有形法，即相术。《四库全书总目提要》说"术数之兴，多在秦汉以后"。

第八章
哲学级别的传播论

一、孔子的传播思想及实践（附儒家）

孔子之所以那么伟大，是因为他是以民间自由学者的身份，自觉地总结人类经验，通过著书立说、开门办学，卓有成效地传播了古典思想文化和自己的儒学教义，从而成为第一个在权力系统（治统、政统）之外，面对平民推广文化、传播智慧、建立道统和学统的思想祖师，成为历代学者景仰追慕的伟大导师，就像他是许多文化范型的创始人一样，他也是中国传播学的创始人。孔子在他那开启智慧的教学生涯中，提出影响了中国 2000 多年的传播学原则和卓有成效的传播方法。

《论语》开头便讲传播："学而时习之，不亦说乎？"注重知识学习、人际间的理解和交流始终是儒学的基本品格，也是儒家传播理论的基调。"以文会友，以友辅仁"是孔门弟子的"学规"，也是儒生的交友原则。"朋友切切""如切如磋"讲求的是同门学术圈的深度沟通、学养砥砺。《论语》最后一句话是："不知言，无以知人也。""知言"，是儒学最重视的学问，通过知言来知人，理解人的内心、意志；发展到孟子则有了系统的"知言、养气、逆志"——关于解释、接受、表达的理论。

儒学之所以跨越千年而大道弥坚就在于它是一个开放系统，不但内在义理上是开放的，而且在学习、传授等方法上也内含传播学的至理。孔子开辟了宪章文武、祖述六经的传播文化的正道，他又以伟大的哲思、乐理使雅颂各得其所，使古老的"礼乐文化"成为与平民教育一体化的全中国人的思想资源。——"通过教育而不是通过行政变革来改良人民。"汉代以后，他的学说还影响了行政传播的风格。换句话说，将传播纳入教化系统，始终关注传播的意识形态功能是孔子奠定了的中国文化传播的总特征。

维护传统、在传播中赋予传播新的生机，通过礼乐教化造成社会与传统的同一，是孔子传播论的"中心思想"。其中一个重要的辩证关系是既要将"礼"这种交往行为规范落实到现世人的角色意识、信息沟通、观念情绪的交感中，又要创造性地解释传统，孔子把它们分别叫作"正名"和"温故知新"。他是个"托古改制"的高手，并形成了汉世以后历次改革的"现成思路"，一直影响到以复古求解放的晚清和当代新儒家。其要点在于确立高于一切现象的仁道，让这种超然独立的大文化情境来规范具体的传播情境，让礼的概念系统如仁、忠恕、中庸来规范人际传播，来统驭人们的日常传播行为，使信息成为信念。这是以人性可能性为基点的"大"传播学，其最简明的纲目在《论语·述而》中有所概括："志于道，据于德，依于仁，游于艺。"

孔子说："言之不文，行之不远。""不学诗，无以言。"他以诗的规范语言来整合提高日常传播语言。在日常的教学当中，他也相当注重传播效果，他因人素质所异而对相同的问题做不同的回答；他不是强行灌输知识，而是启发学生进行积极思维，达到举一反三、触类旁通的效果。"文言"（修辞语言、选择好的说法，参考阮元的"文言说"）行远，随语境不同调整言说策略，既是孔子的传播实践的特征，也是孔子传播学的内容之一。

但孔子绝对反对花言巧语，"巧言令色，鲜矣仁"这句话在《论语》中反复出现。他只是主张"辞达而已"，"巧言"就会"乱德"（《论语·卫灵公》）。达，就是切题得体，"文言"也是为了达。他分科教学，"言语"是其"四科"之一。他是中国说服学与修辞学的创建者，这两科在西方传播学中是基本"重镇"。

孔子的说服学，核心是如何达到言说目的，对不同的人采取不同的说法，对"君子喻于义"，对"小人喻于利"（《论语·里仁》）。他像苏格拉底一样是个平民，没有权力做命令语的后盾，只能与对方平等交谈，在师生之间他也不以势压人，而是在彼此之间的交流中引导你得出正确的结论（"扣其两端""引而不发"）。他的说服学是既秉持"直道"（"直道而行"《论语·卫灵公》），又要讲究言说的境界、照顾言说环境、把握良发的言说状态、获得最佳的言说效果。他说："侍于君子有三愆：言未及之而言谓之躁，言及之而不言谓之隐，未见颜色而言谓之瞽。"（《论语·季氏》）同理，"可与言而不与之言，失人；不可与言而与之言，失言。知者不失人，亦不失言。"（《论语·卫灵公》）言说姿态要随机应变，不能放言无忌，这是孔子追求"时中"（永远恰当得体）之中庸哲学衍生出来的传播艺术的总原则。

孔子不以"多闻而识之者"的教授自居，那还只是个学问家。他是个敏行多能的行动主义者，更是个有"一以贯之"之道的思想家。将传播行为制约于道德伦理教化的大道之中，是他的一个根本思想。《中庸》很好地确立了理想儒生的形象传播的定位："君子动而世为天下道，行而世为天下法，言而世为天下则。远之则有望，近之则不厌。"经世致用的儒学要求儒生在上"美政"，在下"美俗"，他们的理论是：君子德风，小人德草，君子可以风化小人——精英可以化大众，先觉可以、应该、能够觉后觉。在这个言传身教的过程中，文化得以传播，人生得以改良，社会得以进步。

儒家可以说是"教育传播家"。他们不但与别的门派一样靠教授门徒来传播自己的思想，而且更重要的是他们的思想就是用教育解决问题，用改变人们的思想观念来解决一切问题。儒教是教育教。

到了孟子、荀子的时代，世界上的事情复杂了，他们的办法也多样化了，他们都重视"辩"，孟子"传食诸侯"，辩才无碍，他说他非好辩，不得已也；荀子说"君子必辩"。春秋战国之际，传播行为已成为重要的政治工具。荀子教给了韩非"说难"的道理，荀子教给学生许多实用的"术"（详见《荀子·儒效》），其中包括"谈说之术"：态度端庄，真诚又矜持，"坚强以持之，分别以喻之，譬称以明之……宝之，珍之，贵之，神之，如是则说常无不受"（《荀子·非相》）。

荀子清晰地认识到信息在传播过程中不断衰减这一传播规律，在《非相》中说："五帝之外无传人，非无贤人也，久故也。五帝之中无传政，非无善政也，久故也。禹、汤有传政而不若周之察也，非无善政也，久故也。传者久则论略，近则论详。略则举大，详则举小。愚者闻其略而不知其详，闻其详而不知其大也。是以文久而灭，节族久而绝。"他与孔子一样相信古今同理，圣人可以"推度"："以人度人，以情度情，以类度类，以说度功，以道观尽，古今一也。"

荀子因吸收了战国时期的实用主义风尚，而被后来的道统斥为伪儒，其实他并未放弃儒家教化之下的理想，并为专制国家提出了以传播引导控制舆论、引导民情风俗的主张。这些主张在汉代得到充分发挥，成为后世封建王朝实施社会舆论管制的指导思想。荀子为了解决有效信息在时空流传历久而递减的现象，有意加工语言，"简其语、齐其句、谐其音"，从而便于记忆，以减少信息的耗损。他的《成相》《赋》大体押韵，成为汉赋的前驱。

孟子之传食诸侯，不是为混饭吃，而是为"正人心、息邪说"而奔走呼号。他关于说服、修辞的论断也很精辟，孟子的譬喻修辞艺术是超一流的，其辩才无碍的雄姿，使历代士子扬眉吐气。但是最为难得的是他提出一个"国人皆曰可锲的""民意测验"的理论（《孟子·梁惠王下》），这等于将舆论反映的民意当成最高决策的依据，是个"奇迹"——也因此而没有变成过事实。这个理论像他的许多理论一样，被军政寡头视为"迂阔难行"——并不是技术上的难办。

儒家留给后世的传播学资产，其大宗就是确立了语言可以调节一切的神话。他们认为语言是可以切中一切事物、现象和思想的，语言是圣人来教化世界的信符。语言不仅表述和凸显着事实的情状，也表现和指示着人的心理。《周易·系辞下》说"人情不同，其辞各异"，心中有叛乱之意，言辞就一定有惭愧意味；心中疑惑不定，言辞就会枝蔓；顺利的人言辞果断，焦躁不安言辞就啰唆，诬陷之辞游移闪烁，没有操守的人话不坚定。通过知言可以知人论世，知人论世是儒学重要的思想方法，孔子提出"听其言而观其行"（《论语·公冶长》），《周易·系辞上》则极而言之：语言的混乱将引起秩序的混乱，即所谓"乱之所生也，则言语以为阶"，因为社会秩序是由"名分"维系的，所以孔子首重"正名"。荀子提出的"制名之枢要"，是他们通过语言荣誉、爵位（名器）来进行社会控制的基本思路，这也是 2000 年来行之有效的"思路"。这等于用语言的传播的力量来实现意识形态管理，灌注于观念控制的正是语言的传播——将"道德"（宇宙人文法则）道理化。

二、兵家与法家侧重行政传播

兵家在春秋战国之际是最受重视的"专家"，一般是养数年国力才敢打一次。兵家往往是法家，他们都具有严格管理的竞争品格，摆脱了氏族原始制的"你好、我好"的温情，从孙武杀吴王爱妃的事例见出军法一体的特征。最典型的是吴起，他既是著名的军事家，更是改变楚国命运的法家。关于军事上的传播措施，我们在"军令如洪"节中，已有所交代，不妨欣赏一段军事征兆学——征兆是情报，情报是特种传播。《孙子兵法·行军篇》中间有一段讲如何根据敌方动静判断敌人的意图——不是自家队伍间的联络，而是解读对方的符码：

众树动者，来也；众草多障者，疑也；鸟起者，伏也；兽骇者，覆（大包围）也。尘高而锐者，车来也；（尘）卑而广者，徒（步卒）来也……辞卑而益备者，进也；辞强而进驱者，退也；轻车先出居其侧者，陈（布阵）也；无约而请和者，谋也；奔走而陈兵车者，期（想交战）也；半进半退者，诱也。杖而立者，饥也；汲（从井中打水）而先饮者，渴也；见利而不进者，劳也；鸟集者，虚也；夜呼者，恐也；军扰者，将不重也；旌旗动者，乱也；吏怒者，倦也；……数赏者，窘也；数罚者，困也……

兵、法家都是一个逻辑，你死我活，你输我赢，与儒家的感化法不同，他们是征服法，当然也得"得道"，不能妄行。取胜之道在效率，甚至一切都是个效率问题，他们的效率主要是开发"社会控制"的效率。他们千方百计地想办法改变社区管理、改变社会构造，如商鞅强迫秦国人分家析产以广开税源。引进新的社会激励规则以提高社会运行的效率，让政令通达是做到这一切的基础，他们在这方面自然有足够的认识，也的确开创了许多高效率的传播方式。

早在鲁昭公六年，郑国子产"铸刑书"，鲁昭公二十九年，晋国子范"铸刑鼎"，广而告之，让人们（至少让贵族）知法守法，在没有别的书写工具时，这也就算是最先进的大众传播方式了。最有效的传播工具是人，因为口耳相传还是当时的主要传播方式。商鞅为了让人们相信他的变法令是真实的，宣布如有人能将一根木头从南城门搬到北城门即重赏，先赏十金，无人相信，后赏五十金，有人搬了，立即兑现赏金。人们震动，开始推行新法令。这叫取信于民，建立传播的可信度。这是一种特殊的"劝服传播"，也是一次像样的"象征传播"。

齐国的管仲在发布政令时，往往只是在朝廷议事官员中小范围传播。韩非子认为，此"非法术之言"，不足道。他主张，法者，编著之图稽，设之于官府，而布之于百姓者也。"明主言法，则境内卑贱莫不闻之也，不独满于堂"（《韩非子·说难三》）。让境内庶民都知道，单靠口说是不够的，所以韩非提出用"图稽"，再通过官府的组织传播通道，加以推行。儒家说三代的统治办法，是将治国之道书之典册，宣之官府，让百姓遵守（详见《周礼》《礼记》等）。在这一点上儒家与法家讲到一块去了——陈寅恪说秦始皇搞的车同轨、书同文等大一统措施就是落实儒家的大同说。

"循名责实"是各派法家甚至儒家都坚持的治国通则，具体到传播上就是各派都正视民智渐开这一事实，都强调必须以实取信、名实相符，法家则用强硬的刻薄的态度毫不含糊地"循名实而定是非，因参验而审言辞"（《韩非子·奸劫弑臣》）。把一种制度或官职的责权讲清楚，然后就毫不含糊地用这个标准来要求，这种"参验"的方式的确是"理性"的社会控制，照章办事，有"法"可依，相当今日之目标管理法。法家比较苛刻，使用类似兵符一样的符号系统，使各种公共行为都有一套"验证"措施——如住旅馆要证明信一类的东西。商鞅本人逃亡时，因没有验证物，就未能住入旅馆，他成了为法自毙的样品。

法家在提高社会控制的传播系统方面有许多建置，最大的举措是建立科层制管理体系，把权力从贵族手中转到有才干的人手里，哪怕他是庶民，把世卿世禄制变成了官僚制，以提高效率，开放政府，打开更多的与社会转换信息与能量的界面，能够将政令一步下达到法定社区，乃至于自然社区。法家的变法都从改造社会结构开始，如商鞅的分家令，就是变革了社会的横向结构。他们推行的官僚制则改变了社会的纵向结构，让新的等级活跃成为国家的主体，让旧贵族及原先的权力集团靠边站。新的社会运行机制因为高效率的行政传达、管理而显得生机勃勃，其中最重要的一条就是将"法令""布之于百姓"，达到广泛传播的效果，从而提高社会动员力。《吕氏春秋》写出来后，吕不韦将它公布于国都咸阳城门，高价征求意见，像商鞅让人搬木头一样，能改动一字赏十金，其中一个目的就是让它广为人知，让人们接受这一套治国之道。

从传播技巧角度说，法家认为全部传播活动应以君主为中心来精心组织，既要见机巧妙地说服影响君主，又要为君主设计把传播权术化的策略。韩非在《说难》中论述了在"传"的过程中，将知、音、意、学、识、胆、术、姿、气都调动起来的技巧，还要求伴之以察言观色，听音辨气，并令人信服地分析了主客体意向。水平不平衡、不一致，传播就必然失败。

法家看重的传播是自上而下的灌输，是舆论一律的语言的暴力统治。他们限制社会间横向的信息沟通，强力推行自上而下的"传"，是为了达到社会国家的高度一体化。法家在政治传播领域的建树奠定了后世所谓法制化的社会控制的基本套数，没有这种行政传播系统，一个以政治立国的国家就不能存在半天以上。

三、诸子一致的几项传播观点

由于私学初兴，学术渐繁，传播于是成为社会生活的重要内容。商鞅说从事于谈说已成时尚："学者成俗，则民舍农从事于谈说，高言伪议。舍农游食而以言相高也。"（《商君书·农战》）韩非在《五蠹》中将游说之士列入危害国家的活跃的害人虫之列，也列举了他们传播各种信息的害处。尽管商、韩都以谈说起家，但他们反对别人谈说。

从另一个角度说，诸子都是传播活动家。争鸣，就得讲究怎样争、怎么鸣，名家就是这么讲究出来的。每一家都在研究如何说服君主和全人类，在那个没有统一王权的背景中，都得从头说起，都得以理服人，都得"导之以道而勿强"（《荀子·大略》）。儒家门户森严，恪守主义和原则；名家区分概念信息和经验信息，恪守纯逻辑工具的独立立场；其余家则随机变换自己的主张。商鞅就先后以帝术、王术、霸术来游说秦王，像他这样的传播活动家是普遍存在的，到了汉代初期还是这样。游士们都会各种说辞，哪个能行得通，就用哪个。儒家后来也不得不"与时变化，委蛇求存"，有人归咎于荀子，说他去了儒的"势"，走向与当权者同流合污的道路。其实荀子是真正的大儒，他将名法家的内容纳入其学术体系中，教弟子各种"术"，这是战国思想分久必合的整合态势使然，是各派传播沟通的果实之一。

各派的传播手段、形式上的做法上大致相同，都是广收门徒，扩大人际传播，著书立说扩大书籍传播。做得最突出的是墨子，他"遍从人而说之"，走出书斋去"行说"，"裂掌裹足，日夜不休"，以致成了孟子痛恨的话语霸权："天下之言不归杨（朱）则归墨。"关于传播的目的说得最明确的也是墨子："恐后世子孙不能知也，故书之竹帛，传遗后世子孙。咸恐其腐蠹绝灭，后世子孙不得而记，故琢之盘盂、镂之金石，以重之。"（《墨子·明鬼下》）因为他们都想有用于世，都想"传通"自己的学说，彼此的"辩"也是在对话、"通话"，所以尽管在"务于治"的思路上不同，但在相互辩论的过程中逐渐互为"他者"和"语境"，逐渐形成一致的"问题域"。他们都重视传播则是他们通话的基础，有一致的意见是共同人性的体现，最后"百虑一致""殊途同归"于治道的研究也是思维共同体的范导作用——中国特色的人文精神、实用理性。

但是要想无遗憾地"传通"，很难。大环境是物欲横流，"强凌弱，众暴寡""士无定主""楚才晋用""春秋无义战"，战国更是弱肉强食，钩心斗角，背信弃义，欺诈成风，"扬言者寡信"几乎成了人们的共识。这不是信息的冗余度问题，而是"虚假广告"、政治欺骗的问题。像诸子这样的思想家相对于那些无耻的政客、食客、"马泊六"来说，都是有信仰和操守的"正士"，他们几乎一致地在抵制鱼龙混杂的传播浊浪。

诸子一致的传播观念主要有：

第一，举实贵信。举实，就是用事实说话，因为"名实之相怨久矣"，单靠名已不再具有说服力了。孔子修《春秋》时说，"吾欲载之空言，不如见诸行事而深切著明也"，他就是想用史实来说话。《孟子》说"言语必信"；《吕氏春秋》专有《贵信》一篇讲到了言说必须信实；韩非提出要"举事实，去无用"，不用"宛言""虚言""妄言""微妙之言"（《韩非子·说难》）。

第二，掌握传播的主动权。正确的东西如不坚持就会被邪恶、虚假的东西湮没。"真理"是人说出来的，而人是能说出任何"真理"的，至少每个派别都认为自己说的是真理。各派都有关于自己言说的正当性、合法性的证明，各自自以为是，这在客观上进一步刺激了思想言论的传播。孟子有个形象的比喻："山径之蹊间，介然用之而成路；为间不用，则茅塞之矣。"（《孟子·尽心下》）孔子出，周游列国，为道行；处，著书授徒，为道尊；坚持出个儒学大行于天下。墨子坚持得最为艰苦卓绝，用"行说"横向传播，用著作纵向传播——传之子孙。

第三，察传明辩。察传，就是审察接收到的信息。诸派大师们都敏感地意识到人们总是生活在误解之中，察传明辩是减少误解的策略。孔子提倡听其言而观其行，乃至于察言观色，以做到智者不惑；韩非子用"三人成虎"的事例说明"众言成实"的传播现象；法家的"参验法"可以解决名实之间的舛错；名家则是努力从逻辑上提高人们的思维品质，用逻辑的力量来使人心明眼亮，名家针对战国时期出现的名实不符的现象，提出分离名实的"坚白分隔""白马非马"的言述策略，以动摇儒家的绝对概念体系和法家的语言暴力。他们揭露了传播与认识之间的矛盾，揭示了在传播范畴上所采取的媒介语言与作为认识工具的概念之间存在极为复杂的歧义多义性质。他们侧重逻辑技巧，引入了抽象性的思维方法，推进了符号性运演的学术水平。

在惠施、公孙龙的时代，语言论辩成了一种风尚，"天下之辩者相与乐之"，这有点希腊学院、印度经院之学术辩论的味道了。他们主张"合同异"者有之，提倡"离坚白"者有之，并且在论辩中提出了类似"经院哲学"的命题，如"卵有毛""鸡三足""郢有天下""犬可以为羊""马有卵""火不热"等。可惜这种"明辩"没有被重实用的君主和其他的传播活动家接受、借用，反而被排挤到了"无用之地"。借用了他们巧辩技能的纵横家翻云覆雨，出尽风头，而那些辩者却逐渐消失，直到在唐代佛教唯识宗的著作与禅宗的公案中，他们才再一次短暂地浮出水面。魏晋出现的识人学、鉴赏学有"名家"的技巧。

四、《察传》：先秦传播学说的总结

有人依照雅斯贝尔斯的理论将诸子时代称为"轴心时代"，因为此时中国形成了自具特色的思想体系，这些思想笼罩了中国后来的2000多年。但是他们并不是分别影响了后来人，而是逐渐融合成一种"混成"的中国学，始见兼容的是《荀子》，在先秦集大成的是《吕氏春秋》，这个"混成期"于《淮南子》《春秋繁露》基本完成。《史记·太史公自序》说黄老那一段正是那一时期各派相互通融的总趋势："其为术也，因阴阳之大顺，采儒、墨之善，撮名、法之要，与时迁移，应物变化，立俗施事，无所不宜。"这不仅是混成期一时的特征，几乎成了中国学的总特征。《吕氏春秋》在各个方面都是诸子学说的一个总结，在传播学上也是，《察传》一篇是个集中体现。

《察传》的主旨是要求对传播中的符号必须审察。先秦诸子都对传言的失真高度敏感，前面没有介绍庄子的观点，因为他是怀疑和蔑视语言的。他主张必须超越语言直接追寻"道"。他在《人间世》中说"无听之以耳而听之以心，无听之以心而听之以气"，这种"心斋"功夫凡人难有。在文章中他杜撰孔子的话说："凡交，近则必相靡以信，远则必忠之以言，言必或传之。夫传两喜两怒之言，天下之难也。夫两喜必多溢美之言，两怒必多溢恶之言。凡溢之类妄，妄则其信之也莫，莫则传言者殃。"他制造这个"模型"恐吓传言者，是另外的问题，他看到传播过程中信息失真，却是普遍的事实。《察传》一篇就是从语言、思维等角度来研究符号何以会在传播中失真。

首先，是语言的多义与歧义造成语词传播本身的模糊性。"夔一足"既可以解释为"夔这样的乐师，有一个就足够了"，又可以解释为"夔这个人有一只脚"。"穿井得一人"既可以解释为"挖井节省了一个劳动力"，又可以解释为"挖井挖出了一个大活人"。传言失真的原因在于能指与所指的分离与变异。多义的符号到了语境中就会产生歧义：同一个能指，在符号发送时，与这个所指结合，而它被接收时，却与那个所指结合，这样的分离与变异使传播失真。所以，作者提出"得言不可以不察"，这是从社会传播的角度来研究符号，也等于把符号学纳入了传播学的范围。

《察传》已经在运用了语型学、语用学、语义学来研究语言传播了，"足"之语义既有"足够"义，又有"脚"义。"得一人"则用语用分析，是以"一人"借代"一人之役使"，即"一个劳动力"，而若看不出这种借代的语用特点，就会将"一人"理解为"一个大活人"。

其次，任何人要使用符号或解读符号，都必须把握编码系统。《察传》展示了一个解读符号的精彩事例：子夏之晋，过卫，有读史者曰："晋师三豕涉河。"子夏曰："非也，是己亥也。"因为"己与三相近，豕与亥相似"。那个人到晋国一问果然是己亥。子夏高明在他不仅知道己与三、亥与豕字形相近之字形系统，还知道己亥干支纪年的词意系统，还有一个把握句意系统的问题——己亥是时间状语。

再次，《察传》运用了"双层意指"的符号艺术。所谓"双层意指"的方法，是说有两层能指、两层所指，而表层的所指同时又是深层的能指。或者说我们看到的语词符号所表达的意义并不是作者要表达的意义，深层的意义是靠字面的意义做能指来表达的。如开篇讲了"得言不可以不察"之后，举了"数传而白变黑，黑变白"、狗似猴、猴似人的例子，真正的论据是这句话的含义：传闻可能严重失真，甚至与事实全然相反。这样表述含蓄而生动，并且还能发展符号系统——成了"典故"。

《察传》能有如此深邃的理论内涵，是让人叹为观止的。

第九章
秦汉一统及打通西域

当小人物们还在为一文钱讨价还价、传播邻里家庭秘闻，或照着与天"同构"的铜镜，做着"常富贵、乐未央"的白日梦时，秦王横扫六合的大军如秋风扫落叶一般把他们送到了世界的"那一边"。此前再也没有比秦军更暴虐的军事征服了，仅长平一战秦军就坑杀赵国降卒 40 万！孟子原先说的"争地以战，杀人盈野；争城以战，杀人盈城"还像文学语言，现在是鲜血淋漓的事实。

秦的统一是通过"霸术"而非王道，是暴力统一而非文化统一。远交近攻，各个击破；武力压境再加上收买对方的权臣，如贿赂赵王的宠臣郭开，郭开诬陷李牧，赵国杀李牧，赵国亡；贿赂齐国的国相，齐国不战而降。秦国的文化落后于六国，由秦国来统一，尤其是这样地来统一，是一出悲剧。用公羊学家的眼光看（《公羊传·僖公四年》），秦以西戎之裔妄斩三代文教之制，是华夏王土的大变局，是空前的改制危机。

一、大改造

"焚书坑儒"，是虎狼的秦国性格使然，早在商鞅的时候秦国就试行过除去礼、乐、诗、书的"靳令"（《商君书·靳令》）。秦王在未统一前就在国内搞清洗，将六国在秦的客卿统统驱逐出境。李斯一封《谏逐客书》保留下来了后来灭六国的文武人才，李斯这一封信是书信传播史上最有威力的信了，但李斯的另一封上书，却导演了"焚书坑儒"。《史记·秦始皇本纪》为凸显场面效果，写他们是在咸阳宫酒会上辩论，李斯振振有词地如此提议。《李斯列传》中则说是"上书"——全文是书面语，显然是上书（下面引文用《秦始皇本纪》）：

第一，废除私学，因为它们是自由化的根源。"今皇帝并有天下，别黑白而定一尊。私学而相与非法教，人闻令下，则各以其学议之。入则心非，出则巷议……率群下以造谤。如此弗禁，则主势降乎上，党与成乎下。禁之便。""定一尊"之话语霸权最害怕独立自主的私学，极权视传播为天敌，一个"禁之便"就埋葬了百家争鸣那学术春天的景象。

第二，除《秦纪》外，六国史书一律烧掉；除了博士官所藏的《诗经》《尚书》、百家语，一律交到当地政府，由官员监督烧掉；敢谈论《诗经》《尚书》者"弃市"，敢以古非今者族灭等。毁灭六国的历史是为了让人们遗忘过去的文化共同体，这样才真能彻底灭绝六国，这等编制"遗忘"机制，将人们送入了黑箱。毁灭了思想、言论自由，"定一尊"的特权就可以永世长存了。

第三，只要工具性的书籍，因为他们还需要"作福"（鲁迅语：作威要人死，作福要人活），所以不烧医药、卜筮、种树之书。

自秦始皇以来的极权政治是文化传播的大敌。"焚书"事件，还只是个开头，历代都有一套禁毁书籍的办法，有的更加阴损博大恶辣，如明清的八股文、文字狱。

秦国对六国的文化不是学习，而是铲除。他们让没被杀完的六国人大量迁徙，将六国的王室人员、旧贵族、富豪迁到咸阳，一部分移至南阳、巴蜀，限制他们，而不是开发性的移民。秦国有效果的移民是在乘统一六国的余威分五路攻百越，他们在公元前222年设立会稽郡、公元前223年设立闽中郡，在公元前214年建立了南海郡、桂林郡、象郡，在公元前215年迁徙50万人戍守五岭，与越人杂居。当时全国的总人口不过1000多万，迁到南边来的人都"太平"了，没有再经历后来的屠杀和战争。他们将中原的先进的科学技术和生产工具带到了岭南，促进了岭南的发展，促进了民族融合。公元前215年，秦国北击匈奴，建九原郡；公元前211年，他们迁徙中原3万户屯垦于今内蒙古河套东北岸，促进了边疆的开发和民族融合。另外，他们与东、西两边的少数民族也有不同程度的交往、融合。应该说秦朝最有规模的文化传播就是民族融合、区域文化的融合。

为了进行军事征战与政治统治，秦国在开辟交通方面既有效率又有远见，显示了大国的气象。因秦汉相连，一并述之。他们开辟了驰道，通西南夷道、通南越道、褒斜道、回中道、子午道、飞狐道、马援所刊道、峤道，奠定了中国陆路交通的主干网络。

驰道，就是按最可能近的距离所修筑的道路，因此又叫直道。据《汉书·贾山传》说："东穷燕、齐，南极吴、楚，江湖之上，濒海之观毕至。"驰道，"广（宽）五十步，三丈而树，厚筑其外，隐以金椎，树以青松"。驰道路线长、"堑山湮谷"千八百里，宽度大、取直线、建筑坚实亮丽，是空前的大工程。秦始皇曾沿驰道五次出巡，每次历时一年，沿途刻碑记事，这也是特有的政治传播。驰道所经过的地方都有相当的军事价值，周勃受刘邦重用，让他"当驰道为多"，但驰道不是民用交通道路，汉代则是皇帝的御道，旁人行走就触犯了律条。

通西南夷道，开始于秦，汉武帝继之。《史记·西南夷列传》说秦时"略通五尺道"，此道自今四川宜宾至云南昭通。汉武帝又加了夜郎道、灵山道。

秦始皇拆除了六国的关塞。战国时期，六国大多在边地的河流旁建筑堤防，甚至筑起长城，统一后，秦下令"堕坏城郭，决通川防，夷去险阻"（详见《史记·秦始皇本纪》）。这种"开通道路，无有障塞"是得不偿失的，秦国对于六国的成果不是"因"而是铲，真是愚不可及。他只能在开发比秦国还落后的地区有建树，如将湘江与漓江连起来，从而沟通了长江水系和珠江水系，这条灵渠，长达30多千米，是件了不起的作品。再加上有沟通江、淮两大水系的邗沟，沟通河、淮两大水系的鸿沟，这些南北向的水道弥补了中国河流大多从西向东入海的不足，对加强岭南—江淮—中原的经济贸易、文化传播都有永久的助力。汉武帝为了便于关东粮食漕运关中，"引渭穿渠起长安，并南山下，至河"，开出一条漕渠（详见《史记·武帝本纪》）。

把六国的宫室城郭拆毁，却又按原样在咸阳建立，形成建筑史上独特的"搬家式"传播。当时，人们已能自觉使用"符号传播"了——让人绘制亡国宫殿的图样，然后在咸阳"北阪"仿造。这样搬了700多座宫殿："关中计宫三百，关外四百余"。朝宫"前殿阿房，东西五百步，南北五十丈，上可以坐万人，下可以建五丈旗"

（《史记·秦始皇本纪》）。项羽占了咸阳后，放火烧了三个月，同时将秦国博士官典藏的书籍也焚为灰烬，这一把火将秦之焚书子遗也报销了。与秦始皇开了专制的恶端一样，项羽也开了起义军毁旧宫的恶例。

秦始皇对传播的最大贡献就是统一文字。七国之时，田畴异亩，车途异轨，律令异法，衣冠异制，言语异声，文字异形。李斯等人以秦国的大篆为基础，参照六国文字，改造整理出笔画简省划一的小篆，作为官方标准文字颁行全国，废除了六国的古文和异体字。程邈在民间书法的基础上整理出更为简便的隶书，奠定了后来文字的形体结构。睡虎地出土的秦简，官方文书有的已用隶书；学龄儿童的识字课本用的是小篆，这对于中国文化一统各地、各族起了怎样估计都不会过高的作用。后来历经离乱，多亏了共同的文字，才将人们凝聚在一起。文字的统一在当时使政令通达，海内一律，极大地增进了传播的力度，是不用多说的显而易见的事实。

秦国兼并了六国，推行了一大套制度、法令法规，如同当年的分封制传播了周文化一样，现在废分封、立郡县，又是新的一轮传播中央王权的政治文化的历史际会。可惜秦文化太落后，他们又推行了反动的禁锢地方文化传播的政策，并没有形成层楼更上的大一统的文化融合，只是搞了大一统的强制，这是秦国人的作风，秦国的强制主义使他们拥有超过六国的军政效率，但也使他们因效率牺牲了公正与和平，从而迅速覆亡。

二、朝议制度与政令通四海

朝议制度本是氏族公社处理事物的一种原始民主协商制度，

后来演变成"御前会议"，遇有军政大事时"议之而后动"。战国争雄的时候，各诸侯国都主动"集思广益"，议战议和均有御前辩论，秦始皇及后来的大一统政权都沿用了这种以"会议"为所谓最高权力机关的形式。"始皇置酒咸阳宫"批准了李斯的焚书建议，出了《挟书律》，就是御前会议的结果！朝议制度对于秦始皇来说是贯彻"天下事无大小皆决于上"的制度，"下其议"于群臣是等着有人提出迎合朕意的建议。赵高告诉口吃的秦二世：你年轻，张口说话，那些大臣会笑话你，所有的旨意由我传达好了。于是赵高就垄断了发布政令的最高权力。起义军兵临城下了，秦二世问仗打得怎么样了，外面怎么那么乱？博士叔孙通告诉他，我军节节胜利，外面乱是人们闹着玩呢，叔孙通说完就逃跑了，这也是御前会议。

秦代的学术高峰就是《吕氏春秋》，但它主要是六国诸派学术精华的汇编。吕不韦编它是为了教育皇帝行大道、兼容集善，但是这些不合始皇帝脾气的都束之高阁了，"天下乃天下人之天下"等大同观念没被秦始皇抽毁，是因为他还太鄙陋。那些强调极权于一的内容都充分实现了，如"同法令所以一心也……一则治，异则乱；一则安，异则危。夫能齐万不同……如出乎一穴者"（《吕氏春秋·不二》），这是秦代舆论一律的理论基础。如何统治全国，是一个政治传播的速度与力度，以及如何组织传播的问题，《吕氏春秋·圜道》提出："令出于主口，官职受而行之，日夜不休，宣通下先，灦于民心，遂于四方。"秦始皇修驰道，到处出巡，沿途刻碑树石，宣传皇权神威，这也是亲身的人际传播，目的是让各地更多的人感知到皇权的威力。

汉代的朝议制度是名副其实的，每天的朝见就是国家的最高权力机关在办公。朝议或曰廷议主要是三公诸卿参加,有时扩大到属官和博士,所以又叫百官会议。朝议可分为御前公卿会议、御前中朝会议、御前公卿将军会议三个层次。有时百官各持不同意见而争得面红耳赤,这时皇帝是决策人,他"兼听独断"。公卿是政府理政大臣,了解现实情况;三公、列侯是元老,具有历史经验;大夫"掌议论",须陈述政治得失;博士"掌通古今",可以进行深度论证。他们往往为了王朝的长远利益而"面折廷争"。士大夫集团与皇室和军阀集团构成中国式的"三权分立"。在正常情况下,在这个范围内,这些人是可以发表言论的,但这种制度不产生近代意义上的言论自由。

秦汉广开交通,将早在商代就已出现的邮传制度推到了高峰。秦一统后在全国范围内建立起邮传网络,汉进一步完善。"传"是指传舍,又称"置",或并称为"传置",就是我们前面提到过的驿站,现在的区别在于,乘车谓之传,乘马谓之驿。邮的性质与传舍相似,只是邮的距离短,传舍或驿站是三十里一个,而邮是"五里一邮,邮人居间,相去二里半"(《汉官仪》),主要用途是短距离传递文书。秦汉的官方文书,尤其是长距离的快递靠这一条途径输送,叫作"以邮行"。

另有亭,即乡以下的一级行政单位,这也是交通制度的一个组成部分。秦汉时县以下的设置为"十里一亭,十亭一乡"。亭不像传舍那样专设于交通要道上,而是遍布各地的基层政权,人烟稀少之处皆有。由郡县下行的文书,叫作"以亭行",就是由乡亭逐级递送的意思,它直接向百姓传达政府的各项指令,如各种摊派、征调徭役,都是由乡亭组织落实执行。刘邦本是秦王朝的亭长。

平级单位的公文旅行叫"以次行"，由甲地传到乙地，沿住地传送，传送的往往是些"地方新闻"。这既不同于中央发布的带有政治导向的指令，也不同于下级向上级的汇报请示，只是互通情况，有点今日之"政府信息""组织信息"的味道。新近的考古资料显示，有一种简牍文书，是地方长官向上级呈报消息的复本，"抄送"平级和下级，下级隶属的胥吏、士兵都可以看到，这些抄件中还有一些军事失利的消息，这既不是军事谍报，也不是军事指令，倒像"大内参"、参考消息，属于新闻传播了。

还应该算上各分封地的诸侯在京师设的"邸"，邸的职责是"通奏报，待朝宿"。邸吏将一切诏令章奏向自己的诸侯王报告，这是"纪要汇编"一类的文书，为了让住在外地的诸侯王了解朝廷大事，尤其是从人事升迁任免中推测皇帝的好恶，各诸侯都需要了解其他诸侯的举动。这类文书具有情报的功能，但是它是受习惯法保护的，朝廷正式通知郡国的渠道是另一套办公系统、行政系统。

有的时候御前会议的内容一旦泄露就会被当成"新闻"。之所以有不少大官巴结皇帝身边的宦竖、奶娘，就是因为从他们口中可以获得关于皇帝的真实情报。"小道消息"是极权政治生活中的必然产物，传播小道消息的主要"媒体"是权势人物周围的服务人员。也偶有传抄新闻弄得沸沸扬扬的时候，西汉哀帝的大司空起草一个改革货币的奏折，让胥吏抄写，那人多抄录了一份传了出去，传播甚广，司空因此被免职。可见官方非常严格地控制着机密新闻，尤其反感非法传播。

秦汉时期，朝廷已建立了按日按月摘录政事定时通报的制度，这是古代皇帝起居注的放大，因为社会日益复杂，要掌握全局情况就得有一套办法。汉朝各部府都要按月上报文字材料，名曰"录报"。"通报"有协调部府工作的作用，每月朔旦太史上其月历，有司、侍郎、尚书见读其令，奉行其政。"录报"主要是为了保存档案。中国的政治是文牍政治——主要靠文牍上传下达来指挥管理（以上详见《后汉书·百官志》及《中国丛书综录》史部政书类十余种专著之职官部分）。

皇帝的诏书是最高指示，也是广而告之的官方新闻、各界人士的学习材料，诏书的抄件、摘要件传播面很广，有时用"告示"的形式让天下百姓都知道。所谓"布告天下"就是将诏书抄写在布帛上，把它挂在通衢闹市告示民众。

三、放松商业关禁与展开边地外交

战国的时候，各诸侯国普遍施行关禁，稽查行旅、征收关税。秦统一后非但没有废除，反而强化之，内而水陆要冲，外而边陲徼塞，关卡重重，如狼似虎。汉初为了复苏经济，缓和社会矛盾，搞开放便民政策，"开关梁，弛山泽之禁"，免征货物过关税，只稽查而已。这项政策大见成效，"富商大贾周流天下，交易之物莫不通"（《汉书》通行本《食货志》）。关禁，就是在过关的时候，查看"传"，传上写有行人的姓名、年龄及携带物品的种类、数量，没有传而擅自出入关禁者谓之"阑出""阑入"，须受法律制裁。传，即"符信"，也叫"过所"，是行人的通行证和货物的通行许可证，先秦时用木制作，到了汉代用缯帛制成。办证时一式两份，官方和行人自己分持一份，出入关合之，乃得过。

在边陲徼塞上的外交是汉帝国的新篇章。缘边州郡要接待来使、供应使者、接受文书、招纳来投诚的外邦人或与他们化干戈为玉帛、转付国家给外邦的赏赐，还可以直接派遣使者出境办理交涉事宜、签订条约，更常规的作用是开展"互市"。边防关塞原则上受边郡郡守的领导，但有军事上的专责，"叩关""款塞"的事件屡见记载。

外交与人类文明历史一样古老，氏族部落间的和平交往、交涉在传播积渐中形成共同遵守的方式和惯例，演变成国家的外交。殷商甲骨文中有关于"史"（使）、"史人"（使人）的记载。中国自古以来就是东亚外交圈的中心，所谓东亚外交圈是以帕米尔高原、喜马拉雅高原为界的以东地区，东到日本列岛、向南到中南半岛诸国。汉代外交上的大事也是文化传播史上的大事就是张骞通西域，他打开了通向西方外交圈的通道。

四、开放的丝绸之路

弘放的大汉开辟出了开放的丝绸之路。丝绸之路既有陆上丝绸之路，又有海上丝绸之路。汉，在国际上遂成为中国的代名词。

张骞在匈奴十余年，了解了匈奴和中亚各民族的地理、风俗、军事等方面的情况，他逃到大宛后又履行了原初的和平使者的任务，返回祖国后，他的情报促成了卫青、霍去病对匈奴的扫荡（《汉书·张骞传》）。更重要的是，张骞促成了汉朝与西域诸国的和平建交。朝廷在敦煌以西约115千米小方盘城西的马圈湾设立了玉门关，在敦煌西南60千米南湖以西设立阳关，分别控制通往葱岭的北道和南道，两关之间有了联络线，玉门关成了中国和西域各国交通的大门。

汉代把玉门关以西的地区都称为西域，狭义的西域主要指今天的新疆一带，即葱岭以东三十六属国；广义的西域则凡经过新疆的地方都是。公元前59年（神爵三年），汉朝始置西域都护府，将从敦煌出发的南北两道正式置于汉帝国的控制之下。西域是汉代外交的门户，控制了它，就打通了通往西亚、南亚、欧洲、北非的通道，否则就将局限于东亚一隅，割断了与西方世界的联系和外交，因此西域一直是汉与匈奴争夺的焦点，尤其是东汉的时候，"西域三绝三通"。东汉经营西域的伟人是班超，这位"投笔从戎"的书生，作为汉朝派往西域的特使，在西域奋斗了20余年，做出了永垂史册的贡献（详见《后汉书·班超传》）。

欧亚草原上的各国、各族人民像浪潮一样携带着文明的信息进行着欧亚之间的交流。大夏的吐火罗人、由天山进入印度次大陆的塞人、追踪塞人到达阿姆河的月氏人等，传导着中国北方草原文化到中亚和五河流域。康居控制着欧亚草原路，是中西文化输送线上重要的网点。大宛是汉文化和古希腊、波斯文化交接的前哨。中国的逃亡士兵和使团人员教会了大宛人冶铁技术，尤其是生铁炒钢的新技术，用铸铁脱炭熔铸成百炼钢，成了汉文化圈内的人对付匈奴的重要装备。弩机经过大宛的二次西传，成为西方各国同类武器的楷模。穿井开渠、开采矿山的技术在西域也广泛流传。

两汉时代，通过天山南北的草原民族和那些交错于山林、峡谷、绿洲中的交通线，迎来了中西文化交流的两大高峰，一是汉武帝刘彻时，二是东汉汉桓帝、汉灵帝时期。他们的爱好成了推动力显得荒唐可鄙，但"客观"上却拉动了社会用品、民俗文化的广泛交流，交流的媒介有时是军队，有时是商队。大宛等国成批地拉回来良种马，促进了汉代的养马业、骑兵的发展。

汉朝每年派往西域的使者多则十几批，少则五六批，每批百余人到几百人不等，这些使者"皆贫人子"，他们为了发财而走西口，也的确发了大财。他们事实上是商队，每次随带的牛羊、金币、丝绸都多过前一次。他们给皇帝带来了怪兽珍禽，汉武帝为安置这些宝贝，专门建了四宝宫、奇华殿。皇帝为了博取乌孙马、大宛的汗血马，向中亚细亚运去了大量丝绸、铁、铜币，还有随之移居的天文、农业、水利、冶金的各种技术人才。汉代的丝绸总称缯彩，它们通过大宛，远销地中海各国，成为国际市场上的名牌抢手货，西边来的则是角抵戏、眩术、奇巧物品、珍禽异兽等。桓、灵二帝则弄了一个"胡风盛行"，这两个皇帝尊奉佛教倒也罢了，还竭力引进西域风尚。刘宏好胡服、胡帐、胡床（折叠椅）、胡笛、胡舞等，引得洛阳的贵胄官僚竞相模仿，来自域外的乐舞、服饰、饮食、家具风行一时。此前，洛阳和其他城市已经出现化妆歌舞、假面戏剧、角抵百戏、马戏魔术，皇帝的爱好令这种胡风大起，促进了各种技艺、市民文艺的发展。

当然，西域过来的东西不胜记述，如那个常打败仗的李广利从大宛带回了苜蓿、葡萄的种子，并在长安宫殿旁栽种，从此北方也开始栽种苜蓿和葡萄。

通过海上丝绸之路风险极大，交易的规模和效果不如陆上的丝绸之路。番禺（今广州）成为南方沿海的一个都会，秦汉以来海内外生产的珠玑、果品、棉布都在这里集散，附近的徐闻、合浦连同汉代所属的日南郡的边塞都成为远行印度洋的启航港。汉武帝时有使者到了黄支国（今印度康契普腊姆），两国开通了贸易。在2世纪，中国的航海家和贸易商摸索到了跨越孟加拉湾的海上捷径，于是到斯里兰卡的人就多了。中国远洋帆船开创的海上丝绸之路，取得了高棉人、马来人及希腊人的支持、合作，他们将输送各色丝绸的海上通道，从广州、交州，沿着马来半岛和印度次大陆，延伸到了亚丁湾、红海南端的埃塞俄比亚，在那里和罗马建立了直接的交往。

五、中国和罗马

最早得知罗马帝国的是那些沿着伊朗北道奔波的商队，最早向罗马派使者的是西域长史班超，但班超派的甘英只到了波斯湾，最后还是罗马的特使在166年从埃及、印度洋到了日南郡，然后到达洛阳。《汉书》认为这是中罗外交关系的正式建立，此后罗马的货物沿着海上丝绸之路直运到中国。罗马的一些知名学者都记述过被称为赛里斯（意为丝国）的中国。中国的《魏略》曾详细列举了罗马向中国输出的物产，可归并成金属制品、珍奇动物、珠玑、玻璃、香药五大类，罗马则从中国进口衣料、皮货、铁器。

普林尼将中国的丝绸比作红海碧玉一样珍奇的物品，维吉尔惊奇中国人能从树上采下那么细的"羊毛"，恺撒也以穿用昂贵的丝绸为美，经过了千年，他们的平民才穿上中国的丝绸。随着中国的丝绸锦缎风靡罗马世界，丝织技艺也在汉魏时代传入伊朗、叙利亚、埃及，到了6世纪时，提花机传到欧洲。

中国铸铁技术让他们在起初的交战中饱尝刀箭之苦，他们不惜代价地进口中国的铁器。中国的弩机特别吸引罗马的军人，它像战车一样使罗马贵胄为之神往。中国与罗马之间的沿途国家都引进了中国的铸铁技术，尤其是出入红海和埃及之间的港口城市，在

2、3 世纪就学习了中国的铸铁、制陶技术，制作了供炼丹和烹饪的铁制鼎灶和各种类似汉代壶罐的陶器，在通向尼罗河三角洲的罗马文明世界的通道上，传递着中国文明的信息。在 300 年左右的潘诺波利斯的佐西默斯编集的《炼金百科大全》中，已经脱离古希腊富有实用性的物质变化的知识，而有了中国炼丹家所特有的神秘和抽象的符号。

第十章
昌盛的文献传播与经史传统的奠定

一、文房四宝——纸的出现

笔，滥觞于商代，甲骨上的文字即先用笔写，后用刀刻成的。战国的毛笔在湖南长沙木椁墓、河南信阳长台关一号墓内出土，笔毛已由捆缚在笔杆周围改进为插入笔腔。睡虎地的秦墓出土的笔已与现代毛笔的制法基本相同。湖北江陵凤凰山出土的汉代毛笔与秦代的制法相同。笔毛插入杆腔可以多含墨汁，有效地提高了书写数量和速度，对信息量的积累和知识的传递，都大有助力。汉末蔡邕的《笔赋》则写明笔毛多用兔毛做成，笔管则多用竹子做成。

墨，早在商代就已出现，但开始用作文具，是很多年以后的事情了。过去的简牍上主要是"竹廷点漆而书"。睡虎地出土了秦代的墨，汉代已能生产成锭、成丸的墨。《汉官仪》《大戴礼记》有产墨用墨的记述，但大规模的使用是用纸普及以后。

砚，在先秦墓内时有出土，汉代的砚则制作精细，使用普遍与否尚有两说，一说汉代已普遍使用，一说到了东汉、魏晋的时候才普遍使用。

纸的发明是我国科技史上伟大的成就之一，是我国出版史上划时代的大事。它的出现使人类摆脱了古代封闭的文字出版体系，打开了通向近代模式的社会传播。人类文明进步反向人类自身提出了将文化信息加速传播、永久流传的要求，文化传播推动了传播工具的进化。西汉已有了丝质纤维纸，人们将坏丝绵于水中捣烂后捞起，然后薄薄地铺在竹席上晾干，再轻轻地揭下所产生的丝质纤维膜，这就是西汉人所说的纸了，如卫太子"持纸蔽其鼻而入"侍汉武帝，赵昭仪用"赫蹏"包了毒药，并书写密令，想毒死宫女曹伟能，东汉的应劭在《风俗通义》中注解道："赫蹏，小薄纸也。"简纸的字面意思是竹简和纸，《后汉书·蔡伦传》说："自古书契多编以竹简，其用缣帛者谓之为纸。缣贵而简重，并不便于人。"则此处之纸也可能是缣帛。102年，邓太后禁止各藩国进献奢侈品，要求"岁时贡纸墨而已"，显然此前已有藩国贡献良纸的事情。《说文解字》对纸的解释就是丝质纤维膜，说明上述用纸就是丝质纤维纸。这种纸既可包东西，也可书写文字，但原料难得，制作不易，基本上是宫廷或贵族的用品。

另有植物纤维纸，现出土有 49 年以前的麻纸、汉武帝时期的"灞桥纸""金关纸""中颜纸"，均在蔡伦之前。蔡伦在东汉汉明帝时入宫为宦官，在汉章帝时升为小黄门，在汉和帝时成为大宦官（中常侍），专管大内的制造业，制作了许多精良的兵器，是他领导着造纸的"课题组"研制出"用树肤（皮）、麻头及敝布、渔网以为纸。元兴元年（105 年）奏上之，帝善其能，自是莫不从用焉，故天下咸称'蔡侯纸'"（《后汉书·蔡伦传》）。这是关于植物纤维纸最早、最明晰的文献记录。蔡伦的贡献主要在于扩大了造纸的原料，突破了古人单用丝、麻为原料的方法，采用了易得而价廉的树皮、渔网等，此后有了"谷纸"（树皮纸）"网纸"（渔网纸）。其次，他改进、推广了新的造纸技术，制作纸要经过剥皮、沤烂、蒸煮、舂捣、漂白等多道工序，这些方法和技术上的革新创造，为后来的造纸工艺开辟了广阔的道路。到东汉末期，出现了多种名纸，如"左伯纸""妍妙辉光"（详见《书断》《文房四谱》）。

但是由于生产力水平低下，新的造纸技术无法普及，另外由于长期使用竹帛，遂有重竹帛贱纸的习惯，有贫寒书生才用纸的观念。《北堂书钞》引"崔瑗《与葛元甫书》"说："并送《许子》十卷，贫不及素，但以纸耳。"魏文帝曹丕"素书所著《典论》及诗赋饷孙权，又以纸写一通与张昭"，以示区别。从东汉到魏晋，一直是缣帛、竹简、纸三种并用，纸后来逐渐大量使用，成为主要书写工具。

中国的造纸技术，在7世纪经过朝鲜传入日本，8世纪中叶经中亚传入阿拉伯，当地的第一批造纸工厂，都由中国人亲自传授技术。阿拉伯大量生产纸张以后，又向欧洲各国输出，从而全球有了新的传播工具。

二、"隶变"与百科全书式的字典

隶书早在战国就已基本成型，到了汉代才成为官方提倡的规范字体。睡虎地十一号秦墓出土的竹简，写于战国末年，其字体与西汉早期的隶书无大的差别。如同小篆不是李斯等人创造的，隶书也不是程邈在秦始皇的指令下创制的，只是程邈一类的官员书吏采用了流行的俗体字来书写公文，于是相沿成习，从而促进了隶书的定型。隶书又被称为"史书"（吏书）、"左书"（佐书），是在官府中从事文书工作的"书佐"和"书吏"的常用字体。

　　隶书的出现是汉字形体演变史上的一次质的飞跃。在隶书之前，从甲骨文到小篆，形体上发生过不小的变化，但都只是线条上的变化，而隶书不再顾及象形的原则，而将古文字"随体诘诎"的象形象意的线条改变成平直的书写笔画，解散篆体、改曲为直的做法，是隶变的最重要的方法。第二，隶书对小篆的部件做了省并，有的则直接省去了小篆字形的某些部分，尤其是偏旁写法的变化，更便于书写。总之，隶书突破了过去字体的静态的线条结构，将字体变为外放的动态的点划结构，点、横、撇等笔画不再是直观的描绘符号，而是抽象方便的书写符号。它们使书面的符号本身更加纯粹，这主要表现在隶变以后有更多的独体字和合体字变成既不表义，也不表音的"记号"，这些记号本身无形义可言，在阅读时不再受丰富的形义背景的干扰，那些有象形表义功能的独体字和合体字也向符号本身的单纯化迈进了一步，从而提高了阅读速度。隶变过程中部分多义字发生了分化，人们创造了一批分化字，缓解了多义字与语言清晰度之间的矛盾，同时形近字的分化，如"玉"字为与"王"字区别加上点等，也使得书面语的符号本身更加明晰。

　　尽管隶变也有使通假字增多、形近字混同的弊病，但总体上使古老的文字焕发出新的生机，大大提高了汉字的使用效率，也使书法艺术进入一个新的阶段。由它蜕化而来的楷书一直使用到如今。文字学史上把隶书的出现称为一次革命——隶变，将它当作汉字发展史上古文字（甲骨文、金文、小篆）和今文字（隶书、草书、行书、楷书）的分水岭。

　　草书的形成略晚于汉隶，约形成于汉元帝时代。草书采用省略字形构件，省并笔画，仅取轮廓，改变笔法的方法，对隶书进行了改造，常被人们用来起草文稿、书写信件。汉代的草书的字体比魏晋以后的草书（今草）要规矩得多，因此被称为"章草"——有规则的草书。

到了东汉晚期，出现了介乎隶书和楷书之间的行书，它预示着隶书的正统地位已经动摇，代之而起的新的通行字体——楷书即将登上历史舞台。

编撰大型的字书是传播史上的大事。相传周宣王太史曾作《史籀》15篇，这大约是难字表一类的字汇。在秦代同时出现了李斯等人作的三部字书：《仓颉》《爰历》《博学》，均用小篆书写，有着统一文字（正字法）和普及教育的双重作用。汉代人将它们合为一书，仍称为《仓颉》，收字3300个，显示了周至秦的语言文字的变化。同类的书汉代也编撰了一些，如《凡将篇》《元尚篇》《训纂篇》《滂熹篇》，它们不再用小篆书写，但保留下来的只有一部《急就篇》。

许慎的《说文解字》是世界上第一部形、音、义三结合的字典，这是一部具有划时代意义的百科全书式的字典。许慎是古文经学大师贾逵的学生，他从东汉和帝永元十二年（100年）开始编撰，历时20多年。他在《说文解字·叙》中阐述了后人无法超越的文字学理论，他说隶书一出，古文字"由此绝矣"，他几乎是为了保留篆体字以读经书才来做这个工作的。他认为"盖文字者，经艺之本，王政之始，前人所以垂后，后人所以识古"。文字是超越时空局限的传播信息的工具，是文明的基石。这部"据形系联"的字典，分为540部，说解的基本顺序是：列篆文—释字义（含释别义）—

解字形—注字音（举例、解别义、别音）。许慎是先秦两汉字义训释的集大成者，《说文解字》一书具有无可替代的存古之功，它以小篆为释义的字头，共收小篆 9000 多个，收古文 500 多个，籀文 220 多个，是后人上探甲骨文、金文字义，下推隶、楷演变轨迹的桥梁和阶梯，书中还保留了大量古音、方言资料，这些都是研究文化史的上好材料。

《说文解字》在中华文明史上的特殊意义在于，它用学术的力量，再一次统一了中国的文字。

除了《说文解字》这样的大书，还有《尔雅》《方言》《释名》等语词学的了不起的专书。《尔雅》纂集同训词并按义类来编排，第一次提出了语义比较的课题；《方言》是对方言音变的历史研究，也是世界第一部方言词汇研究的专著；《释名》是第一部全面运用声训的方法来探求词源的专著，奠定了后来因声求义的训诂方法的基础。自《毛诗诂训传》后还出现一批给古典作注的大书，经书、史书、子书都有人来注解，其中最伟大的是郑玄，他遍注群经，所注的书成为后世必用的定本。汉代的这种学术方式，被称作"朴学"，通用的说法是叫"汉学"，汉学在过去和现在都是传播中华文化，尤其是思想观念形态文化的重镇。

三、文献重聚

汉惠帝时才取消了秦代的禁书令，民间私藏的图书开始冒出来。汉文帝下令在全国范围内征集图书，"大收篇籍，广开献书之路"。到了汉武帝时候，又建立了"建藏书之策，置写书之官，下及诸子传说，皆充秘府"（《汉书·艺文志》）的新制度。尽管当时来献书的有桓谭所丑诋的"巧慧小才"，但毕竟是对全社会的动员。就像许慎说的文字是可以通过行政的力量改变的（战国多异，秦一统）一样，文献更是由行政组织的力量来决定其沉浮的。经过皇室祖孙百年的努力，国家征集的图书已经"积如丘山"，这些图书分别藏在太常、太史等政府部门和禁中秘室，一直到汉成帝时，他还派遣使者"求遗书于天下"，征集图书的活动一直没有停止。

同时汉代的著书之风也颇为盛行，最早的是萧何编律令，韩信申军法，张苍定章程，叔孙通颁礼仪，法令类图书应运而生。然后，为回答当代的大问题：如何以秦为鉴、让汉朝长治久安，不同学派的人都来发表道术一体的政见，政论性的著作如陆贾的《新语》、贾谊的《新书》等纷纷问世，还有司马相如的赋、司马迁的《史记》等，这些都是旷世大著作。"逆取顺守""武夺文治"的思路成为国家发展图书事业的指导方针，汉武帝曾让杨仆整理过兵书，最后杨仆献上一部《兵录》，这是我国图书史上第一部专门性的学科书目。公元前 26 年，汉成帝诏令刘向统领专人整理国家图书，于是就有了刘向的《别录》、刘歆的《七略》，以及在此基础上的《汉书·艺文志》，有了影响后世的图书目录学。目录学是自觉对图书信息加以系统化，它使图书传播走上组织化的轨道，能够促进世界上的著书、藏书等图书资源的良性配置；它宣传了已有的藏书，整合了图书的分类观念，使得图书传播事业有了理论化的自觉。

王余光的《中国文献史》在前人工作的基础上，有如下统计数据：

西汉及西汉以前，总的著作部数是 1033 部，平均每百年著作部数是 138 部。东汉时，总的著作部数是 1100 部，平均每百年著作部数是 564 部，增长率是 309%。以上统计只是根据书目统计的图书数量，绝不是文献的全部，图书以外，目前出土的甲骨文献有16 万片，带有铭文的商周青铜器上万件，石刻资料约 20 万件，发现的简牍约 4 万枚（《中国文献史》）。

汉代的书籍文化有个创举，就是"熹平石经"。尽管早有石鼓文，有写在玉石上的"侯马盟书"，现存的汉碑有《西峡颂》《石门颂》《赵宽碑》等，但在石头上刻下主要的经典是个盛大的举动。汉武帝时推崇今文经，古文经没有地位，王莽时期重古文经，排斥今文经，东汉又确立今文经为样本。于是，汉灵帝接受蔡邕的建议，于熹平四年，将《周易》《尚书》《诗经》《仪礼》《春秋》《公羊传》《论语》7 部经典 20 余万字，书刻在 46 块石碑上，耗时 8 年，因只用当时通行的隶书一种字体书写，故称"一字石经"，又因为隶书是今文经，所以又叫"今文石经"。人们把刻成后的石经立于洛阳太学门外，前来观摩者塞满了街巷，官立的石经成了标准本。人们在阅读、摹写的过程中，又发现了可以捶拓复制的妙法，启发了后来的雕版印刷术。

新的传播技术又拉动了新的传播景观，人类文明就是这样立体滚动式地增长着。

四、正史成为纵向传播的主渠道

常说中国文化是"史官文化"，这种说法主要是在概括评价中国文化为政治服务的特征和品质。汉文化大一统对后世的影响主要在史学。因为人的理性主要来源于传统，承载传统的信息库是史学，秦始皇烧掉秦以外的历史，就是为了打破六国的传统，只确立秦国一家的传统。司马迁写《史记》有个人抒愤的动因，以至于当时及后世有些人视之为"谤书"，但他对汉文化的总结弘扬早已突破了个人恩怨的纠葛，《史记》遂成为传播历史文化的权威文本。譬如《史记》以黄帝开篇，它对后世的影响历时愈久而愈强烈，"炎黄子孙"的说法具有怎样的政治文化意义，大到无法统计。人们常说《史记》是纪传体史书，其实它是一部综合体通史，其十表是编年史，八书是制度史，三十世家、七十列传是纪传体，十二本纪是政治演进史，全书下限断在《太初历》的颁布，是一部"述黄帝以来至太初而迄"的涉及国事民生的综合通史。

《史记》在传播史上的意义至少有下列几点：

第一，在重大的历史问题上，给了后人确切的说法。

第二，弘往开来，"整齐"了汉以前的全部史书，创造了后世仿效的史学体例，奠定了中国史学言述的基本品格。

第三，刷新了人们的历史观念，"自此始认识历史为整个浑一的，为永久相续的"（梁启超《要籍解题及其读法》）。

第四，"究天人之际，通古今之变"的历史哲学确立了后世知识分子解释世界、改造世界的基本风骨，确立了以史学明大道的历史理性。

总之，《史记》成为知识界、思想界、文学界、文化界、教育界各个领域的"权威传播""导向传播"，成了"说不尽的"文化宝藏，单是《史记》恢宏精美的文体就引起了历代知识分子的追慕与模仿学习。

汉宣帝时，《史记》面世后就受到人们的重视，因《史记》只记到汉武帝太初时，蜂起的续作是对它的追踪报道，这进一步烘托了

《史记》之新生代史学之奠基的地位。因为秦汉以后的确进入了新纪元，而到汉武帝以后建设的高峰才到来，儒术获尊崇，史学得发展是其标志。据刘知几《史通·古今正史》说续作《史记》的有刘向、刘歆父子等十六七家，汉代最有成绩的是班超、班固父子。班固的《汉书》是宏伟的断代史，但因已在"独尊儒术"之后，没有了独立之意志、自由之精神，从而失去了神采飞扬的魅力，但它更是标准的史书了。凡是《史记》写过的内容，《汉书》都只是加以剪裁而已，但《汉书》自有其上下洽通、详而有体的魅力，在严谨方面是后世史学不朽的楷模，而《汉书·艺文志》是测定东、西汉之际知识与思想的基础文本。

另有汉代断代编年体的《汉纪》30卷，它算是我国最早的年鉴史学了，也是"资治通鉴"类史书的先河，司马光的《资治通鉴》的西汉部分，采用《汉纪》文颇多，这也是史学成为纵向传播主干的一种表现形式。

五、儒学复兴与经典教育

西汉帝国在将近"百岁"的时候酿造出一个"独尊儒术"的文化局面，儒学在大一统的帝国有了新的姿态，这不仅是官方意识形态史上的大节目，也是文化传播史上的大节目。刘邦集团被自然法则淘汰，秦代以吏为师教育出来的人才也终于中断，吸收社会上的文化人来支持政府是必然要求，来应征的士子学什么的都有：儒、黄老、申、韩、苏、张不一而足，在这样的"历史瞬间"儒术能杀出重围，获独尊地位，与皇帝的需要、喜爱（汉武帝的老师是儒家）的特殊的机遇离不开，而儒学自身以师生链为组织形式，以整理经典为理论形式，以讲学为传播方式，使儒学经历秦火汉刀而承传不绝。儒学靠着自身的传播力量保持下来本身就是传播史上的奇观。据《史记·儒林列传》说：

> 自孔子卒后，七十子之徒散游诸侯，大者为师傅卿相，小者友教士大夫……天下并争于战国，儒术既绌焉，然齐、鲁之间，学者独不废也。于（周）威、宣之际，孟子、荀卿之列，咸遵夫子之业而润色之，以学显于当世。
>
> 及至秦之季世，焚《诗》《书》，坑术士，六艺从此缺焉。陈涉之王也，而鲁诸儒持孔氏之礼器往归陈王……以秦焚其业，积怨而发愤于陈王也。
>
> 及高皇帝（刘邦）诛项籍，举兵围鲁，鲁中诸儒尚讲诵习礼乐，弦歌之音不绝……

这种刀光剑影之中犹不废我弦歌的气象，真是一种传教精神，有这种传教精神才能将高深的文化传播下去。正是靠着这种力量，当汉武帝招收贤良方正之时，才能一下子出现了一批儒学大师，当然都垂垂老矣，鲁国的申培公、齐国的辕固生、燕国的韩婴是研究《诗经》的权威；济南的伏生是研究《尚书》的权威；鲁国的高堂生是研究《礼记》的权威；等等。稍微年轻一点的是研究《春秋》的董仲舒，董仲舒是公羊学大师，也是司马迁的老师，《史记》究天人之际的信念、抨击时政的笔法都得力于公羊学。

所谓"独尊儒术"不是一个整齐划一的事实，当时其他各派依然相当活跃，而且在权力中心与上层的公私生活中都有相当的势力，所谓独尊，一是让儒生当官，尤其是让儒生充当文吏，二是让儒学的经典成为"统编教材"，儒学于是变成了皇权的秘书学。（董仲舒的"天人三策"只是获得汉武帝对儒学的理论认可及决定用《春秋》大一统来统一意识形态的思路，真正做到这一点的是公孙弘的用儒生当官的举措。）虽然董仲舒是响当当的儒者，但公孙弘才是皇帝需要的儒者。司马迁写到公孙弘提出推行学官一体的议案（"功令文"）时曾"废书而叹"，方苞读到此时愤慨地说："由弘以前，儒之道虽郁滞而未尝亡；由弘以后，儒之途通而其道亡矣。"（《方望溪全集》）以后的事情，《汉书·儒林传》总结得还算扼要：

> 自武帝立五经博士，开弟子员，设科射策，劝以官禄，迄于元始，百有余年。传业者浸盛，支叶蕃滋。一经说至百余万言，大师众至千余人，盖禄利之路然也。

国家若不将学与仕结合起来，单靠学说自身的吸引力肯定不会如此壮观。随便翻翻《汉书》中的内容，就会发现，自汉宣帝时期开始，儒学经术已深入帝王将相的文化生活中去了，读书人苦攻经术的事情更是家常便饭。由于大一统体制及儒学自身的变化，汉代的书生已没有了战国士子的气概，他们不得不埋头纸堆与书斋，但是他们的出路要比后来的士子们宽广得多，征辟一项的名目不少，荐举的科目不算少，补"百石"、补掌故、补博士也是出路（如匡衡），由博士弟子考出来更是官道。无论是入官学，还是入私学，儒生们都满怀着腾达的信心，因为社会激励的常规机制已转向教育，经典教育遂有了空前的规模。

西汉的太学生自 50 人的规模起步，逐渐扩大到东汉质帝时的 3 万人。私学分三个层次：书馆，又称书舍，进行蒙学教育；乡塾进行一般的经学教育；经馆，又称精舍、精庐，进行专经教育，程度相当于太学，是著名学者的私学，精舍往往"众至千余人"。西汉的私学在国学未立之前，几乎承担了全部教育职能，官学创立后，私学则是其重要补充，尤其是官学没有蒙学，社会的启蒙教育全靠私学。汉武帝独尊儒术主要立的是今文经博士，所以官学主要讲今文经学，古文经学则多由私学传授，私学在经典教育中贡献极大。官学、私学都是传播精致文化的重镇。

六、文化群体与党锢之祸

无论是官学还是私学，都在经学大师周围形成学术群体，汉儒治经特重家法，一种学术受到官方的推崇，这一门派的师生便辉煌起来。东汉以后，上至皇室，下至州郡官员、士人，大多出自名儒之门。

京都太学生群体的"清议"营垒，不满宦官专权，与耿直的朝臣互通声气，以太学为讲坛，影响舆论，并以在野的身份沟通社会，形成全国范围的政治群体。宦官利用荐举制"任人及子弟为官，布满天下"（《后汉书》），堵塞了太学生"岁满课试，拜官有差"（《资治通鉴》）的道路，酿成权力之争。汉桓帝时收捕李膺，下令郡国大肆收捕"党人"达 200 余名，次年释放，但终身禁锢，这就是著名的"党锢"事件。但是，这反而激起更大的清议浪潮，出现了更多的名士群体。在汉灵帝的时候，又出了第二次党锢之祸，党人横死狱中百余人，被牵连而死、徙、废、禁者高达六七百人，弄得朝官几空，没有人去镇压黄巾起义，后来还是董卓解放了党人。

清议群体及他们之被禁锢都对中国的政治、文化产生了深远的影响。譬如说清议浪潮波及民间，形成民间以歌谣议政的浓厚风气，此风虽早有，但在两汉为甚。名士品评人物的风气则一直传到了东晋南北朝。

为了对抗太学生的社会组织活动，宦官一方也发展自己的学生组织，他们在汉灵帝元和二年创建鸿都门学，因位于洛阳的鸿都门而得名，这是世界上第一所文学、艺术的专科学院。学院以尺牍、小说、辞赋、字画为主要教学内容，实用性强。学生来源以无身份的地主及其子弟为主，须考试合格后才能入学，他们因以文艺见长而受汉灵帝宠信，结业后出任刺史、侍中，有的甚或封侯。这个文化群体出产"御用文人"，是官禄机器的润滑油。专科学校的出现是教育史上的大进步，也是文化传播史上的大进步。十六国时期的后秦仿效此例开办了一所专门研究佛经的学院，名叫逍遥院，还首创律学于长安，学子们毕业后回到郡县当司法官员。

七、从城市到村镇

秦统一以后，为了适应中央集权的政治管理，逐渐建立起以首都咸阳为中心、以郡县城市为网络分布状的城市社区体系。汉代的基本格局未变，西汉以长安为中心，东汉以洛阳为中心，新增城市不少，密度加大，特别是在西域、西南、岭南等地区随着郡县的建立，带动了周边地区兴起模仿中原人的城市。城市比学校还有传播势能，并直接关乎人口流动、民风民俗等大范围的问题。城市有比较规范化的建筑群和街市，人口的异质性强，经济生活活跃，政治生活重大，尤其是首都有宫廷政变、政权更替、外交活动等，文化生活比乡下明显发达。西汉的长安有国立藏书阁，东汉的洛阳东观藏书达6000车。除官学外，私学和游学也集中在城市。由于人口的异质性强，各地风土人情、异域文化都在城市交汇融合，并由此向村镇地区扩散，当时已有歌谣："城中好高髻，四方高一尺；城中好广眉，四方且半额。"（《续汉书·五行志》）

中国的村镇是传统的地缘共同体，集镇则是货品交易的集散地，由于长年形成的买卖关系，地方社会形成不同层次的圈子，也是税官和民间士人、农民、商人、手工业者上演"社会戏剧"的舞台，表现着上下左右关系的复杂性的面对面的交往，从而是社会活动的展示场所、文化的展示台。许多笔记、小说和正史的不起眼的地方保留这方面的大量细节。

国都从长安到洛阳的东迁，造成人口极大的变动。两汉之际，由于动乱和战争，黄河下游的人口减少了37%，整个黄河流域人口减幅达42%；与此相反，原来长江流域和珠江流域人口却分别增长了半倍和一倍半。人口的南移，为后来的政治、经济、文化的南移打下了基础。

城市的市民文艺生活丰富多彩，政府也不忽视民间文艺。西汉初，朝廷设有"乐府令"，掌管音乐。到了汉武帝时期，出于制礼作乐的需要，政府正式设立了乐府机构。西汉的乐府曾多至829人，他们的一个重要工作是到各地大规模地采集民歌。《汉书·艺文志》所载西汉138首，来自当时的吴、楚、汝南、燕等地，几乎遍及全国。东汉时，政府继续派人到各地"观采风谣"。毫无疑问，官府沟通了与民间的信息管道，民间生气勃勃的诗歌，反而影响了上层文人的诗歌创作——这是中国诗歌发展史上的规律。乐府诗直接影响了汉诗的规模和气质，影响了建安文学模拟乐府诗的运动，以及唐代的新乐府运动，底层文化就这样反馈于上层文化。向民间学习，往往是求变的有识者的真心的策略、真诚的口号。

城市文化社区还提供了异域文明着陆的空间，于是有了佛教的东传。

第十一章
宗教、文人雅集和南北交融

一、佛教的东来与道教的兴起

佛教在 1 世纪传入中国，在一两百年间就传播到了相当广的地区，这一事实改变了以后整个中国思想文化史的进程。

大多数学者都相信佛教东来的路线和古代丝绸西去的路线是重叠的，诸书记载中的汉明帝于永平年间求法于大月氏，以及更早的伊存传法，之后的安清译经，连同考古发现所引起的对大漠驼铃、凿孔建寺的想象，都证明着佛祖的"来路"，这些当然都是真的。但是还有另外的通道，那就是从南方海路来，研究佛教传播史的学者从以下方面论证了海路的可能性：（一）根据《汉书·地理志》的记载，说明西汉已经通过南海与印度甚至罗马有了海上丝绸之路。（二）公元前后大月氏尚未信仰佛教而佛教已经传入中国，说明佛教最早不是从西域传入的。（三）南方佛教的兴盛，辅证佛教海上传入的可能。（四）以后来佛教徒自海上往来于中印之间，旁证海上路线的优先性（吴廷璆等《佛教海上传入中国之研究》，载《中外关系史论丛》第 5 辑）。另外，还有佛教从西南通道传入的说法，起初是这样的推测：既然在商代就可能有云南向中南亚交通的通道，为什么佛教不能从那条通道向中国传播？后来果然考古出除了西域干道的许多地方也有佛教的遗迹，如内蒙古的壁画、四川乐山的佛像、江苏连云港的摩崖造像，这些考古资料表明在东汉的桓、灵之际前佛教已经传入。具体时间推定，佛教在东汉明帝时已经传入，愿意提前一点可以模糊地说是在两汉之际。

最早传入的佛经是《四十二章经》，是在东汉明帝永平十年（67 年）取回来的。最早传译解释佛经的是来自西域月氏、安息、康居及天竺的异族人，在当时人的心目中，人们把佛教当成道教一类的宗教，没有感受到它全新的对宇宙、社会、人生的解释和应付策略。传法的僧人在洛阳译出了经卷，见于记载的最早的重视者是皇帝——不算明帝，桓、灵二帝竟重视到在宫中造佛寺的程度，但受到臣子的谏阻，一般民众的信奉情况因见不到记载便不得而知，估计是它们的救赎方式、救赎理论率先引起汉人的重视。到了汉末已有百姓崇佛的记载，《三国志·吴书·刘繇传》载：丹杨人笮融，"大起浮图祠，以铜为人，黄金涂身"，建起可容纳 3000 人的重楼阁道，诵读佛经，"每浴佛，多设酒饭，布席于路，经数十里，民人来观及就食且万人，费以巨亿计"，其规模相当可观了。

道教则是植根于中国本土文化的大型宗教，它的渊源是多头的，本身又是一个无边界、不封顶的开放体系，流通的过程、活跃的地区也是多渠道、多中心的。这个立体滚动式发展的宗教，在某种意义上说正是传播积渐的结果，在漫长交汇的形成过程中有 5 个不可忽视的成因：（一）道教来源于古代宗教和民间巫术。中国自古以来就崇拜天地日月山川百神，其中许多成为道教的尊神，道教的玉皇大帝就是由原来的天帝演变而来的。(二)战国至秦汉的神仙方术,使得长生不老、得道成仙成为道教的核心信仰。(三)老庄和其他道家哲学被道教借用、发挥,成了它们的理论包装。汉代的黄老之学演变为黄老崇拜,东汉时流行着黄老祭祀,汉末道教主要神化老子,把他奉为本教教主和尊神,有太上老君、道德天尊的称号。汉以后又推崇《庄子》《淮南子》,唐代推崇《列子》《文子》,宋以后的《道藏》几乎将道家著作网罗殆尽。(四)《周易》与阴阳五行的思想也是道教的有机组成部分。(五)古代医学与养生术,成为道教在民间普适的"科技"支柱。

道教大盛于汉代有大气候与小气候,一是朝野上下弥漫着鬼神崇拜的气氛,统治阶级大肆提倡神道方术,如汉武帝在位50多年始终好神仙,求药不止,直接推动了丹鼎派的形成;二是汉末社会动荡,于是道教迅速成为苦难人民的寄托,道教也提供了模仿的样板,使不善于组织化的中国人学习了教门的组织形式。道教早期的主要经典是《太平经》《周易参同契》《老子想尔注》。最早的教派则是太平道与五斗米道,后者在魏晋则变成了天师道,并在上层人士当中有了信奉者。

宗教的传播既是组织传播,也是社会传播,所传播的文化是用语言无法完全表达或总结的。

二、宗教的组织传播

张角的黄巾军主要靠太平道组织其间,道教思想和组织成了农民反抗的工具,其"三十六方"既是宗教组织,又是军事组织,内部有严格的统属关系,系统十分严密。黄巾军被镇压下去后,太平道统一的宗教组织活动不再见于史籍的记载。五斗米道亦称天师道，源于巴蜀的"米巫"，改尊天师张道陵以后叫天师道。张修一度起义响应黄巾，后张鲁袭杀了张修，割据汉中，在东汉末至三国初期，该道在巴蜀汉中相当活跃，实行政教合一的统治，其特点是"立治设职"，由兼具道师与官吏身份的祭酒"领户化民"，相应的有一套三会制度、宅录制度、缴命制度，规定在三会之日，教民必须到本师的治所参加宗教活动，登记检查"宅录命籍"，考核功过，这是户口管理法加操行评定，有功德的人才能发展成道民，道民有功德才能逐级升迁，等级繁多。后来曹操收编张鲁，为防止五斗米道在汉中继续聚合，"拨汉中民数万至长安及三辅"，这种北迁，显然是种遣散，即使留在汉中的也组织涣散，虽然以阳平、鹿堂、鹤鸣三大治为中心的道民还在活动，但他们失去了宗教的尊严，变得腐败混乱，张鲁的后裔曾出面整顿，但大势已去。

曹操将甘始、左慈等著名道士"聚而禁之"，将道民拨到长安附近，却使他们得到了向全国传播的机会——著名道士在上层，一般道民在下层，他们各尽所能地影响着周边的人群乃至社区，尤其是在上层的扩散使得文武百官纷纷与道士交结，一直延续到两晋，世家大姓中信奉道教者尤多。他们世代信奉道教，五斗米道身价倍增。五斗米道在民间的传播，产生了许多天师道的旁支，如江南的李家道、帛家道、干君道。巴蜀的天师道一度起义，李特的流民起义与流入四川的五斗米道教民有关。对社会造成巨大震动的孙恩、卢循事件，有人说是门阀利用五斗米道的内乱，数十万人的动员，是米道的最大的"作品"了。

道教后来的发展多亏了葛洪、寇谦之、陆修静、陶弘景等理论家、活动家。北魏的寇谦之搞了像样的宗教改革——"清整道教"的活动，借助国家的力量将米道改成"北天师教"或"新天师教"。刘宋时代的陆修静重修江南天师道组织，有了"南天师道"。陶弘景则成为集南北朝道教之大成的里程碑，他重新编定神仙谱，倡导养神与养形兼顾、内丹外丹并用，多次炼制神丹，并著有炼丹著作多卷，在化学实验方面颇有成绩，更重要的是，他融儒援佛，力促三教合流，他的著作本身就是三教合流的典范，是儒释道三大文化潮流冲击融合的结果。

佛教在魏晋南北朝成为席卷全国的"生活方式"。僧尼成群，寺院遍地，士人出家，王侯舍身，佛教成为广为传播的左右全国人文化心理的人生哲学。佛教迅速传播的原因：一是"九品中正制"的选拔官吏的办法，堵塞了平民的进身道路，儒学经世致用的传统价值观失去其意识形态的功能，佛教正好填补这个意识的虚位；二是玄学的发展提供了接受佛教的思想基础，中国哲学与佛教找到了可以对话、互相转译、理解的共同语言；三是行政力量的推动。南朝不到 200 年五易江山之主，几乎不到十年就有一次大的起义或贵族动乱，统治者想借助佛教来"柔化人心"，发挥意识形态的作用，到了梁代全国有寺院 2846 所，僧尼 82700 余人，仅京师一地就有500 余所，杜牧说的"南朝四百八十寺，多少楼台烟雨中"算记实之笔了。北朝少数民族政权有与佛教都是外来品的认同感，前秦苻坚为了迎名僧道安发兵十万攻襄阳，可见他们多么重视文化。后秦姚兴出征西域夺取鸠摩罗什也是佳话。人们还开凿了举世无双的敦煌莫高窟、云冈石窟、龙门石窟三大石窟。

佛教对中国建筑、雕塑、绘画、音乐的影响都可以写出专门的传播史，佛教传入后关于域外的杂史类书籍也多了起来。

另外，西汉中期以后，民间自行组织的私社开始出现，多为民间自发的慈善互助群体，一般由 10 家或 5 家立一田社，每年三月、九月举行聚会，有会头负责协调。政府曾一度禁止，但收效不大。这种私社有一定的凝聚力，并搞集体的祭祀、娱乐活动，而且过着"代代如此"的不变的生活。

三、家族与谱牒

商鞅变法打破了传统的宗族制度，形成了一个个直接隶属于国家的个体家庭。家庭成了独立的生产消费单位，也是税赋、兵役、徭役的直接来源，从而成为社会的基本结构，家庭也成为人们生活的最基本的场所。除了个别地方有娶庶母、寡嫂的烝报婚，一妻多夫的家庭外，基本上都是正常型的家庭。家族则以其聚合经济、教育的职能，在调节家庭与社会的关系方面发挥着重要作用。

秦汉以来，与大部分家庭向小型化、简单化方向发展的总体趋势相反，社会上一直并存着相当数量的大型的家庭形态。东汉后期，这种家庭形态以官僚世家为主，在数量上和规模上不断发展，最终成为世家大族，在魏晋南北朝时期发展到极盛，形成士族家庭。

汉武帝统治时期出现了大土地所有者、贵族富室与儒术礼法相结合、"经明行修"，从而累世为官、门风不变的世家大族。东汉的开国功臣多是拥有私有武装的大姓豪强，他们靠着由宗族宾客组成的武装集团推翻了王莽新朝。主持选举、清议的也是大姓名士，各级官府都不能忽视他们的舆论。这些大家族垄断了权力资源、文化资源，甚至垄断朝廷，等而下之者左右各级地方政权，形成中国特色的贵族政治，有名的文化人自然也多出自这样的家族。

东汉瓦解于牧守割据，这些牧守起初不是宗室刘姓人员，而是袁绍那样的出身于"四世三公"家族的人物，顶不济也得有个宦官家族的背景如曹操，刘备则是借用皇室的名义，孙策、孙权本是江南大族又一直奉行联合大族如张昭、周瑜的国策。曹操打击士族起用平民是他的集团充满活力的原因，也是他能打败以大族为基础的袁绍集团的重要原因。陈寅恪说曹操只用其才而不管其德的举措是中国历史的一大变局，然而到了两晋南北朝还是照样的门阀垄断一切，中国的上层的政治文化就是门阀的政治文化。"士庶天隔"，士族子弟做官就从秘书郎、著作郎做起，朝中职闲权大的职位都被士族垄断，几个大的家族成了国家的"实体"和"法人"。北魏为巩固统治，吸收汉族士人进入政权，并迅速使自身士族化，孝文帝推行的一个重要举措就是模仿汉族的门阀制度为鲜卑贵族评定门第阀阅的"分定姓族"。代和改制后，一个以王室为中心、以婚姻为纽带，包括汉人"四姓"和代人"勋臣八姓"在内的政治性婚姻集团逐步形成，新的门阀制度得以确立，深刻地影响了北魏后期政治，直到唐朝这种影响犹在。崔、卢、郑、王得以成为"四姓"（四大家族），一个重要的原因就是他们是显赫的"魏晋旧籍"。

刘知几《史通·杂述》说："高门华胄，奕世载德，才子承家，思显父母。由是纪其先烈，贻厥后来……此之谓家史者也。"刘氏提到的几种、《隋书·经籍志》列的34种家史，都已不存。《颜氏家训》间接地说明着这种风气的原因及其影响社会风气的作用。魏晋南北朝由于实行九品中正制，家世资历成为门阀士族定品为官的主要依据，于是出现了研究证明家世的谱牒学。广义的谱牒包括家史、家谱、簿状、谱籍，如《天下望族谱》等得到朝廷的认可，成为选官、论人、通婚的有"法律效力"的文本。别贵贱、分士庶、司选举，必稽谱籍，而考其真伪（《新唐书·儒学》），这种现象一直延续到唐代。

《隋书·经籍志》列了帝谱、百家谱、家谱34种，而《世说新语注》引用谱牒书籍46种，其中43种不见于隋志，著作之盛可以想见。它不仅传播着"权力"，也产生着"权力"，比后世之档案还多着舆论、广而告之的力量，出现千金买一字等现象也就不足为怪了。还有正史上如《宋书》和《魏书》往往以子孙附于父祖，一传竟多达三四十乃至五六十人的著史体例，这是权力制作话语的显例，却是传播史上的特例。

四、文人雅集

魏晋南北朝时期是文人活得最潇洒活泼、酣畅淋漓的时代，用鲁迅的话说就是进入了人的主题、文的自觉的时代。名士风流以传染扩散的方式席卷了文坛、思想界。魏武帝重实才，魏文帝重清通，章句之儒、谨正之士从中心漂到边缘，被曹氏请到宫中的是诗人，在魏郡邺城的西园，"建安七子"和曹丕身边的好吟诗的人经常在这里饮酒赋诗，西园是当时最高级的沙龙，也是许多传世名篇的策源地。当然他们走到哪里都搞这种活动，从传播效果上说，这种雅集相当于"发布会"，曹操的《短歌行》、曹丕的《大墙上蒿行》、曹植的《箜篌引》都是在聚会、宴饮时歌唱从而传播开来的。

相互赠答是文人圈中传播的主要形式。这个时期，用诗文赠答的风气空前盛行，这也表明文人的地位提高了，他们成了这个时代的文化明星。后来历代文人也以这种方式"以文会友",赠答从而成为文学作品传播的重要方式。

通过音乐来传播是他们学习乐府诗的必然结果。写乐府诗自然入乐,曹操的诗多是入乐的,曹植的《鼙鼓歌》就通过音乐广为传唱,通过歌伎传唱则是诗歌走向市井的渠道。魏晋文人的地位都比较高,通过行政力量来传播是后来的诗人可望而不可即的,尤其是曹氏父子"外定武功,内兴文学",创作了古今诗人罕见的"实现者的歌"。他们是真诗人,与汉代的宫廷文学有本质的不同。

"竹林七贤"的林下风致谱写的则是"隐逸者的歌",他们游山玩水"越名教而任自然",佳话如云。他们的传播方式和效果就是"煽动风气"。

西晋年间,贾谧领秘书监,掌国史,为当朝权贵,在他身边聚集了许多明星,如"二十四友",二十四友的聚会场所是有名的石崇的金谷园。金谷之会是继建安诗人的西园之会后最大的文人集会,集会在金谷举行过多次,参与者也不局限于二十四友。

节令聚会是文人找个题目好作诗的由头,王羲之的兰亭雅集就是以"三月三"的节令为由头,文人"流觞曲水,列坐其次","畅叙幽情"。

另外的大会就是南朝的"乌衣之会"了,它标志着文人的集会进入家族,也是南朝高门大族垄断文化的一种现象——自然也是他们承载文化的一种表现。类似谢家这样的在家中的聚会,在《世说新语》中有很多记载,以清谈为主。

清谈的主要内容是谈玄,曹魏时王弼、何晏首倡玄风,形成所谓"正始之音",分宾主两方互相问难,两晋再煽玄风,最后形成三教合流的趋势。清谈是哲学话题的口头人际传播，而清议则是政治色彩的口头人际传播。清议常采取风谣或品题的方式，如"五经无双许叔重（慎）"，就是用风谣标榜许慎的经学地位；品题则是用简洁的语言概括人物的特点，如许邵评曹操"清平之奸贼，乱世之英雄"，往往能够达到口号似的传播效果。

所谓的魏晋风度差不多都是靠着文人雅集表现、传播开来的。

五、文化中心的南移

经过先秦和秦汉两大时期逐渐形成的以长安—洛阳为轴心的黄河中下游汉文化覆盖区，其文明程度一向高于其他地区，一直代表着中华文明的最高水平。汉魏以降，经历次战乱，最终使文化中心南移。董卓之乱、八王之乱、永嘉之乱，将长安、洛阳两大文明故都夷为废墟。永嘉之乱后，中原人口减少了四分之三，剩余的人十分之六七迁到江左，中原的典章文物随之带到了南方。东晋和宋、齐、梁、陈在文化、教育、科学方面取得了划时代的进步，汉魏的典章制度在南朝有了新的发展。上面提到的许多传播文化的现象都是在南朝发生的，与北方的战乱形成滑稽的对照。

东晋安帝时的《爨宝子碑》和刘宋初的《爨龙颜碑》代表楷书的成型，王羲之的《兰亭序》则是行书的典范，字书的代表则是梁朝顾野王编撰的《玉篇》。梵文的翻译和研究带动了音韵学的产生，反切的发明、四声的发现都是语言史上的大事件。语言文字这种主要的传播工具自身在传播文化的同时也在日趋精密而完善，极大地提高了传播的精密度，并且韵书也随之产生了，开辟了语言学，尤其是语音学的新纪元。

造纸术发明以后，因其经济便利，用纸张抄书的风气从民间到官府兴盛起来，早年的纸写实物有民国时期出土的西晋元康的《诸佛要集经》《战国策》，见诸记载的"洛阳纸贵"的故事不胜枚举。从汉到唐，流行量最大、覆盖面最广的手抄书籍，要数佛经，《齐书》《梁书》记载了许多手抄者的动人事迹。东晋权臣、篡逆桓玄（404年）下令："古无纸，故用简，非主于敬也。今诸用简者，皆以黄纸代之。"（《初学记》卷二十一引《桓玄伪事》）从此，简帛时代结束，进入了纸写时代，纸写书的兴起极大地方便了学术文化的交流和传播。纸写本书籍的时代是中国图书发展史上一个重要的时期，从2世纪末到9世纪初，延续了七八百年之久，直到印刷术普及之后，纸写本的书才被印刷本的书取代。

魏晋南北朝由于用了楷书和纸张，图书数量比汉代大为增加。据记载，西晋初年，国家藏书已达22945卷，但战乱过后，东晋整理图书，国家藏书只有3014卷，到了东晋孝武帝时又增加到30000多卷。南北朝时，南朝文化昌盛，宋元嘉八年谢灵运编《四部目录》时，已有图书64582卷，梁武帝时，阮孝绪撰《七录》所收书有44526卷，梁武帝带到江陵的国家藏书已达70000卷。北魏曾向南齐借书抄录，曾下诏求天下遗书。西晋末年的八王之乱是图书史上"五厄"之一，南朝萧梁的侯景之乱也是"五厄"之一，梁元帝在兵临城下时曾将江陵的藏书全部焚毁。

东晋时期的玄言诗、游仙诗，陶渊明的田园诗，刘宋谢灵运的山水诗，鲍照的拟古乐府诗、七言诗，南朝的乐府民歌，这些都是人类心灵史上的瑰宝，对后世的心理建设影响深远，在诗歌传播史上早已成为专门的学术话题。

南朝的文学艺术几乎是空前绝后的全面而又精美，不但诸体皆备，而且样样都美轮美奂。

以《世说新语》为高峰的志人小说，以《搜神记》为代表的志怪小说，还有骈文、绘画、书法、造佛像等，更别说琴棋、投壶、气功等花样，刘勰的《文心雕龙》将中国的文学批评推向了高度自觉、体系完备的境地，它现在还是国际汉学界的核心话题之一。

另外，祖冲之的圆周率、虞喜的岁差、华佗的外科手术、郦道元的《水经注》，都代表着当时世界上最先进的科学水平；还有灌钢冶炼技术、指南车、千里船、水排等，都是西方国家没有的技术成就。这些都是科技传播史上的里程碑。

六、民族融合的高峰　南北汇合的新局

如果南方是以文明的运化促进了民族融合的话，北方则以战争为主要方式推动了民族的融合，胜过无数的大学和图书的普及。所谓"五胡乱华"最后成了北方民族的创新性的大融合，先是匈奴、鲜卑、羯、氐、羌在战乱中纷纷解体，与汉族自然融合，成为所谓"山东杂汉"，后来北魏迁都洛阳，推行汉化，形成代北门阀，最后北周的统一使北方各族融合的进程基本结束。而且，大江南北在分裂时有沟通，在对峙时有促进，杨坚建隋时，大军一过江，就立即完成了新的统一。古埃及、古巴比伦、古希腊、古罗马崩溃灭亡了，但古老的华夏文化经历了 4 个世纪的大风大雨之后，终于在自我扬弃与吸收少数民族的强悍的生机气质的基础上，以更加丰富的内容和博大的气象，重新矗立起来，并在更辽阔的领域传播扩散出新的文化形态——这就是隋唐大帝国的崛起。在众

多的因素中起决定性作用的始终是文化。

　　在先秦时，诸夏主要依靠文化认同形成一个民族共同体。以楚人为劲旅的反秦战争促进了两河流域的文化融合，为两汉时期华夏族向汉族的转化奠定了基础。北魏用了汉魏的典章制度，永嘉之乱后，大批中原士族避居凉州，带去了中原的文化和典籍文物，形成了北方地区的东西文化交汇。北魏孝文帝的太和改制无疑是北方各游牧民族的汉化总结，也是中国范围内弘扬中华文化的大运动（同时刘芳、王肃为代表的一批文人也将南方的学术文化传回中原）。没有文化传播运营其间，就既没融合也没统一，单是暴力征服便只有破坏而已。只要一"化"就有传播在焉，可谓之曰：锦绣江山，传播玉成。

第十二章
古代文化传播的高峰

一、隋唐以前的对外传播

陈寅恪先生说得好："李唐一族所以崛兴，盖取塞外野蛮强悍之血，注入中原文化颓废之躯，旧染既除，新机重启，扩大恢张，遂能别创空前之世局。"隋软取了后周，唐硬夺了隋，这两个王朝都有胡汉杂糅的特征，唐之宫闱行胡礼，经陈寅恪指出后已成常识。隋唐都曾乘大一统的雄风对外扩张，与进入中世纪的欧洲形成先进与落后的对比，成为繁荣的东方的三大代表之首。与信奉伊斯兰教的阿拉伯、信奉印度教的印度相比，融合了儒释道的唐文化更加气魄宏大，更是亚洲文明的传动中心。大唐东起日本海，西至咸海，集草原文化、海洋文化、采集文化、农业文化、半农半牧文化和商业文化于一身，谱写了民族交融、对外交流的新华章。

北魏打得柔然西迁，却接通了与拜占庭的联系，北魏和南亚次大陆、阿拉伯半岛，甚至非洲东北都有了使节往来，使得洛阳城各国贵宾云集，出现了各种类型的民族文化交相辉映的繁荣景象。刘宋和日本、高丽建立起超乎一般邦交的关系，并且发展了海上丝绸之路的文化联系，将中华文明输送了过去。佛教传入时，养蚕术也随之传出，于阗本是佛教在葱岭以东的传导中心，后来成了养蚕业的培育基地。罗马的玻璃有一条进入中国的海上的通道，有一条从红海、阿拉伯海和中国新疆联系的"玻璃路"，传遍中国南北。北魏在平城出现过五色玻璃。

在唐僧西天取经之前，有曹魏时的朱士行。他依照《四分律》登坛受戒，是中国佛教徒正式出家受戒的第一人，后来从于阗取回般若正品90章，60万字。他发起的求法运动后继有人，东晋时有37人，刘宋时有70人，加上北朝的共89人。最有成绩的是法显，他掀起一个翻译佛经的高潮。中国的儒学和佛学于此时传入日本，日本在曹魏时期回答魏国的表文就是用汉字书写的，显示了他们的汉化程度。

二、辽阔的交通线

隋文帝完成了统一大业，他不仅与突厥各部还与拜占庭取得了密切联系，隋炀帝在西域有大的发展。日本四次派出遣隋使，并在飞鸟时代推行以接受中国文化为核心的推古改革。隋代通过越南的林邑获得梵文佛典1350多部，并有昆仑书（占婆文）典籍、多梨树叶抄写的巴利文或梵文，丰富了番经馆的藏书，推进了译经的校勘，主持译事的和尚编成《众经目录》。隋代还有天竺乐传入，但隋代只是大唐的一个序曲。大唐的中外交通线畅通而且稳定，《新唐书·地理志》说唐之边州入四夷的道路，最重要的有七道，如营州入安东道，安西入西域道，组成丝绸之路的东西两端，东起朝鲜平壤，中经营州（辽宁朝阳）、云中（山西大同）、夏州（陕西横山），西接丝绸路，到达新疆西州（吐鲁番）后，便接上直通中亚细亚的大道，成为横贯亚洲北部的大动脉。安西—西域之间南北两道都经过碎叶通向恒罗斯这座国际商业城，再往西南可以到沙兰国（耶路撒冷），从那里便踏上进入尼罗河三角洲的大道了。

唐代开辟的安南—天竺道，贯通亚洲南部，将中南半岛北部和中国云南、印度恒河流域连成一体。唐代前期，它一直是沟通中国东南沿海和印度的陆上交通要道。738年南诏成立以后，又成为南诏和东南亚及印度贸易的交通干线，在好几个世纪中主宰着那一线的经济，疏导着其文化的发展。

唐代的远航业有了长足的进步，中国从此发展成一个航海大国。唐代从广州启航的帆船航线直通波斯湾、亚丁湾和东非沿岸，海上交通开始成为不亚于陆上交通的另外一种交通途径。中国的帆船与四邻各国来往频繁，远航通达印度洋各国。传导中国文化的半径还要大于港口路线，因为中国的东西从港口又向内陆扩散了。

日本在唐代不到300年的历史上曾派出19次遣唐使，到达中国的15次，每次最少250人，最多651人。中日之间的海上通道有南北两线，北线在《日本书纪》被称为渤海道，经朝鲜到山东半岛（如文登）登陆，南线从九州横渡东海，直航长江口进入扬州或宁波。南线是中国帆船对日交通的主要航线，南线行驶的船只或船队往往都是由中国人经营，南线成为宋代中日之间的主要通道。

三、文化输出

日本派遣的留学生都是经过挑选的贵族子弟和僧侣，还有随从的医师、画师、乐师等，他们对移植唐文化，起了重要作用。制造片假名的吉备真备在唐学习17年左右，归国后官至右大臣，他使用唐代兵法，删订律令，功勋卓著。一批由唐归国的学者推动了"大化改新"，在政府组织、赋税、教育、兵制诸方面以唐为样板进行了全面改造，以忠君思想作为整顿纲纪的宗旨，还模仿长安营建他们的首都，接受了中国的服装、烹饪、节日等。鉴真和尚搭乘第11次遣唐使的船到了日本，改变了日本有僧无法、私度成僧的状况，建立起日本的律宗。他还对日本的寺院建筑、书法美术、医药多方指导，尤其将王羲之的书法传到了日本，影响巨大。唐诗是传入日本的大宗精神食粮，白居易的诗在9世纪风靡日本文坛，此后六七百年中，白居易文集始终是出口日本的头号图书，"白体诗"在平安朝中后期成为日本的流行诗体。

阎立本的《列帝图》东传日本，成为临摹的样品。尉迟乙僧、吴道玄的壁画、人物，融通中西画技，在日本影响很大，现在日本京都东福寺还藏有临摹吴道玄作的释迦、文殊、普贤的画像。李真的《真言五祖像》也东传日本，珍藏在京都护国寺。唐代长安的许多乐曲、乐器经过遣唐使移植日本，被奉为日本琵琶祖师的藤原贞敏是在长安向刘二郎学的，并与善弹筝和琴的刘二郎的女儿结婚，夫妻二人一起将中国的琵琶、筝、琴带到了日本。

像日本一样学习大唐的还有新罗，新罗的全部制度均仿效大唐模式，以儒学为统治思想，影响了朝鲜以后数百年的历史。《老子》和道教也开始在朝鲜半岛流行，还有从中国传入的部派佛教，手工业方面的学习更是普遍至极。

唐代中国对越南、缅甸之类周边国家的文化影响也是笼罩性的。唐代中国对拜占庭的文化输出胜过了政治上的邦交，当然他们也传入了基督教文化和叫作伽丸的鸦片及万能解毒药之类。

唐代中国对阿拉伯的影响是再生性的、扩散性的，因为唐代中国又通过阿拉伯影响了全世界。影响的过程并不愉快，在恒罗斯战役中，中国战俘成了传播造纸术、丝织术的使者，阿拉伯帝国（过去称之为"大食"）与中国打而成交。纸，成了一些伊斯兰国家对非洲、欧洲的大宗贸易品，大马士革纸在11世纪名扬欧洲。造纸术又从埃及传到摩洛哥，不久又渡过直布罗陀海峡传入科尔多瓦的倭马亚王朝，欧洲人的第一家造纸厂是由阿拉伯人在西班牙的萨狄瓦建造起来的。

在751年恒罗斯战役中被俘的杜环，是《通典》作者杜佑的族侄，他将被俘后受优待随阿拉伯使团周游的经历写入《经行记》。他在库法看见许多中国人在那里传授丝织技艺，还有金银匠、画匠在那里工作，使得当地的刺绣、锦缎名扬欧洲。

唐三彩和青、白瓷在9世纪通过海运大批外销，阿拉伯是一个巨大的市场。伊朗、伊拉克的陶工遂制作了仿制中国的软瓷，有人说仿制的中心是在巴格达。

8世纪至9世纪阿拉伯炼丹术的繁荣，多半得自中国同行的启发。

唐代中国与印度的文化交流关系是互惠式的，唐玄奘翻译并引进了佛经，也将《大乘起信论》还原成梵文重返印度，还将老子的《道德经》翻汉为梵，去"化胡"。玄奘旅居西域17年，足迹遍布多个国家，向他们宣讲了大唐的文化和清明的政治，介绍了中国的《秦王破阵乐》等中国音乐，使中国的声威遍及葱岭以西各国。初唐时期，中印互派使者，使者往还的中介正是文化大使者玄奘，他为王玄策在印度的外交业绩打下了基础。在王玄策第二次出使印度时，将玄奘翻译的《道德经》交给童子王手中，并在该国流传起来。玄奘用梵文写出的《会宗论》，调和大乘中瑜伽和中观两派，对印度的佛教有很大贡献。

唐代的长安成了国际"避难所"和许多国家的流亡贵族、使节的第二家乡。8世纪下半叶，吐蕃占领河西、陇右，切断了中西交通，寓居长安的外国使节、使团一度高达4000人。他们在长安娶妻、置房，到宫中供职，波斯王储也曾流寓长安。长安成了世界文化中心，中华礼仪、典章制度、文学艺术经由各种渠道传向世界各国。

广州是面向海外的贸易城市，是印度、波斯、阿拉伯、斯里兰卡等国的船只常年出入的海港城市，也是最大的丝、瓷输出港。中国的纸墨也从广州流向印度尼西亚、印度、斯里兰卡和伊朗。唐代刚刚发明的雕版印刷术的印制品也是从扬州、广州运往阿拉伯世界的。广州既是海外贸易品的集散地、中外贸易品的交接点，也是中华文明制品的输出站。

敦煌是大唐向西开放交流的窗口。敦煌莫高窟、榆林窟、西千佛洞是各族人礼佛的圣地。大约在1050年封入藏经洞的各类抄卷，向人们显示了唐代敦煌寺院还是宣扬佛教、传播通俗文学、翻译梵文文献、沟通科技信息的中心。敦煌是仅次于长安的俗讲、说唱文学盛行的场所，话本、变文、白话诗成为商旅和过往人士喜闻乐见的文学体裁，许多俗讲文学的卷子被他们带走，流传四方。当然有出有进，翻译整理梵文文献是敦煌寺院中的重要业务，《汉译梵音佛经》和《煞割令文书》是他们翻译梵文、整理传导科技文献的例子。作为东西各地人士来礼佛的圣地，敦煌告诉了世人的信息，永远也说不完，说不清楚。现在它依然保有神秘感。

四、报纸

唐代在许多方面都有创新，报纸的出现开辟出专业性的新闻传播史。

中国最早的报纸，通称为邸报。现存的第一张报纸，出现在唐代。

邸，本是战国时诸国的客馆，在古汉语语境中，它还有王侯府第、旅店、茶馆、酒店诸多意思；报，则有宣布、告知、回答、往返诸多意思。邸报不同于中央政府的官报，它只接受郡国或藩镇的领导。至于有了进奏院之后，为什么把进奏报状还称为邸报，除了习惯、显得别致，就是因为做这种收集情报、编辑信息的工作人员还被称作"邸吏"，他们编写的通报情况一类的公文叫作"邸吏状"。唐代各地藩镇派往京师的办事机构叫作"上都邸务留后院"，负责官员称为"上都邸务留后使"，习惯上还是通称为邸、邸吏（邸官）。代宗大历十二年将这个机构改成"上都知进奏院"，留后使也改称"进奏院官"，兼有"呈递公文，采报消息"的双重责任，他们发布的邸报就是"进奏院报状"。据徐松《唐两京城坊考》，唐代首都长安崇仁坊，是当年藩邸的集中区，有各地的进奏院20余个。柳宗元在《鄂宁进奏院记》中讲，唐代的进奏院是在周朝的邑和汉朝的邸的基础上发展而来的，它不再是简单的招待所（邑）、呈递奏报的办事处（邸），而成了"质政于有司"的谘议局、参加朝廷盛典的代表团、"通内外之事"的情报站。这说明唐代的开放，也包括藩镇势力的猖獗。汉代京师大臣向郡国通报消息是犯法的。

现存英国不列颠图书馆、编号为S1156的唐归义军进奏院状，是写于887年，由归义军节度使派驻朝廷的进奏官张夷发往沙州（即敦煌）的报状。它报道了独自领导民兵收复瓜沙十一州的张义朝的侄儿张淮深——沙州归义军节度使的特使向朝廷请求赐给旌节的经过。有的专家研究了它的款式、内容、发行途径，判定它是一份手抄报纸。在没有别的出土品打破纪录之前，它是世界上现存的最古老的第一张报纸，发行它的机关就是进奏院——这，等到了宋代就是赫然的事实了。

这种邸吏状比正式的公文传递要快，带有情报消息的特质。《旧唐书》上那段有名的李元素与李师古两节度使在德宗去世前发生争端的故事，都是以各自的"邸吏状"为根据的。李师古说："近得邸吏状，具承圣躬万福。李元素岂欲反，乃忽伪录遗诏以寄。"但很快正式通知下达：顺宗继位——李元素获知的邸吏状是准确的。

唐代另有中央朝廷编发的官报，当时的文献常把报纸叫报、报状、状、条报、杂报。《赠华州郑大夫》载："报状拆开知足雨，敕书宣过喜无因。"这说明当时的报状包括"天气通报"一类的内容了。韩愈的弟子孙樵在未当官前"于襄汉间，得数十幅书，系日条事，不立首末。其略曰：某日皇帝亲耕藉田，行九推礼。某日百僚行大射礼于安福楼南……如此，凡数十百条"。孙樵误解了当时的事情，有人从长安回来，孙樵想对证一下，结果被逐条推翻，后来有认识这种物件的人告诉他说："此皆开元政事，盖当时条布于外者。"孙樵后来得到《开元录》，一对，条条都合。其《经纬集·读开元杂报》接着说："及来长安，日见条报朝廷事者，徒曰今日除（派）某官，明日授某官，今日幸于某，明日畋（打猎）于某，诚不类数十幅书。"他感慨的是今日的政事不如开元时有礼文精神了，至于条报的形式、使用条报的制度倒一如既往——这说明早就有通报性质的报纸了，只是影响不算大，孙樵这个外省书生就不知道它为何物。

现在普遍认为这种条报或杂报的前身是古老的记录帝王生活的"起居注"。随着人们对国事的关心，它渐渐流向社会，变成条报、杂报。

还有一种官方的简报，叫作"露布"，主要是用于发布军事新闻。人们把新闻写于布帛，用竹竿支起来，从战地送兵部，沿途的民众可以随意观看，传播的时效和幅面都很大。《新唐书》和《旧唐书》都记载着李晟击败叛军收复长安，立即送露布于正在梁州避难的德宗，露布称："臣已肃清宫禁……庙貌如故。"他还上报了立功将领的名单、被俘将领和变节大臣的名单。这种战报式的报纸自然不是日常性的传媒，但它报道的内容是直接关乎生死存亡的大问题，从而为社会之急需、万人所瞩目。

科举制中进士科考策论，看考生对国家重大问题的"对策"，从而刺激百万读书人关心国事，客观上呼唤能够有广而告之的媒介多多出台。初唐时的文人已有"恨天下无书以广新闻"（《旧唐书》卷一百九十二）的憾恨，而所谓"读万卷书，行万里路"就包含增广见闻的要求。除了官报、邸报，当时传播新闻的还有知情人的书信、口头消息、民谣、说唱文学。

至晚唐，邸报在社会上广为传播，官僚们借此得知别人和自己的官运。《全唐诗话》记载："韩翃久家居。一日，夜将半，客叩门急，贺曰：'员外除驾部郎中知制诰。'翃愕然曰：'误矣！'客曰：

'邸报，制诰阙人，中书两进君名；不从，又请之。'"赵翼《廿二史札记》说，国史馆收集邸报来修史五代后唐长兴年间，史馆奏曰：后唐宣宗以下四朝无实录，请下两浙荆州等处，购募野史及除目朝报、逐朝日历银台事宜、内外制词、百史薄籍上进。

不是报纸的官方播令性文字是诏书、告示，官府向民众发布新闻的办法是基层政府将需要颁布的诏令书写在大版上，"当存坊要路牍示"。官府很重视这项工作，还派出人员检查是否按时张贴、有无错误之类，并依此作为考察官吏是否合格的一项指标。

国家越大，越需要有效的传播，从而提高管理效力、工作效率。

五、雕版印刷

雕版印刷是像用纸张书写一样，对于传播事业具有持续增长效益的突变性的进步。自从运用雕版印刷，整个中国的出版业进入了"现代化"。关于雕版印刷最早使用的时间恐怕难以推定，因为它基本是先在民间"悄悄"地使用，见诸记载不知滞后了多少年。而所谓雕版，就是用阳文反刻涂上色彩印出来，即成了正字。雕者，刻也。中国人早就在使用这种技术，但用于批量的印制印刷品则是唐代的事情。

上古的陶器上已有用陶印模在泥坯上压印的符号，用"结构主义"的眼光来看，这与毕昇的活字印刷已经同构了。战国时的印玺也可以说是用玉或金做的活字。汉代流行佩带一种用桃木刻成的三寸长的印，晋代的道士们用枣心木刻符印，北齐有篆书的木印，长约 1.2 尺，宽约 2 寸。所以，关于首用雕版的时间，有汉代说、东晋说、六朝说等。东汉末，已有在木板上刻、写文字的情况，若用阳文反刻在木板上，并涂墨印在纸上，就是木板印刷了。人们常用梓木刻版，故开始印刷叫作"付梓""梓行"。有些印刷史述倾向将雕版印刷术的发明定在唐贞观年间，这是既有印刷实物又有文献记载的辅证的。宋原放的《中国出版史》对比了许多资料，得出的结论是：7世纪到8世纪是民间创制期，9世纪初到10世纪初是文人接受期，10世纪以后是政府推广期。也就是说，雕印术创于隋唐，广于唐末，盛行于五代（宋原放、李白坚《中国出版史》）。

古人撰写编辑书籍本无直接的经济目的，写是有感而发，抄是个人珍爱，渐渐撰写者要求广为流传，抄写变成了受雇佣的工作，于是边抄书边卖书的行业出现了。汉景帝时河间献王以赏赐金帛为号召，在民间广泛购求图书，那时图书已可以商品化，但似乎尚无专门的书肆。到了汉武帝时代，京师兴太学，刺激了图书的需求，官私均有手抄复制的专职人员，很快就有了以营销为业的书肆。西汉学者扬雄说："好书，而不要诸仲尼，书肆也。"王莽在长安扩建太学，"有博士弟子八万人"，在太学附近有个"槐市"，每逢初一、十五，他们在槐林下集会，交换家乡特产、乐器和书籍经传，这种交换虽不是商业行为，但如果图书不是商品很难这样流通。《后汉书·王充传》说王充："家贫无书，常游洛阳市肆，阅所卖书，一见辄能诵忆，遂博通众流百家之言。"但是抄写复制的图书成本高，从而价格也高，已难满足不断增长的需求。

雕版印刷使印刷工作可以批量化了。唐"玄奘以回锋纸印普贤像，施于四众，每岁五驮无余。"（《僧园逸录》）每岁五驮的数量是雕版的效率。唐代刻书的地点，可考者有长安、洛阳、越州、扬州、江东、江西，尤以益州成都最为发达。国内现存最早的唐印本是《华积陀罗尼神咒经》，比伦敦所藏的咸通本《金刚经》可能略早。越州、扬州雕印的元白诗，当时就卖到朝鲜。扬州私刻历书，遭到官府的禁断。有人见到成都印书铺印的多是阴阳杂记、占梦、相宅、九宫、五纬之书，印的质量不是太好，但数量可观，相当于今日之地摊书，读者群是相当大的。唐代印制的除了图书、佛像，还有纸牌、印纸等。

雕版印刷传播信息的威力，尤其是民间的市场行为，极大地普及了通俗文化，满足了普通人家的知识渴求，真正发挥了面对多数人的传播作用。但这也引起统治阶级的不安，因为在集权体制中，社会发育了，国家就难以驾驭了。从中唐到宋一直奉行着限制着民间出版的政策，他们不想放开却也管不住，便想办法占领出版阵地，印制大量的儒家经典、工具书，使得"机械化"印刷时代全面到来。国营的印制品质量高、规模大，传播效果更为显著。

六、说话：娱乐传播

真正与普通百姓直接相关的文化传播行为，不是报纸也不是印刷图书，而是"说话"。于此简述说书史话。

"说书"二字最早见于《墨子·耕柱》："能谈辩者谈辩，能说书者说书。"这个说书，如同《庄子》说的"小说"一样，不是后来通用的那个文体概念。说书的起源要追溯到远古的盲瞽口述部族史，那种口头人际传播的方式始终没有中断过。当城镇活跃着百家的谈辩、说书时，广大乡村、文盲社区的文化生活，主要靠着民间艺人的说唱文学并不能完全满足。《荀子·成相》是否是弹词文学之祖，此处不必讨论，但他当时以那种形式写，能写成标准的"莲花落"体，显然是利用了现成的套路——哪怕是劳动的伴歌（俞樾的说法）。这说明民间有着这种说唱、讲唱的样式，甚至有人说《诗经》中的史诗如《玄鸟》就是当时说书人的唱本。说书或整个讲唱文学，一直在民间存在着、被消费着，只是到了有报纸、印刷的时代，才留下它们的文字记录，未记录下来的"说话"像代代入不了文字圈的广大人民一样被风化了。于是，才有了说书自唐代始的说法，只能说我们只见到了唐代说书的本子和唐人关于它的详细些的记载。其实，汉代的人会讲春秋战国的故事，就像隋唐的人会讲秦汉的故事一样。

　　敦煌大批写本变文不是突然从天上掉下来的，它应该随着佛经的东传就开始有了，《金刚经》《维摩诘经》就包含着小说写法的成分。当然若说小说起源于佛经又忽视了本土资源的作用，早有"二十四史皆小说"的极端说法。但佛经的宣传与本土的瞽师诵史"性相近"，遂在传播的过程中融合、分支、再融合、创新，于是有了《昭君变》《伍子胥变文》《张义潮变文》等，尤其是《张义潮变文》是当时的当代文学，在古代传播史上是特殊的直接讲身边事的"说话"。正史上不给他和他的侄儿张淮深立传，讲唱文学却给他发布了"人物通讯"。现在《张义潮变文》《张淮深变文》均藏在巴黎。

　　长安和敦煌自然是僧讲、俗讲的中心，各地的寺院则是其他娱乐场所的中心。唐代似乎尚无宋代那种档次的勾栏瓦肆，寺院大概是城里人的主要娱乐活动场所。日本和尚圆仁在记载841年前后寺院活动的《入唐求法巡礼行记》中，详细记录了开讲的寺院、讲唱的法师，别的著作也提到"长安戏场多集于慈恩（寺）"。就像欧洲的宗教生活是世俗文化生活的策源地、供应站一样，中国的寺院是俗文化的"传授者""变电供应站"，讲经变成唱经的"唱导"，再变成僧讲的变文……尤可注意的是这种活动、文体在传播过程中还能带动影响其他的社区和民间的艺人，不但使故事本身流传得更为深远广阔，而且诸种讲唱形式也在交叉"传染"，如《昭君变》不久就成了蜀女和蛮伎的讲唱词。《全唐诗》收有王建的《观蛮妓》、吉师老的《看蜀女转昭君变》，记录了讲唱的细节：（一）是可以被诸管弦的；（二）有话本；（三）有必要时挂上图——后世小说"出像""绣像"即由此而来。所谓"观蛮妓""看蜀女"都与图像有关，后世话本、小说的"看官"也是这个习惯使然。

作为说书意义的"说话"，至迟在隋唐已是习惯用语。如隋代的杨素喜欢听侯白"讲故事"，侯白是他的部下，即使下班了，也得"说一个好话"——讲一个动听的故事（《太平广记》卷二百四十八引《启颜录》）。元稹说他与白居易"尝于新昌宅说'一枝花'话，自寅至巳犹未毕词也"（《元氏长庆集》卷十"光阴听话移"的自注）。他们听的故事就像《张义潮变文》一样，也是一个当代人物通讯：长安妓女李娃如何拯救荥阳巨族子弟郑元和的事迹。

总之，说话就是说书、讲故事，包括说大书之"讲史"与讲唱变文、弹词、大鼓书等。

七、诸种文学样式的交叉传播

"一枝花"本是白行简（白居易的弟弟）的文言小说《李娃传》，它到了"说话人"那里变成了连元、白都听之不厌的"新"东西，能连续听三四个时辰。和尚的《昭君变》可以变成蜀女、蛮妓的讲唱。

诸如此类，几乎没有不可交叉的文体。传播，不是个单纯的扬声器，还是个"搅拌机"。如果说文言的传奇小说变成后世杂剧、戏文的题材不算交叉传播的话，那文体间形式上的相互为用则是毋庸置疑的"交叉"了。

任二北在《敦煌曲初探》中统计敦煌曲词的调名有69个。在《教坊记》记录的320余首的曲名中，包括了律诗、绝句声诗56首，长短句填词76首。唐诗的传播，尤其是绝句，借助于音乐、歌唱的力量，传入宫廷、传到酒楼、传到西域边陲……如无人不知的王维的《渭城曲》，被乐人反复叠唱，因此又叫"阳关三叠"。还有，唐代薛用弱的《集异记》完整生动地写了女乐人唱王昌龄、高适、王之涣所作诗的过程，即有名的"旗亭画壁"的故事。这说明了因为乐人的传唱，文人的诗已流传到酒店（旗亭），文人以自己的诗被唱为美，它如李益、李贺的诗被乐人争着谱曲以进献天子。白居易写出《长恨歌》后，他的朋友陈鸿把它改编成传奇小说《长恨歌传》。乐府诗、边塞诗本有音乐支撑其间，而且诗本身就是要求唱，而不是念的，曲子词、诗、词都是音乐的孪生兄弟，诗、词之间的交叉更是常识了。

赵璘的《因话录》说那个文溆僧假托讲经，大讲淫秽故事，"愚夫冶妇，乐闻其说，听者填咽。寺舍瞻礼崇奉，呼为和尚。教坊效其声调，以为歌曲"，则讲唱"转变"为歌曲。

诗与画也是交叉相生的，也有许多动人的佳话。语言的表达在追求着造型的表达。佛堂的壁画，成了唐代文人灵感的刺激点之一，还有剑术、舞蹈也与诗歌交叉传播。唐代文艺上已经诸体具备，殊难一一缕述。

有一个不可不述的交叉的文体——骈文，它是六朝的代表性文体，也是唐前期文坛上的大宗，在中唐古文运动未起之前，公私文翰，均用骈文，它将汉语的音乐性淋漓尽致地表现了出来。初唐四杰的名声一大半在骈文，王勃的《滕王阁序》让人见识到骈文的大美；魏征的骈文则是政论家的说理之骈；陆贽的骈文已经"不复见排偶之迹"，能够"反复曲畅"地表达深曲的意思，能够化骈文的限制为优势。需要特别指出的是骈文分蘖出影响了中国命运的八股文（钱钟书：《谈艺录》讲骈文节），八股文不仅是明清科考的规定文体，更是普适到全部文书的思想框框——其性质已由文体传播变为行政传播、宣传——社会观念的传播了。

八、科举及教育作为激励机制的传播效果

科举是通过分科考试选拔官员的制度。隋文帝取消了九品中正制，废除了地方长官辟署佐官的制度，先要求诸州岁贡三人，又于大业二年（606年）设立了进士科。秀才试方略，进士试时务策，明经试经术，形成一个层次不同、要求各异、体系完整的按才学标准选拔文士充任国家公职的分科考试制度——伟大的科举制让平民中的才智之士摆脱了出身门第的压抑，他们凭着个人才能就可以加入政府。

这种制度的好处，自然能被英明的李世民所感知：天下英才都来给我打工。唐代为了充分地吸附人才，将科举分为常科和制科。常科包括秀才、明经、进士、明法、明书、明算等多种科目，秀才是最高科，所试方略策，要求应试者熟读经史，精通治国方略。这个立意是相当好的，可惜由于长期战乱，经史之学不讲久矣，唐初的

士子又热心辞章，他们不敢投考秀才科。永徽二年（651年），此科停废。法、书、算三科考试专门学问，及第后从事专业工作，一般不能担任高级官职，应试者也寥寥。士子所趋唯在进士，不得已才考明经，遂有了"三十老明经，五十少进士"的时谚。明经出学究，"理应"受到社会和进士们的轻视。进士科考时务策，而衡量策文的标准是看文章的词华，以后又一路沿着选择文学之士、以文学取士的道路前进，并发展到首重诗赋的衡文的标准，带动得几乎全民都想当诗人，唐诗繁荣的主要原因之一是制度激励。人际交往中诗歌的分量也空前绝后的大。中国的语文传统成了重要的文化资源、文化传播的河床、跑道。文学，成了活跃有力的意识形态。

制科，是皇帝临时确定科目下制（诏令）举行的特殊考试，名目很多，次数更多，《唐会要》卷七十六载，从658年到828年举行了78次。安史之乱前的科目基本上不重复，什么文史兼优、博学通艺、武足安边、智谋将帅等，安史之乱后就有重复的了，什么贤良方正能言直谏科、博通故典达于理人科等，有官职的人也可以考试，这对于发现卓越人才作用非凡。

隋唐的科举制是从晋代之"孝廉试经，秀才试策"转变过来的。隋代缺官吏，大考大用，唐代起初是大考少用，每次录取的名额相当少。参加常科的对应的是中央之"六学二馆"中的毕业生及地方生徒，均须经初步选拔。制科则所有的读书人均可报考，贞观年间开始，显庆年间最盛，分为文类15科，武类8科，吏治类12科，长才类5科，不遇类9科，儒学类6科，贤良忠直类8科。科举是"检验"学校教育和人才质量的唯一权威，它制约、引导着教材、教辅读物的编选出版、学生优劣评价、毕业标准、学校管理、教学方法等全套的"教育工程"。

所谓"六学二馆"是指中央官学系统，除了原先就有的国子学、太学、四门学外，隋朝创立了书学、算学、律学，唐初增加了弘文馆、崇贤馆（后改为崇文馆）。所收学生都是有不同功名人家的子弟，等级高的入国子学，依此类推。政府广招天下经师宿儒充任学官，广建学舍。唐玄宗时掀起办学的另一个高潮，开了贡举入监的先河，尤其是容许民间开办私人学校，为民间学术和教育的发展提供了制度上的保障。开元六年（718年），唐代置丽正书院（后改为集贤书院），贺知章等文学名士为学士，算是后世书院教育的先例。开元二十八年，皇帝又诏令天下州县在乡里设立学校，拓宽了教育的普及面。

唐及五代的教育惊人的全面、发达。唐代的繁荣和发达在相当程度上得益于教育，我国当时在算学、农学、医学、造纸、印刷、建筑、天文历法、工艺制作方面都居世界前列，教育非但没有滞后社会发展，反而能够灵活有力地予以推动、促进。唐代的教育是开放的，并且政府总有权力地进行及时的支持——给予各种优待或奖励，这是至关重要的。官方的科技教育包括算学、医学、天文历学等，政府还允许私人办科技教育，当时凡有杰出贡献的科学家或身怀绝技的大师多得益于私学或家传。中唐以后至五代，官学衰败，教育与科研的维持和发展基本上依靠私学。国家开放社会，最后还是国家受益。

家学、家传、师生链是社会上高层次文化传承的重要的信息桥。拒绝隋炀帝的任用，隐居在河、汾之间的王通，以著书讲学为业，往来受业者，盖千余人，他为唐初培育了一批主要官员，并提供了唐代治国方略的思想基础，如主张吸收佛道二教之长、充实儒教，以达到用儒学一统佛道的目的等。另外，大名赫赫的韩愈正是靠着广招门徒，才获得那么大的影响力。他呼吁建立儒学的道统，也是靠着学士们的响应，形成古文运动的声势，才得以留下历史的"脉冲"，在宋代结出道学的硕果。

造纸术、印刷术的使用和长足发展，使文化大为普及，先进的文化知识可以通过书籍很快地传播扩散，自学的环境比历史上任何时期都好多了。科举激励了全社会对文化的重视，私学、自学保护了民间的创造性的天才，这是唐代具有活力的重要原因。当然，政府若无朝气、信心，也不会有开放和支持文化事业的国策，不会投入上述多种能量使传播的制度得以畅通。

传播，是上一轮文化积累的结果，又是下一轮的起点。它灵活地运营在教育、科技推广、选拔人才等所有互动的机制中。

九、宗教文化的传播

李世民的文化政策是三教并用，尤重儒学。官方教育主要传播的是儒家文化，唐代的经学、儒学框架的史学都是繁荣昌盛的。经学出现了二度注释的工程，也出现了自由说经，不受传注拘囿的风气。《五经定本》《五经正义》是科举考试的标准课本，但佛道二教的自由传播更能占领兴趣、喜好的心理平台，从而朝气蓬勃，令广大士人及世人好之、乐之、安之。官私两方面的崇佛信道的事件、风俗就不说了，单是佛经的翻译就是洋洋大观，成为文化传入的大篇章。不必列那个冗长的书单了，看看他们的翻译过程会增进我们对传播不同文化的理解。

举玄奘主持的慈恩寺译场为例：

译主总揽全局，解决疑难问题。第一步，先正义，评量梵文，正确理解经文的原意；第二步，正文，听译主高声朗读梵文，检验是否有误；第三步，书字，也叫度语、译语、传语，根据梵文译出相应的梵音，搞音译工作；第四步，笔受，又称执笔，将梵音译成汉字；第五步，缀文，也叫次文，即调顺文句结构，根据汉语的特质理顺文辞；第六步，参译、评译，将译出的汉文翻回梵文，看是否走样；第七步，勘定，或叫刊定、校勘、总勘，就是改正发现了的错误，删去冗长重复的文句；第八步，润文，进行文字修饰；第九步，梵呗，按照译成的经文高声朗读、诵唱，看看是否流利、悦耳，检查语感的宗教气质。——这是多么令人叹为观止的严谨、庄重的传通过程！因为经文是神圣的，一两个语词的错误会引发宗门分歧、以讹传讹，会对信奉者造成"信息伤害"。

玄奘的唯识宗太理性抽象、深邃，不能被多数人理解，其因明逻辑仅在少数逻辑学家中薪火相传。高雅华贵思辨的华严宗不如亲切的天台宗影响大，最有影响的是禅宗，它分成了数不清的小宗，流传很广、影响很深。唐代就盛行俗人写佛教史了，此后代代都有人写——早已形成专门的传播史。

唐代又有新的宗教传入，如景教，即基督教，初唐时传入，时称"大秦景教"，李世民颇赞赏其教义，并命令人于长安义宁坊建景寺一所，度僧21人。景教的传教士也知道中国国情，他们紧密依附皇室，在上层传教，故在民间少有信仰者。唐武宗灭佛时，连景教也禁绝了，景教到边远地区传播去了。从唐太宗请入到唐武宗赶出，景教在内地传教200年左右。

唐高宗时伊斯兰教传入中国，阿拉伯国家来华的使节、商人、旅行家、航海家是其传播的媒介，他们有的便在中国安家落户了。

此外，还有摩尼教等，它们共同促进了民间信仰的多元化发展，同时也促进了它们的中国化和会通化。

第十三章
近代化形态的传播

《新唐书》和《旧唐书》中都记载了武则天杀裴炎是因为他给徐敬业造反当内应，证据就是他给徐敬业的信只有"青鹅"二字，别的什么话也没有。武则天说，青字拆开就是十二月，鹅字拆开就是我自己——你们十二月打过来，我在内部接应。其秘密通讯的办法是拆字。到了宋代就有了密码联络方法，曾公亮等人编纂的《武经总要》中说："字验旧法——军中咨事，若以文牒往来，须防泄露；以腹心（人员）报覆（送反），不惟劳烦，亦防人情有时离叛。"他创造性地编制了军用密码，先穷尽性地收集军中必用的短语，归并出 40 个，然后给它们编上相应的代码数字，如：1. 请刀，2. 请箭，…… 38. 士卒病……数字代码每次都可重新约定，领兵的将领和兵部定一个一致的密码本，如利用一首没有重复字的五律，正好 40 个字，在要达意的字上盖章，这个字是第几个字，就是第几号密语。如用上述代码、在第 18 个字上盖章，请是请求"固守"，并不是抄那首律诗，而是在普通公文用上那个字，在上面盖章。在京城的收信人，找那个字在原诗的位置、顺序数，一对约定好的密码，就破译出来函的意思。如果同意，就还在普通公文样式的回函中用上这个字，在上面盖章，发回；如不同意，就什么也不写，只盖个空印返回。这种通讯方法不仅敌人看不懂，送信人、偏将也看不懂。这与后来的电报在原理上是一样的，只是发送的材料、技术相去甚远。

如果说唐代为古代文化传播的顶峰的话，宋元以降既是古代文化传播的衰落，又有了近代形态的文化传播。撰写《中世纪的衰落》的赫伊津哈说得好："历史，就同自然界一样，诞生与衰落并存。一种过分成熟的文明的衰落是新文明诞生的标志。同样，在某些时期内，对新文明的追求也意味着该时期文明的衰落。"可惜的是，宋元只是在文化、科技方面步入了近代，而衰落的政治外壳却拘囿着新的经济、文化力量。

一、四大发明带来的传播景观

两宋是造纸的成熟期，也是纸张广泛生产、使用的时期。当时又有了竹子、麦秆、稻秆等成本低廉的原料，开拓出造纸事业的新天地。竹纸普遍推广、草纸的发明使用、抄纸工艺的进步等，使得宋代造纸业的规模大为扩展，产地增加，纸的品种增多，各种特殊性能的加工纸出现了，同时还出现了关于纸的专著，及时地传播了先进的技术文化。如986年成书的《文房四谱·纸谱》对草类纤纸生产的记述，对抄纸工艺流程的描述，在今天是宝贵的原始记录，在当时则是技术推广，以书籍的形式传播最新的科技成果。

宋代仅成都一地，以造纸为业者便有数百家。宋纸有以原料命名的，也有以产地、加工状况命名的，还有一些纯是美称，那些让人眼花缭乱的品名显示着造纸业的繁荣。各种纸走进宫廷与寻常巷陌，极大地满足了书籍印刷、绘画用纸及日常之需。宋以后的史料大大地好找了，因为宋代的图书总量大大超过了唐代，纸的普遍使用与印刷术的进步是直接原因，而西方到了19世纪才有了竹纸、草纸。

雕版印刷的鼎盛期在宋代。雕版印刷在五代时期已普及，但官方限制市场滥印（如冯道一方面禁自由印刷，另一方面组织官印经书），在印刷总量上无法与宋代相比，宋代纸张供应充分，文人知识化程度很高。如果说唐代是个诗人的时代，那宋代则是个学者的时代，正与书写条件互为因果。两宋刻书之多、内容之广、规模之大、印刷之精，都是前所未有的。现存的宋版书籍，刻版精良、刀法纯熟、纸墨晶莹，其字体成为后世模仿的书法艺术。当时刻书的有国家的"监刻"、书商的"坊刻"，还有个人的"家刻"，它们都校勘缜密、制作讲究，无论是内容的精审还是形式的精美都是空前绝后的，以后则是"明人好刻书而书亡"的明版书，无法与宋版相比。

宋代出现了铜版印刷，现存南宋铜版印制的纸币——"会子"、商品广告——"济南刘家功夫针铺"，还出现了套色印刷，主要用于珍贵的纸币和佛像的印刷。划时代的发明是活字印刷，它不是在木版上刻写了，而是用泥铸成一个个的单字，如同后来的铜字排版一样，只是材料用的是泥而已。《梦溪笔谈》卷十八详细介绍了活字的制作过程："欲印则以一铁范置铁板上，乃密布字印，满铁范为一板，持就火炀之，药稍熔，则以一平板按其面，则字平如砥。若止三、二本，未为简易；若印数十百千本，则极为神速。常作二铁板，一板印刷，一板已自布字。此印者才毕，则第二板已具，更互用之，瞬息可就。"活字印刷的优点主要是减少了反复雕字的过程。雕版印刷时，每种书均需自刻一套印版，用过即废。活字印刷，一套活字可以印多种书籍，如有错别字可以随时更换，这边排着，那边印着，节省了成本、时间，从而极大地提高了印刷效率。现在知道的较早的活字印本有朱熹与吕祖谦合作编撰的《近思录》、吕祖谦的《东莱经史论说》等。

总之，平民毕昇因发明了活字印刷术而成为改变了历史的伟人。

火药，在唐代便已发明，但在军事上的应用却是到了宋代。宋代成立了"广备攻城作"，将这项技术推广得很快、很全面，造有弓火药箭、弩火药箭、机发火药，以及火毬等，南宋还出现了管型火器、喷气式火箭。指南针在北宋代替了从先秦就使用的"司南"，北宋人将它称为"丙午针"，《茔原总录》《梦溪笔谈》都有说明性的记载，后者谈到磁针的三种装置方法：漂浮法、支承法、缕悬法。曾公亮等人的《武经总要》说指南鱼较详。罗盘用于航海至迟在北宋晚期，《萍洲可谈》（成书于 1119 年）说："舟师识地理，夜则观星，昼则观日，阴晦观指南针。"这是世界航海史上关于使用指南针的最早记录。稍后，《宣和奉使高丽图经》说去高丽的船上装有指南针，再后，南宋的《诸藩志》说："舟舶往来，唯以指南针为则。昼夜守视唯谨，毫厘之差，生死系之。"《梦粱录》说了相同的使用情况。再后的记载就多而详细了，总的说并不是只是用火药做爆竹、罗盘来看风水。

二、传播技术的书籍与发达的图书市场

上引诸书已能说明宋代的著述很重视及时传播新的技术成果和新生事物。宋代还有许多传播新成果的专书，如《本草衍义》《本草图经》，还有综合性笔记书，它们都及时地告诉了世人一些新鲜有趣的事情，宋人的博物学比六朝人的博物学科技含量高。这对于各种新技术的推广普及所起的传播作用之大无法估量，就连宋人的诗赋也要记科技成果。

农学类最显眼的书是谱录的专书，如早期的《荔枝谱》《桔录》都生动而详细地介绍了果木的种植、管理办法，如何加工、去病、灌溉等，它们是世界上最早的果木专著，已被译成英、法等多种文字，传播到了海外。花木类专著尤多，有名的如欧阳修的《洛阳牡丹记》、陆游的《天彭牡丹谱》、范成大的《范村菊谱》等，计有32种。关于茶的著作有22种，中国人尤其文人素有"斗茶"之风，研究茶便成为重要的课题。畜牧兽医类的专著也占显著位置，有20种。北宋哲宗年间写《禾谱》的曾安止不满当时的士大夫"集牡丹、荔枝与茶之品，为经及谱，以夸于市肆"，他因此偏来给水稻作"谱"，这是我国研究水稻的最早的专著。陈仁玉的《菌谱》则是世界上第一部"欲尽菌性而究其用"的专著。这些书的学术价值、在当时的应用价值，以及流传后的传播价值都是非常巨大的。

论述农桑经营和耕作技术的综合性农书无论在数量上还是在质量上都取得了超越前代的成就，出现了邓御夫的120卷的《农历》，不仅比前世的《齐民要术》完备，也比后世的《农政全书》卷数上多一倍，可惜因官私均无人投资印刷，未能流传下来。宋代流

传最广的综合性农书有《农孝经》《山居要术》《本书》，现在也不存，现存的是《陈旉农书》《耕织图》等十几种。宋代《耕织图》不仅对明清耕织图的绘制有很大影响，而且它流传到了日本、朝鲜，日本现有仿制的《四季耕作图》。

不刊行《农历》巨著的政府却发行"劝农文"，以示他们的民本关怀。这类劝农文以通俗的文字宣传农业生产技术，具有文告的性质，是政府组织的传播行为，但多是"高田种早，低田种晚，燥处宜麦，湿处宜禾"之类的常识。难得的是宋代儒官这种爱民的姿态能够成为风气，即使不能传播了不起的科技知识，也传播了良好的爱民重农的社会风尚。

关于动物、植物的书，关于炼钢、制瓷、金属加工的书，关于丝织、造船的书，"浑仪"新貌、"莲花漏"的创制、规模空前的恒星观测、闻名世界的《天文图》，数学上的隙积术、会圆术、运筹术、大衍总数术等，都空前的繁荣。推广普及数学的优秀书籍要数杨辉的《详解九章算法》《日用算法》《乘除通变本末》，民间的数学教育也难得的发达。医学、建筑学、地理学都相当辉煌，都有了分科化的进步，如《本草图经》《千金方》《崔氏脉诀》《铜人腧穴针灸图经》。这些专著或集前人之大成或开后人之先河，都是学术传播史上的重镇。建筑专著《营造法式》更是不可逾越的经典。

传播科技知识的巨人要算沈括，巨著要算《梦溪笔谈》。

宋代文化、思想、学术、科技的空前活跃与成熟发达的图书是互为因果的，从中央到地方，从政府到个人，官刻私雕并举，形成了全国性的刻书网络。从空间上说，宋代有所谓四大刻书中心：蜀刻、浙刻、闽刻，还有开封的国子监校刻中心——金人占领开封时他们还在刻书，后来一部分随政府南迁，一部分到了山西平阳，成了金代的刻书中心。从经营性质上说，宋代有完善的官刻系统，中央的刻书机构有国子监、秘书监、崇文院、太史局、校正医书局等，在中央殿、院、监、司、局纷纷刻书的风气带动下，各府、军都在刻书，各路的安抚司、转运司，就连招待所一类的机构也在刻书，地方官刻多请名学者担任编校，质量均属上乘。

宋代的书坊遍布全国，虽为赢利，但极大地促进了图书的流通与生产。与官刻偏重经史大著作不同，私刻面对市场，什么行销得好就刊刻什么，上至经史子集，下至农商医算、类书话本，甚至供科举考试作弊的"夹带"。书坊的图书质量虽不如官刻和家刻，但刻印快、发行量大、行销广，在传播的势头上红红火火。

家刻是指不以卖书为业，由私人出资校刻的书。两宋间，私家刻书甚多，几乎都是上品或神品，选的书都有点讲究，如陆游之子刻《渭南文集》，廖莹中刻的《昌黎先生集》《河东先生集》，历来都被誉为神品。家刻本的家塾本尤有社会学意味，上层家庭设塾教育后代，必请高师，这些高师有的是科举制中的失败者，他们便化悲痛为力量借助东翁的财力尽心于刻书，使得家塾本私刻学术性强又校勘精湛。著名的善本书——被称为"庆元三史"的黄善夫的《史记集解索引正义》《汉书》及刘起元本《后汉书》，还有相台岳氏本《九经》《三传》都是精品。

宋代"文德致治"的国策带动起倾心学术、崇尚文化的社会风气。政府发动、南北文士参与的《太平御览》《太平广记》《文苑英华》《册府元龟》，规模宏大，堪称图书史上的壮举，而且由于雕版印刷的盛行从而能够保存下来。这"四大书"又带动起编刻类书的热潮，据《宋志》及《补志》著录，宋代官私编刻类书高达13734卷，形成空前的兴盛局面。它们的通行不仅普及了知识，也传播了古代文化。唐代科举制拉动的应试教育产生了一批类书，如《初学记》《艺文类聚》，但与宋代的类书大海相比就是一座孤岛了。专为博学鸿词科应试使用的《玉海》，计200多卷，21部，240余子目，每部的编题和内容都由历史文献资料和图书目录构成。《四库全书·提要》称它："所引书目，经史子集，百家传纪，无不赅具。而宋一代之掌故，率本诸实录、国史、日历尤多，后来史志所未详。其贯穿奥博，唐宋诸大类书未能有过之者。"

从宋代的类书能够大肆刻印、行销，可以从中窥视宋人的知识兴趣、读书状况。如《类要》于地志、族谱、佛、老、方技、九州之外蛮荒诡变奇迹都收罗。《事物纪原》自博弈嬉戏之微、鱼虫飞走之类，无不考其由来。一部直接标名《锦绣万花谷》的类书，算揭示了这些类书的特征。《全芳备祖》是我国第一部植物学专科类书，《事林广记》包含着大量的市井生活资料，也开类书附图的先例。

集众书为一书的丛书，是宋人的一大发明。类书是将众书之原书打乱，分条类引，或按韵编，或按笔画部首排列，人们可以像查字典一样查阅。丛书则不打乱原书，合众为一，按一个主题汇编刻印在一起，第一部丛书《儒学警悟》收宋人6种著述，刊作7集40卷，于南宋嘉泰二年面世。约70年后，又有《百川学海》10集，177卷。类书是手抄方式摘编，丛书则是印本时代的新生事物。

前进中的事物似乎都是在立体滚动式地运营着。传播中的文化是呈几何级数在扩散中增长的。文明的积累即传播积渐。

三、报纸、新闻的社会作用

宋徽宗常微行，起初百姓并不知道，是蔡京在谢表中有"轻车小辇，七赐临幸"之语，被抄发奏章的邸报给"炒"了一把，于是天下皆知。媒介的作用启发了报国无门的士子的思路，他们在忍无可忍的情况下居然撰造了宋徽宗痛斥蔡京的诏书，发表于民间小报，"代皇帝立言"抨击奸臣蔡京"目不明而强视，耳不聪而强听；公行狡诈，行迹诡谲；内外不仁，上下无验"，命令"今州县有蔡京踪迹尽皆削除，有朋党之辈悉皆贬剥"。此诏成为宋朝皇帝最有轰动效应的诏书，一时舆论大哗，朝野震动，依附蔡京的奸党惶恐了若干时候。

宋代已有了多种成分的报纸：改唐代的进奏院报为中央直接管辖的朝报；报道国境边防地区军事消息的边报；民间小报；还有不算近代意义的报纸，但直接面对民众的"民榜"——通报。

宋代削藩镇、中央直接置官，将原来由邸吏传向各地的进奏系统改为由中央编发发送各地，虽然还叫进奏院报，但已完全是中央政府直接面向全国各级官吏的政府公报。（宋太宗太平兴国八年，为了控制言路，防止不利的消息泄露，朝廷撤去各州、路的进奏院，由皇帝的近侍供奉官挑选了 150 人，组成中央进奏院，每个进奏官负责三个州或路的邸报发行。此后，进奏院的官员不再由各地委派，而是由亲信充任或招募。）进奏院隶属于皇帝的秘书侍从机构门下省，归给事中掌管，事实上变成了朝廷的新闻发布机关：想让人们知道什么就说什么，说白了是宣传不是自由传播。这个性质一直延续下来，元、明、清三代未尝改变，只是机关的名称有所变化。

这种报纸还习惯称之为邸报,邸报刊载的虽大多是圣旨、奏章,但它不是官方文件,对地方官府没有法定的约束力,清末的梁启超总结得颇为简明:"我国凡百政务,皆以诏书为凭,而诏书又分两种:一为明谕,下之于内阁,刊之于邸报,臣民共见者也;一为廷寄,亦称交片,下之于军机处,不刊于邸报,臣民不能共见者也。"

这种官报完全沿着官方的行政系统"达于四方",不管多么偏远,只要有官府就有邸报可看,欧阳修在西夏可以看到,郑刚中在出使的道上可以读到,退休的高官在家中可以边喝酒边翻阅邸报……宋代文人的书信、日记、文章、诗歌中提到邸报的比比皆是。苏轼"坐观邸报谈迁叟(司马光),闲说滁山忆醉翁(欧阳修)",因它是韵语便于传播而广为人知。传播得快则是其第二大特点,快到官场中人相互了解升迁情况也靠它,常有某人看到邸报上朋友被提拔而赶紧写信询问,看到某人被罢官而痛哭的事例。传播的政治信息是其内容上的重要特点,皇帝的重大活动、上谕、诏令;官吏的升贬、奖惩(因此被人称为"除目"——任免名单录);官员们的部分奏章摘要;等等,这些都是关乎政治生活的要目,成为各地官员分析形势、官场的重要消息来源。人们看完报纸往往议论纷纷。《宋稗类钞》曾载一则掌故:同僚看报上说岭南郡守犯法,但只在该郡受纪检部门(监司)调解类的官员("但中庸")的查问,有人感叹地说"此郡守必是权贵所立",否则若是孤寒之辈,必遭痛治!"同坐者无不掩口"。尽管宋代还没有听说像曾国藩那样的以点读邸报为课程的官员,但从他们的各种文体中都有邸报的细节看,读报已成为他们谈论政治的信息源及文化生活的重要组成部分。准备当官的读书人也重视读报以了解国家大事,从而知道当前"经世致用"的热点问题。

如果说这种朝报是官方动用了许多官员经过严格的编辑审批手续"整"出来统一天下思想的宣传工具的话，那边报则是特种报纸，与日常民生距离较大，可以于此处免谈。"民榜"是比官报和专给朝官看的"朝榜"都大众化的媒体，但同样是灌输，是让人知道想让他们知道的东西，一如过去的"告示"，这是一种实施管理的方式。但有人借用这种方式，在张贴民榜的地方，贴上表达民意或己意的"匿名榜"，成为类似民主墙的言论阵地，尤其是国家有大事的时候，譬如王安石举新政和靖康之难时，那种时候政府出榜多，民间的议政、抗议的声浪也高。如果没有这种民主空间，就不会出现太学生和民众数万人伏阙请愿要求政府起用李纲的事件。更为可喜的是，后来出现了民间小报，它屡经朝廷禁毁非但不灭不绝反而愈行愈火。这是宋代的光荣，也是传播史上的划时代的新变，因为这种自由的民间的报纸才是近代性质的大众传播媒介。

在官方禁毁小报的诏令中将其称为"单状"或"探报"，经营者是书商，他们与皇权周围的消息灵通的小人物联成一个"地下"情报网络，能够及时地、超前地将官方尚未决定或不想告诉世人的信息发布出去。也有大人物为倾陷政敌故意泄露一些问题的时候，一旦小报成为不可忽视的传播渠道，各色人士就会都来加以利用，不同政见的人也参与进来，报国无门的热血士子则借以发言。小报的制作中心在京师，雕版印刷，流布全国。有专门的"记者"，有营销网络如今日之二渠道批发者。市场，是自由办报的基础，也是政府屡禁不灵的关节所在，印刷术和在野的士人则是技术与精神上的动力机制。

南宋高宗的吏部尚书周麟之著的《海陵集》中的那篇《论禁小报》，已被人们一再征引，它说明小报煽起的舆论已干扰了高层政治。当然，小报的品位不会太高，类似痛斥蔡京那样的诏书并不多，主要是一些敏感性的小道消息。尽管官方为防泄密，对于编官报的人员有严格的保密措施，但小报的"内探""省探""衙探"依然能够从进奏院的内外渠道得到朝廷禁传的信息（如曾管新闻审查的刘奉世所说的："邸吏辄先期报下，或矫为家书，以入邮置。"）。为避讳泄密的说法，这些探子们将这些消息"隐而号之曰新闻"。因为人们"喜新而好奇"，而邸报有"定本""判报"的审查制度，比不过小报注重新闻的时效性，再加上官报报喜不报忧，要知真相还得看不尽真实的小报。虽然官报也可以买卖，但小报是纯粹以商品形式存在于社会的新闻媒介。有报童"绕街叫卖"民间小报，这说明宋代的社会生活至少在这方面已经很"近代"了。

第十四章
文坛、政坛一体化及娱乐传播

宋代的文化高度繁荣，传播的渠道和样式也空前的发达，尤其是在大城市中连市民的生活都很社会化了，各种娱乐方式则普及到乡村。文人的作品和通俗文学都告诉我们宋代人的生活没有了唐人的豪放、粗犷、英雄气概，但是也很有个性，全社会的文化氛围较为浓厚，政治斗争只贬官不杀头，从中央、中心退到地方，边缘的士大夫起了一种类似京城的学校疏散到了各地的作用。青楼楚馆既是文人的聚会场所，也是沙龙、酒吧、咖啡馆一样的信息交流中心、情报消息的集散地，尤其是有了专门从事创作通俗歌曲并与妓女联合制作的作家，如柳永之类。图书市场的繁荣及其交流系统派生出了解题式的目录学，还出现了整理文献信息的新学科——金石学。

一、史志目录、金石学

宋代图书陡增，公私藏书均胜过以往任何时期。图书传播本身需要化繁为简的目录，对图书的了解也多得需要介绍了，于是国家书目《崇文总目》于各类都有叙，各书都有提要，除对图书的沿革、残缺、篇卷的存佚、撰人姓氏进行考订，它还对图书的内容进行了简明的概括。这种体例的优越性，立即被宋代许多目录家所效法。宋代重修史，尤重修撰本朝史，每部国史中都有《艺文志》，在书目编撰史上开创了写当代史志目录的先例。

宋代因为印刷术的普及和印书的增多，藏书不再局限于官府，社会上出现了许多家藏万卷的藏书家，如北宋的江正、宋敏求、司马光，南宋的叶梦得、晁公武、郑樵、尤袤、陈振孙。私人藏书之富、收藏之精，甚至超过官府，他们成功地担负起积累、保藏、传播图书的使命。晁公武的《郡斋读书志》是我国现存最早有提要的私家目录，陈振孙的《直斋书录解题》在著录的质量与数量上都超过了官修目录。郑樵的《通志·校雠略》在文献学理论上有突破性的贡献，他强调并力行目录学"必究本末，上有源流，下有沿袭，故学者亦易学，求者亦易求"的宗旨。他突破传统的四分法，为使书籍部伍分明，体现学术发展的源流演变，达到"世有变故而书不亡""人有存没而学不息"及"观其书可以知其学"的境界，制定了 12 个基本大类，大类下按照学术体系层层展开，设立了 82 个小类，这些类目从属关系分明，排列井然有序。为了清晰地表达各学科的关系和位置，他在分类表中扩展出 432 个三级类目，这是我国目录学史上的一大进步，证明了宋代学术的发达。

金石学的创立，开拓了人们对历史文献的认识和研究的视野，丰富了历史文献的内容，接通了古已有之的一条信息通道。诚如郑樵所说："唯有金石可以垂不朽。"他在《通志》的《二十略》中专开《金石略》，强调"三代而上，惟勒鼎彝，秦人始大其制而用石鼓，始皇欲详其文而用丰碑。自秦迄今惟用石刻"。其所著录，则以上古文字、钱谱、三代款式、秦至唐历代石刻，这不但标志着金石学的成熟，而且在理论、分类、著录诸方面都是后世发凡立则的楷模。一种以研究金石为媒介的文化传播史的专业正式成为史学的方面军。宋代创立金石学的先驱，则是欧阳修的《集古录》和赵明诚的《金石录》。

《集古录》共 10 卷，收集了"上自周穆王以来，下更秦、汉、隋、唐、五代，外至四海九州，名山大泽，穷崖绝谷，荒林破冢，神仙鬼物，诡怪所传，莫不皆有"之种种拓片，唐、东汉的最多，周、五代的最少。金石是直接证据，能纠正许多文字记载上的错误，此为纠谬，还可以补缺。这种史学方法等于用地上之信物来参证文献，也是"二重证据法"。如欧阳修用唐代的碑刻早于郑樵发现唐代社会的门阀性质，欧阳修感叹宋代谱学已亡。他还嘲笑了有人想借铭刻于金石而不朽的做法和想法，因为他认为真正"坚于金石"的是高尚精神——这是理学的高明的价值观。

《金石录》的作者赵明诚发现历史记载在岁月、地理、官爵、世次等方面与金铭刻的差异足有十之三四，而"史牒出于后人之手，不能无失，而刻词当时所立，可信不疑"。此书比《集古录》系统、完备，它一律按年代编制，其意义不仅限于考史、补史，还确立了一些采集史料的新原则。

宋代在民族史、地方史、中外交通史、学术史、佛教史、野史、笔记诸方面均颇有建树，史学在向深而细的方向发展，它对古代文化传播、积累的研究整理达到了空前的高度。

二、文学传播：士人的生活方式

宋代朝廷重文轻武，广开仕路，文人活得扬眉吐气，欧阳修、王安石、苏东坡等人都曾带动过全社会的风气。由于图书业发达，宋代文人大都读书很多，学问广博且多才多艺，读书人一般都富有文雅风流的生活情趣。欧阳修自称"吾《集古录》一千卷，藏书一万卷，有琴一张，有棋一局，而常置酒一壶，吾老于其间"，故号"六一居士"。陆游则自称"六十年间万首诗"。已知宋代诗人8000人左右，传下来的诗作是《全唐诗》的数倍。宋代流派众多，其中江西诗派人数最多，影响最大。宋代诗人互相传唱，评说诗歌的风气十分盛行，出现了40多种诗话，最早的是欧阳修的《六一诗话》，最系统、水平也最高的是严羽的《沧浪诗话》，评论以碰撞的方式有力地促进了传播，如同人际交流中的评价是碰撞、推动一样。李清照的《词论》、张炎的《词源》、沈义父的《乐府指迷》等论词专著，使词论发展成为专门的词学。

政坛、文坛的一体化构成宋代文学传播的主渠道。几乎每次政治革新或运动都直接激起文坛上的波动，科举考试重策论，一时论策风起，带动得宋诗好议论，政坛活跃人物往往就是文坛领袖，有一群追随者唱和响应。文学也是两坛领袖善于运用、必然运用的推行自己意志的最"现代化"的传播武器。例子不胜枚举，佳话到处流传——当时即被话本作家、说书艺人当成"新闻"予以传布，构成文学传播社会化的途径。

宗派组织传播是文学扩散的另一重要通道，它呈典型的层级扩散形态，宗师嫡传大弟子再往外传，江西诗派的"一祖"是杜甫，"三宗"是黄庭坚、陈师道、陈与义，在"三宗"周围还有20多位向他们学习的诗人，而黄庭坚是"苏门四学士"的首席大弟子。苏东坡门下的诗人还有秦观、张耒等。苏东坡及其父、其弟又都算是欧阳修的门生——欧阳修主持科考，一改以前让"险怪奇涩之文"高中的风气，单取文风端正言之有物之文，于是录取了"唐宋八大家"中的宋代的五位：王安石、曾巩、"三苏"。欧阳修领导的古文运动使"场屋之习，从是遂变"。

以音乐为载体、走向市井使宋词发生新变，并达到了以词名代（唐诗、宋词）的显赫成就。欧阳修以前的宋词还在唐五代词风下盘旋，还拘囿在上等华人宴集的交流模态中，是柳永与歌伎共同开创了"慢词"新天地，"凡有井水处，皆能歌柳词"，就算有几分夸张，也说明了当时传播的盛况。慢词配合音乐便于传唱是它能够迅速且到处流传的重要原因。在宋诗"说理"拗口不能歌唱的时候，能唱的慢词，促成了词作的繁荣，也促成了词风的新变。苏东坡的豪放词如《江城子·密州出猎》，曾经使"东州壮士抵掌顿足而歌之，吹笛击鼓以为节"，则是另一种借歌唱东风而流传的方式。

以词为书信，也是宋词传播的一道风景线。苏东坡兄弟的唱和人所共知，如果没有"子由"这个期待的读者，苏东坡怎么会在著名的《水调歌头·明月几时有》的结尾写出"但愿人长久，千里共婵娟"的箴言。苏东坡现存300多首词，其中赠答的词颇为不少。张元干把写的《贺新郎》词寄给李纲，当时即有震动性的影响，它也是文学史上的名篇。以词代信，写得最好的要数辛弃疾，什么"待他年，整顿乾坤事了，为先生寿"，明白如家常信。刘过寄给辛弃疾的《沁园春·寄稼轩承旨》完全采用散文句法，得弃疾神韵，弃疾收信后，读之"大喜"。后来所说的"辛派词人"就是常与弃疾唱和、志同道合、词风相近的词人。

朋友离别送行以词留影、互相鼓励呵护，是"英雄词人"发表政见、抒发内心衷曲的重要方式，也是战乱苦难的现实中最为亮丽的精神彩虹。张元干的《贺新郎·送胡邦衡待制赴新州》，张孝祥的《水调歌头·和庞佑父》，辛弃疾的答陈亮的《贺新郎·把酒长亭说》、送杜叔高的《贺新郎·用前韵送杜叔高》等，慷慨悲歌，壮怀激烈，感人的力量越千载而不衰。用词发表讲话，讲话因词而广为流传。

三、市民文艺大登台

由于市民阶层的壮大，城市人的游乐不再拘囿于节令，而是"夜夜元宵"，活动中心也从寺观转向瓦肆，市民文艺也有了广泛而经常的观众和场地，唐代宫廷中的歌舞，现在变成了瓦肆中的节目，而最有民族特色并流传至今的是说唱和戏曲。说唱艺术覆盖了所有的茶坊、酒肆、歌楼、妓馆，在繁华地区往往四更方歇、五更又起。在酒肆中，艺人不请自来，筵边歌唱得些钱物，这叫作"打酒坐"；在茶坊中，歌唱则叫"挂牌儿"。寺观为了多得些香火钱也增设了"乐栅"。市民文艺的活动中心当然还是在瓦肆。

瓦肆又叫瓦子、瓦舍、瓦市等，它是市民们交易、憩息、游耍的集中地，卖艺、卖药、卖卦、卖旧衣、饮食、纸画、令曲等，市民所需的无所不有。瓦肆中有大大小小的勾栏，往往十数座至数十座不等，大者可容纳上千观众，一般有台子，搬演的艺伎多得数不清，如小唱、散乐、舞旋、杂剧、影戏、诸宫调、讲史等，还有少数民族和国外传入的各种伎艺。《东京梦华录》记述汴梁城里勾栏棚里的艺伎有28种。瓦肆之外还有"路歧人""河市乐人"在沿海商埠、乡镇、海陆码头、集墟等要闹宽阔人多的地方作场、"打野呵"。他们到处流浪，搞"文艺下乡"，这些"路歧人"成了流动文艺宣传队。

各类艺人已有了结社以维持生计的传统，有的社多达300余人，他们往往按行业组社。《武林旧事》记载了15个"社会"，如绯绿社（杂剧）、翠锦社（行院）等，它们往往是女艺人的班社，她们成了活跃的艺术传播者，也是像柳永那样的文人的合作者。"教坊乐工每得新腔，必求（柳）永为辞。"宫廷设立的教坊、军营设立的"钩容直"，与民间瓦肆的勾栏棚，共同构成娱乐传播的风景线。

在当时最为盛行的是"说话"，对后世影响也最大，说话人的底本叫作话本。宋元话本的出现被鲁迅称为"中国小说史上一大变迁"，因为它开启了中国白话小说的先河。各种书籍著录的话本有140余种，现存不过30余种。说话，以说为特点，类似讲故事，但在开头、结尾及中间都要唱些韵语，在伎艺修养上要求艺人能"曰得词、念得诗、说得话、使得砌（会诙谐打诨）"。说话按题材和体裁分为四种：小说因用银字笙伴奏，又称银字儿，题材多是日常故事；说公案、铁骑儿则是说些朴刀杆棒、金戈铁马的故事；说经，就是讲佛经故事，如《大唐三藏取经诗话》；讲史也叫演史，是讲前代的"书史文传"，至今流传的《新编五代史平话》《大宋宣和遗事》就是讲史的话本。听"说话"，类似于现代人看电视，男女老少都从中获得了娱乐，苏东坡等人的笔记记载过他们听说话时的情绪反应，如闻刘备败则哭，听曹操败则喜等。

宋代的戏文则有沿着唐参军戏而来的杂剧和南戏。广义的杂剧泛指各种表演伎艺，作为一门独立的戏剧表演艺术，它在散乐中占有首要的地位。宫廷、军营、勾栏都有杂剧作为"重头戏"来演出，它总是以两段或三段的形式演出：艳段、正段、散段，角色（行当）有末泥、副净、副末、旦、贴。宋杂剧的特点，《梦粱录》称："大抵全以故事，务在滑稽，唱、念应对通遍。"杂剧继承了优戏传统，时时讥讽时政，如著名的"二圣环（还）"。南戏则是在民间歌舞小戏、杂剧、说唱艺术基础上综合而成的戏曲艺术，本身就是传播积渐的结果，兴起于东南沿海一带，所唱为南曲，因此有南曲戏文之称，简称"南戏"，因与杂剧有一定的关系又叫永嘉杂剧或温州杂剧。它源自民间，在演出时有独唱、对唱和合唱，中间的科诨、使砌直接吸收了杂剧的表演场面，角色（行当）也承袭了宋杂剧的名色。南戏最大的特点是以歌舞演故事，它是真正的戏曲艺术和舞台表演艺术，典型的剧目有《张协状元》。

在市民文艺这种传播渠道中，作者、演员同时是编码者、释码者。他们与受众的距离是所有文学样式中最小的，说唱艺术和舞台表演艺术都是市民们自己的通俗文艺，是最有力度的大众传播方式。

与市民们距离较大的、在宋代又极为发达的艺术是绘画。宋代尚文治，重视鼓励文化艺术的发展，朝廷在翰林院设置画、书、琴、棋等院，专司文化艺术的创作。在这些机构中，以图画院的体制为最完备，地位最高，成就也最大，形成宫廷画的巅峰。由于可以通过考试进入画院，于是朝廷就像用科举激励文人读经书一样来鼓励文人作画，极大地刺激了文人画的兴盛。它们一旦形成就有了独立的品格，如文同、苏东坡、米芾的"士人画"。山水画在北宋、南宋都有大家，无论是笔墨简放的水墨山水，还是诗意盎然的小景山水、清新华贵的青绿山水，都相当高超。穷尽市相的风俗画，尤其是张择端的《清明上河图》本身就具有巨大的传播能量。还有意蕴丰富的盘车图、情趣动人的婴戏图、货郎图。以爱国、谏诤为主题的历史画，花鸟画、寺观壁画、版画，还有各类书法艺术、雕塑艺术都是"说不尽的"艺术珍品。康有为在《万木草堂画目》中说："宋人画为西十五纪前大地万国之最"，并说易元吉《寒梅雀兔图》立轴绢本"油画逼真，奕奕有神"，结论是"油画与欧画全同，乃知油画出自吾中国"。人们推测是马可·波罗将油画传到欧洲去的，说欧洲人的油画出自中国的证据之一是欧洲在 15 世纪之前没有油画。

第十五章
儒学大传播

一、儒学的北传

契丹族于4世纪左右出现在历史舞台上，它的进步是在唐亡前大批汉人到契丹辖地避难、传入内地的文化技术后，有了突飞猛进的速度。契丹人开始模仿中原的模式称帝建国，创制文字、制定法律，中原的制度文化在北方扎根扩散，契丹族于是结束了此前在大唐和突厥之间的摇摆的境遇。

《辽史·宗室列传》载：神册三年（918年）辽太祖耶律阿保机排除兴建佛庙的建议，诏建孔庙，并令太子行春秋两祭礼。947年，辽太宗攻灭后晋，掠取开封大量图籍礼器而归——用武力"搬入"文化也是传播方式之一。后来历代辽主均有"吾修文物，彬彬不异中华"的靠拢心态，他们刊行儒家经典、兴办儒学教育，原燕云汉地的文化传播在"化胡"上起了推波助澜的作用。在统治层出现了不少通儒学的学者，在辽代中期结束了口号搬演的阶段，儒学成为深入到教育文化中的占统治地位的思想，皇帝也把儒术作为治国平天下的准绳。统治者推行孝道，父母在而别居者治罪。文化人以能引用儒家经典为美。儒学在辽代的北传，最大的成果就是伦理道德洗礼了他们的游牧蛮风，忠孝观念、三纲五常楔进了民俗当中。

以党项族为主体的西夏王朝，是党项人从中原王朝节度使的外壳中独立出来的，尽管开国皇帝李元昊竭力恢复民族本位文化，但受汉化的历史毕竟由来已久，他那一套"胡礼蕃学"无法对抗汉唐以来的文明成果。其西夏文字就是以汉字为依据新创制的，其"蕃学"的内容又主要是翻译儒家经典。其实，李元昊的姿态只是一种"独立"的策略，一种迎合民族主义情绪的办法。事实上，他本人就饱受儒家文化的熏陶，他精通汉文，深知儒学那一套修齐治平的高明，他并用蕃汉人才，尤重在宋朝不得意而投奔过去的士人，对他们委以重任，以为"得灵"，有的还用为相国，这些做法事实上是在引进实用的儒学。毅宗为对抗党项权贵而推行"汉礼"，改用汉姓，重用宋朝的叛逃者。崇宗、仁宗朝西夏儒学大发展，把汉学定为"国学"，在全国范围内建立学校以培育儒学人才，还建立"小学""大汉太学""内学"等专门的儒学学校。他们立孔子为文宣帝，立孔庙祭祀，仿效宋代的科举制，选拔出一大批儒学人才担任国家的重臣，翻译儒学经典也很有成绩。

金朝初年，女真贵族开始让羁留在他们那里的宋朝使节教授他们的子弟学习儒家经典和中原文化。如完颜希尹让洪皓做家庭教师，教其八子读书，当地无纸张，洪皓用当地盛产的桦树叶代纸，书写《论语》《中庸》《大学》《孟子》，时称"桦叶四书"，这也是两族文化交流史上的佳话。金世宗、金章宗两朝是传播儒学的黄金时期，他们用女真文翻译"五经"、《论语》《孟子》等，用女真文的《孝经》赐护卫亲军，置弘文院，译写经书，诏令科举考生必通治《论语》《孟子》，以"涵养气度"。儒学的忠君思想最受他们的青睐，近侍多擢用儒生。

当然儒学北传毕竟是文化传播，其重镇还是在教育，靠学者和图书。教育的硬件是制度，金代发展各级官学、完善科举制度，规定《诗》《书》《春秋》《礼》《易》等都是官学的必修课程和科考的应试范围，深入推动了儒学经典的广泛传播。北宋邵雍、周敦颐、二程的著作与学说，在金代都有传播。金代还出现了一批经师，王若虚敢于突破前儒的拘囿，有自己的思想，是受传统束缚程度轻的表现。据《新补金史艺文志》著录，金代注解儒家经典的著作有五六十种，只是传下来的不多。

二、三个渠道

宋儒传播道统的渠道，一是政治化的意识形态；二是官学，体现于科举的标准化作业及中央和地方官办学校的体制和教材；三是私学系统，包括低层次的乡党之学和正宗士子儒学的书院教育。

关于第一点，大的节目首先是范仲淹、欧阳修一代人的"先天下之忧而忧"的人间关怀，这也是中国人文精神的典型，是"道统"的本意与精华，塑造了后世学者以天下为己任的"大事业"情结，这股精神血脉构成了中华文化的精华。尔后是王安石的改革及"荆公新学"，包括反对他的司马光，都强化了道统指导统治、学说指导行政的"用思想观念解决问题"的主义治国论。事实上，他们之间并不矛盾，与之对立的是蔡京的文化专制主义，但是他们之间的"党争"被专制主义乘而取之。第三种才是常说的被冠上"以理杀人"恶名的理学——所谓后期封建社会的官方意识形态，直到"破一分程朱，始入一分孔孟"的颜李学派，矛头指的主要是这个理学。聚讼纷纭成为"国家哲学"之争，而不再是学术公案。围绕着这个问题的传播现象是大文化传播现象，是组织传播、政治宣传、人际传播诸相俱全。

官学系统直接受上述风雨的影响，范仲淹庆历兴学的措施主要是：诏令州县立学，所有应举者必须在学校习业 300 日方能应举；振兴太学；改革科举考试方法。尽管搞了一年多就失败了，但州县兴学的成就保留了下来，被贬下来的改革人士到地方后则更以兴学为务，尤其他们的改革宗旨成为后继者的纲领："教不本于学校，士不察于乡里，则不能核名实；有司束以声病，学者专于记诵，则不足以尽人才。"（《宋史·选举志一》）他们兴建地方学校，旨在建成一个以学校为主体、以科举为手段、以社会需求为目的的教育体制的改革，这实际上开创了北宋社会和教育领域的一个变革时代，感召影响了一代及后世的士风，几乎成了儒学重整乾坤的象征型。

王安石继其余烈，于熙宁、元丰年间改革学制，在中央和地方形成了完整配套的网络，他从 1071 年到 1085 年改造了太学，实行"三舍法"，加强专科教育，颁行《三经新义》作为科举的统编教材，给地方官学拨专门经费等，但这些措施随着神宗的去世而风流云散。司马光实行元祐更化，新法废除。元祐八年（1093 年）哲宗亲政，他辞退搞更化的老臣，起用前变法的新党，恢复了熙丰兴学的主要措施，开始了崇宁兴学的大举动，比前两次规模都大，持续了20 多年，在社会上影响至大。但蔡京等人把学校教育和科举取士当成结党营私、排斥异己的手段，兴学的外观包着专制恐怖之实，取士已无公正的标准，皇帝本想兴利除弊，而政令出奸变生，成了矫枉过正。广大读书人不知上层的权力斗争，只知学好圣贤书就有了光明的前途。儒学是空前的普及而深入了，深入到了深层的思维"语法"中。

儒学得以大普及的真基础在民间。在宋初三朝没有官办的州县学校，是私人办的"乡党之学"担当着基础教育的重任，一些著名的民间学师如"讲学四友""南山三友"等，虽都是教授举子业，但都以传播圣学为旗子。在五代战乱之秋，还正是这类乡党之学构成了民间儒学传播的传输网。战乱使学术离散于民间，雕版印刷保证了民间有书，一些官员士绅捐资助教大力支持，各种寺院道观和孔庙都可以当成校舍，更重要的是，宋初三朝虽无地方官学，但科举取士的名额一直相当宽松，激励着莘莘学子苦读向学。政府一直鼓励乡党之学，诏令兴州县之学时，这些乡党之学大多变成了地方官学。

儒学的"消息重心"在书院，而且自此以后，文化的建设性的重镇也在书院。书院是从禅宗的丛林制度转化而来的，唐代官办的书院是朝廷藏书、校书的机构，如丽正书院、集贤殿书院；唐代私人创建的书院已兼有读书治学、授徒讲学的职能，《全唐诗》诗题所见的书院有 11 处，载于方志的书院有 17 所。唐末五代混乱之秋，书院成了文人的寄宿地，从而发展起来。北宋初年，国家尚文治又教力不足，只有通过鼓励书院教育这种形式，吕祖谦在《白鹿洞书院记》中说："国初斯民，新脱五季锋镝之厄，学者尚寡，海内向平，文风日起，儒生往往依山林，即闲旷以讲授，大率多至数十百人。嵩阳、岳麓、睢阳（应天府）及此洞（庐山白鹿洞）为尤著，天下所谓四书院者也。"还有八大书院的说法，即上述四所再加上石鼓、茅山、华林、雷塘，它们代表了宋初书院教育的最高水平。朝廷大力兴办官学后，书院一度沉寂。南宋伴随着理学的鼎盛，书院进入辉煌时期。与之构成滑稽对比的是官学与科举的腐败，一些真心向往圣学的学子纷纷投奔书院，书院成了新的百家论坛。理学在朝中几起几落时，那些理学家以书院为基地传播自己的思想，那些与理学对峙的学派也以书院为阵地，如陈亮的永康学派、叶适的永嘉学派。

书院，之所以具有自由论坛、传播高质量思想文化信息的功能，是因为它是一种自由的学术组织，是一种以传授内在的道德信仰为宗旨的教育组织。这种组织完全是由"主义"相同或相通而聚合的知识群体组成，它不是追求功名利禄的科举制教育。这种学术团体式的教育组织，不同于各种以应试为目的的官学，更不同于类似大众文化宣传的蒙学教育，它相互交流的"冗余度"低，信息的不确定性弱，基本上是"高级研讨班"式的教育组织，到书院求教的人多是"求道之士"，而不是"求禄之士""喋饭之士"。尤其是到了南宋，由于理学的深入，书院主要是培育学生性理自得的涵养、自我训练的修养。没有书院这种机制，就不可能有两宋林立的学派——那些思想家如果没有门徒的追随、没有学生的一传再传，就不可能使该学派一度确立就永远确立。

被誉为宋初三先生之首的胡瑗用他的"苏湖教法"教出的弟子高达1700余人，为国家培育了一大批博古通今、明体达用的人才。王安石的"荆公新学"派的推行虽靠官学，但涵养功夫的内修过程还是靠他们师徒的切磋。周敦颐的濂学开出了二程的洛学（朱熹《伊洛渊源录》）。黄宗羲《宋元学案·濂溪学案》说，自孔孟之后，汉儒只是传经之学，"性道微言之绝，久矣。元公（周敦颐）崛起，二程嗣之，又复横渠（张载）诸大儒辈出，圣学大昌"，这就是常说的濂、洛、关（张载）、闽（朱熹）之理学谱系。朱熹是二程的四传弟子，他的老师李侗是罗从彦的弟子，罗从彦是二程的大弟子杨时的学生，这是典型的链式传播、标准的连续传播。

三、两座传播塔

朱熹，是孔子以后最大的学问家和思想家，然而他在当时的命运却颇为蹇厄。在短暂的"武学博士"官爵上，一无所为，他因与主和的宰相政见不一致而辞职，举办了著名的"鹅湖之会"，完成了《论语集注》《孟子集注》等集理学之大成的代表作。他后来再度出仕，任南康地方官，重建白鹿洞书院，为书院制定了一整套教规，对当时及后世的教育都产生了很大的影响。他在书院以亲身教育的方式，培养了一大批弟子，奠定了闽学学派的基础。他又创建武夷精舍（后改称紫阳书院）、复兴岳麓书院，被罢职后回到福建考亭，兴办竹林精舍（后改称沧州精舍、考亭书院），在朝廷正式将理学列为"逆党"、将他列入"伪学逆党籍"后，他仍然"日与诸生讲学不休"。他是伟大的教育家，与他书信往来的学生有200余人，在《朱子语类》中有姓名可考的笔录者有90余人，这些学生有的成了著名的学者，再传了他的学说。朱熹注解先圣后贤的著作达23种之多（《四书集注》算一种），另外还有《朱文公文集》100卷、《续集》11卷、《别集》10卷，他的讲学内容被学生记录为《朱子语类》140卷，这个著作量是无与伦比的。如果没有这样的大师，教育、学术领域就失去了"转播卫星""巴别塔"。

朱子学在宋元之际就已传播到了朝鲜、日本等当时文明水平较高的东方国家，并在15世纪成为朝鲜学术思想的主流，并形成了以李退溪为代表的朱子学派——退溪学；16世纪在日本也形成了日本朱子学——以藤原惺窝为代表。到了德川幕府时代，朱子学成为日本的官学。17世纪，朱子学引起欧洲人的注意；18世纪，朱子的著作传入欧洲。朱子以孤绝的勇气、博大的气魄、非凡的学思将理学推向巅峰；他还是儒释道合流的里程碑——可以说以往的观念文化在他这里得到了成功的总结，并经由他这个变压器输入到后期中国文化的信息网络中，从蒙学到太学、从科举到自由学术建设都"消费"着这座传播塔发射的信息。

对后世的影响略逊色于朱子学却也别开生面的是陆九渊的心学（此外张敬夫的湖湘学派、吕祖谦的婺学等，都是后继有人的大学派）。如果说朱子是用"加法"让人因知生德的话，心学则是因德生智用"减法"扫除遮蔽良知的任何东西，心学说朱子的做法破碎大道，心学则是直接在心源上做功夫。鹅湖之会时，陆九渊率门人到白鹿洞书院，讲"以义利判君子小人"，讲得朱熹佩服备至。陆九渊讲学的最盛时期是在江西应天山（象山）的"精舍"那5年，那时四方学子云集，先后来听讲的有数千人，在此前后于国子监、荆门军的讲学都有轰动效应，有一次来听讲的居然有五六百人。他反对朱子那样著述，认为那太支离外驰不能入道，所以他很少著书。他的弟子甚多，"诗人哲学家"型的居多，每个人都是老师学说的扬声器，都热衷于心学学派的创建和发展，使得心学迅速获得了不小的影响，其中有名的是江西的"槐堂诸儒"和浙东的"甬上四先生"，"甬上四先生"杨简（杨慈湖）、袁燮都著述较多，从而有力地推动了心学的发展、普及，舒广平、沈定川则体现了朱、陆合流的倾向。

理学和心学是儒学中的思孟学派沉寂千年以后的一个大回跳，他们都认为汉儒背离了孔孟真精神，而心学更为激越，更有孟子式的革命情绪，成为"积贫积弱"的宋朝正缺乏从而也正需要的主体意志、尊个性而张精神的"精神水库"。生长心学的江西和浙东成为具有革命情结的文化区。明代王阳明的心学也是在这两个地区再度兴盛，并成为晚明、晚清的思想武库，在思想传播的信息场中绝对有"地气"的作用。心学在后世的思想界尤其是在革命、激进一系的思想中影响甚深，理学则是在官学教育、主流意识形态中占主导地位，这也算中国近现代保守、激进两种思潮的一个来自传统的渊源。

书院和学派是中国古代最为重要的"交流网络"，这种组织化的群体交流能够形成规模化的思潮，从而在朝野形成声势并传到后世——当时未出道而传到后世的学说固然有，但那是意外的幸运了。

四、史学的道统化

说中国文化是史官文化，是在特别表明其重经验理性、弥散着意识形态张力的特征。这种特质是《春秋》定的基调，一直被后继者在学习、传播时再定义再加强。汉代是史学的高峰期，唐代史学没有找到突破口，无甚建树，积孕到宋代则有了突飞猛进的发展。各种体裁的史书都找到了著述的魂灵：就是从治乱兴亡的史实中发明"道"的主宰作用。它们基本上是在用儒学的观念制作史学的话语系统，从而使圣学变成了历史理性，写作的目的都是"资治"。儒学在史学领域的这种大面积的渗入性的传播是儒学的大胜利。

司马光奉旨专门写作《资治通鉴》，以待岗官员（冗官）的身份，领着薪水和书局其他人一起写了15年，算上当"冗官"前的4年，共19年，完成了这部空前的巨著。这个书名也是皇帝在开局不久特赐的，事实上是提出了制作的"主题"。王夫之的《读通鉴论·叙论》对《通鉴》总结得最全面：它包含着君道、臣谊、国是、民情、为官之本、治学之途、做人之道。司马光的基本"看法"就是国家的兴衰治乱主要取决于君臣们的才德修养，写作此书就是为了提高他们的修养，这一点尤其体现在精辟的"臣光曰"的史评中。

朱熹编"纲"、其弟子作"目"的《资治通鉴纲目》更是突出儒学理念的改编史学，如于两汉不承认王莽政权，于三国尊蜀为正统等，朱子是在仿《春秋》的笔削"书法"为了给纷乱的历史现象找出一条让后人确信的"正道"来，贯彻了他与陈亮讨论历史问题所坚持的"原则"，如三代是以"道"治天下、"唯有天理而无人欲"，"所以能执其中，彻头彻尾，无不尽善"，所行的都是"义"，成就的是"王"业；而汉唐的"所谓英雄，则未尝有此功夫，但在利欲场中，头出头没"，这就是"利"，成就的是"霸"业。只有利而不行义，则"天地亦是架漏过时，而人心亦是牵补度日"了。儒学的道德高于历史、价值大于事实的原理强硬地体现在"纲"的笔削、"目"的注解之中。袁枢的《通鉴纪事本末》全取材于《通鉴》，但更凸显了"资治"的主旨，宋孝宗说："治道尽在是矣。"

郑樵拒绝仕宦，一生孤苦，以民间藏书完成500多万字的纪传体通史《通志》，并自信在博、雅两个方面超过了《史记》，他以"会通"为旗帜、以孔子为楷模的作史原则，目的还是使孔子之道"光明百世以上"。他是以弘扬孔子真精神的态度剥离历代诸儒"尽推己意，而诬以圣人之意"的"妄学""妖学"，他说孔子已在反对不讲实学而一味穷理尽性的虚妄学风。总之，他以史家平实求真的方式、以史学为实学的努力抵抗当时流行的虚浮学风，在史学领域坚定地复兴了纯正的儒家的文化原则，而且达到了"总天下之大学术"的光辉境地。他的人生态度就是纯正高洁、以文化为生命的令人感动的态度。

《新五代史》重"义例""褒贬"，而其"褒贬义例，仰师《春秋》"主要体现在两个方面：一是以五代之乱世比春秋之礼崩乐坏，父子、夫妻也迹近禽兽，"中国几何其不夷狄矣"；二是以史法明道义，以正乱世之非，贯彻道学的要求，在具体的传论中着意运用孔子作《春秋》的以一字寓褒贬的笔法。欧阳修的史论在史学上是有口皆碑。欧阳修主编的《新唐书》虽是官修，不同于私撰，依然体现着欧阳修师法《春秋》的主旨，有明确的"垂劝戒，示久远"的写作目的，如升《忠义传》为诸传之首，写李唐宫廷之弑篡时贯穿"《春秋》之法"等。

史学道统化的是非功过，此处不宜全面评说，从传播的角度看，这是一种"二度符号化"的制作，把史实变成了"讲述"，将"道统"神话化，将历史变成了神话性的讲述。这样说，没有丝毫的贬义，只是在分析这种言述品质的构成机制。所谓"二度符号化"，是指它们是按照儒家的价值观念将已发生过的事情修理成证明某种道义永恒正确的"消息文本"，其真正的含义不在于说了些什么，而在于它讲述这一消息的方式——它要读者接受的是其对史实进行概念化、理念化的方式，对史实的理解方式和态度。它们隐去了许多破坏人心的事情，又批评了更多的破坏人心的现象，表彰了符合道义的人和事。它们展示给读者的并不是简单的事实，而是由它们讲述出来的"含义"。如果说表面意义还是在再现事实的话，那它们经营的是表面意义之上、之外的"内涵意指"这个二度符号系统。司马光、朱熹、欧阳修都是个中圣手，他们面对孔子又都还自愧弗如，自孔子开辟了这条"信息通道"以后，历代文化人都在如斯奋斗。宋代理学繁荣，全面建立起这种话语网络，终于成为全面开花的鼎盛期，硕果累累。这种风范，在纵向传播史上又起了"换挡加速"的作用，它们又成了后来者的经典、范式，影响下一轮史学的制作。

第十六章
元杂剧及元代科技的传播

魏源著《元史新编》对元代持称誉态度:"元有天下,其疆域之衰,海漕之富,兵力物力之雄廓,过于汉唐。自塞外三帝,中原七帝,皆英武踵立,无一童昏暴谬之主。而又内无宫闱奄宦之蛊,外无苛政强臣夷狄之扰……其肃清宽厚,亦过于汉唐。"魏源是在借美元而誉清,他指称的"中原七帝"并不"皆英武",此外却大抵都是事实。元代在军事上的辉煌世人皆知,元代在科技和经济上的进步与繁荣,是中外史家交口称赞的(详见《马可·波罗游记》《廿二史札记》《元史》),尤其在交通建设上的成就是空前的(详见《元史·兵志》《马可·波罗游记》)。如果元朝不仅是武化胜,而且文化亦胜,就像他们能迅速模仿中原建筑、开辟并能良好地维持遍布全国的驿站一样,仿建文化圈能接受的权力文化网络,主动、有效地实现民族文化的整合与创新,那么不仅元朝的阳寿不会有不满百年,世界历史也将重写。

1206 年,漠北蒙古部首领铁木真统一草原各部,建立蒙古汗国,被尊为"成吉思汗"。此后半个世纪,蒙古军队先后灭掉西辽、西夏和金朝,收服吐蕃诸部,兼并云南的大理政权,还远征到中亚、西亚、东欧地区。

同时，也发生了另外的困难，就是他们不能很容易地与中原文化融合。过去入主中原的民族，因早已受汉文化的熏陶，从而容易与汉文化融合，入主中原后，上至君主下至官吏多能通汉文。蒙古则不然，"诸帝多不习汉文"（详见赵翼《廿二史札记》"元诸帝多不习汉文"条）。就是他们所信奉的佛教，也与汉、魏以来的中土佛教迥异，是西藏之喇嘛教。前者是以洛阳为中心的佛教，后者是藏传佛教。元代民间道教空前昌盛，这是元代神仙道化剧颇多的原因之一。蒙古更多地保留着北部草原文化的内质，它对于黄河流域来说——更别提长江流域的文化了，是绝对的不同于中原文化的文明。南北朝时期、五代十国时期，蒙古族与汉族有所融合。

元代在军事上特别辉煌，现在看来主要是得力于火器、航海技术的使用与传播。蒙古人"敏于事"的务实狡黠的作风直接促进了元代在科技诸方面的高度发达。但就狭义的文化艺术而言，元代除了书院的数量可以骄人，还就是空前绝后的元曲了。通过介绍元曲的传播可以透视元代文化的传播的一般状况。

一、元曲兴起于文化统治的中断与底层文化的传播

元朝完成了上层政权的占夺，却没有完成对汉文化圈的整合。它"无暇"且无能力掌管文化的创造与传播，除了一味地"禁"以外，没有文化法术来利用文学艺术疏导、引导民情民意，这个大一统的朝代在文化上却处于无政府状态，使得戏剧、小说等俗文艺迅速膨胀、广为传播、蔚然成风。元曲能获得登峰造极的成就，其外部原因是直接得益于这种特殊的史上从未有过的"文化场力"。

而且从文化品质上，诚如王国维所说："元曲之佳处何在？一言以蔽之，曰：自然而已矣。"（《宋元戏曲史》）这种"自然"得来的代价对那一代文人来说是相当沉重的：他们既失去了以文章进士的体制，不能在朝廷中获取什么功名了，也失去了以文章传世的路线，过去的"惯例"突然都失效了，他们作杂剧只是"自娱娱人"而已。所有超我系统的指令失去了引诱的魔力，本我的冲动遂大鸣大放出来。"彼但摹写其胸中之感想，与时代之情状，而真挚之理，与秀杰之气，时流露于其间。故谓元曲为中国最自然之文学，无不可也。若其文字之自然，则又为其必然之结果，抑其次也。"对中国文史既极精通又严谨的王国维先生称赞元曲是中国"最自然"的文学，是深切著名的大论断。尤其是被王先生概括为第一期"蒙古时代"作者最盛、杰作最多的元曲，的确是"最自然"的文学，因为那个时期是文人"没人管"的时候，尤其是没人来"好管"——不用官爵名利来诱惑他们的时候，从而使他们"回归自然"。柳诒徵认为英、法诸国翻译元剧多种，盖因其粗俗不讲求典雅，与西洋文学性质相近（《中国文化史》）。

　　蒙古族入主中原，对于元杂剧的崛起，另有形式上的助力的就是"胡乐"的刺激。王世贞《弇州山人四部稿》（卷一百五十一）说："曲者，词之变。自金元入中国，所用胡乐，嘈杂凄紧，缓急之间，词不能按，乃更为新声以媚之。而诸君如贯酸斋、马东篱、关汉卿、张可久、乔梦符、郑德辉、宫大用、白仁甫辈，咸富有才情，兼喜声律。以故遂擅一代之长。但大江以北，渐染胡语，而沈约四声，遂阙其一。""词不快北耳，而后有北曲。北曲不谐南耳，而后有南曲。"杂剧是舞台演出的综合艺术，音乐的作用比我们读案头剧本感觉到的要大得多。人们素有"听戏"而非看戏的偏重，从"金院本"到"元杂剧"的过渡单凭现在留下的剧目是无法推测的，其中的音乐关系是"金之音乐"与"元之音乐"的关系，它们的同肯定大于异，但有点异，就能带来新变化。当一种传统太积久了，新的变量就易构成变化的主因。据王国维对曲牌的统计，元杂剧的曲牌约三分之一是旧有的。

元杂剧最早的传播点：河北的真定（今河北正定）、山西的平阳（今山西临汾）都是文化之区。无论是上层的雅文化还是民间的乡土文化，都颇有值得称道之处。杂剧虽是通俗文艺，却不能出于文化沙漠。第一期杂剧作家虽说不是名贵的学者，却也都博通经史，受过足够的古典教育，只是"时代"使他们的"态度"发生了大变化而已。历史剧占全部杂剧的大半说明杂剧作家对古典文化有浓厚的"情趣"，他们以"在野"的身份留恋地维系着固有的传统。流淌在"全元曲"中的几个基本主题：呼唤正义与公正；渴望良好的人际关系与社会秩序；反抗强暴与复仇；清官崇拜；复兴伦理；自娱性的隐逸等，这些都是古典思想的基本"话语"（详见拙著《近世文学论稿》）。当我们全力关注元曲的人民性与斗士精神的时候，还要看到它们的思想史的背景、与古典话语的联系。"横空出世"的元杂剧，还是两脚踏在华夏文化土壤上的。

这不改变它们的"野性"品格。"异端发展传统"是一个传统过于古老的必然的"代谢更新机制"。无论从作者的身份还是元杂剧的传播的途径，都能看出元杂剧是由地方小戏传播积渐、由关汉卿等大师升华，打入京师的。元杂剧起初是一种农村包围城市的传播走向——由河北真定、山西平阳这些传播点，以才人、艺人的杂剧班子为传播媒体，在人口绝对集中的元大都（今北京）获得突飞猛进的扩散，并由"书会才人"对剧本加工提高、对音律是正考定，达到我们现在看到的这种成熟的水平，随后又由大都向南辐射。依然是以才人、艺人的流动、迁徙为传播中介——这就是大德年间的"杂剧南移"。这种通俗文艺没有最后实现与雅文化的"开发性的融合"，只是由"自然"而"人工"，由"化工"而"画工"，随着第一批开创性的天才的自然凋谢而后继乏人，勉强出了个郑光祖，就走向消歇。

二、元杂剧的传播大势

从杂剧艺术之创作和传播的主体——作家和演员的籍贯、行踪能勾勒出一幅杂剧流传分布的网点，从籍贯看大都 21 人、杭州 20 人，显然是两个中心；东平 7 人、真定 8 人、平阳 6 人，其他南北 24 个州县都出过杂剧作家（据《录鬼簿》）。杂剧作家是有典型的流亡心态的读书人，他们的游踪也相当广阔，关汉卿游走大都、汴梁、扬州、杭州；白朴则是汴梁、真定、太原、建康、扬州、镇江；乔吉这位"江湖间四十年"的曲状元，定居杭州，足迹遍于扬州、建康、镇江、平江、常州、绍兴等地。虽不能说他们所到之地必流行杂剧，但许多流行地点与杂剧作家的籍贯与行踪点多是重合的，如大都、汴梁、扬州、杭州、建康、东平、湘湖、昆山、镇江等，这些都是杂剧的流传点。

结合其他史料我们知道，杂剧的传播是从农村到城市，最后在中心城市形成高潮，如早期在北方经历了从平阳、东平、真定、汴梁向大都集中的过程，这同时也是一个中心城市与流传点之间的双向传播的过程。北方大都杂剧中心与南方杭州杂剧中心之间的关系在一统之后变成双向传播影响的格局。杭州与南方流传点的关系也是由单向辐射很快变成双向互动的促进关系。演员的流动演出则自然传播了演技，使剧艺走向成熟。

早期的杂剧传播完全是自发的运动，逐渐为社会各层喜爱后，进入了宫廷和上层社会，也完成了民俗文艺的升华。如果没有进入中心城市的传播过程，它恐怕只能是流行于民间的地方小戏，不会出现大江南北到处传唱的盛况，从而也不会成为通行南北的全国性的剧种。相比之下，元代的南戏的流传局限于南隅，没有像杂剧这样的广为传播，从而既无杂剧的鼎盛也无杂剧的影响。传播的过程是个进化的过程。从接受角度看，观众的喜爱是杂剧盛传的原因，观众与演员、作家共同创造了杂剧、传播了杂剧。

元统一全国后，北方人口"望南而流如水之欲东"（杨维桢语），至元二十年，南流人口已达 15 万户，相当于北方总户数的十分之一，这是历史上继南北朝、南宋之后的又一次大的人口迁移。早期活跃在北方的作家演员纷纷南下，关汉卿、白朴、马致远、珠帘秀等人成为杂剧艺术在南方的创业者、传播者，还有"路歧人"之类的流动戏班子，也是传播的生力军，他们最终促成了杂剧的"全国化"。其他社会条件，如全国的统一、安定，交通的发达，城市的繁荣，都不用多说，重要的是"官话""通语"（即以"中原音韵"为基础的北方话）伴随着军事、政治势力的南下普及到南方，它既是南北对话的通用语，也是杂剧得以通行南北的语言条件。

三、杂剧的衰微不是由于南传

杂剧南传形成"南北并盛"的局面，并产生了大批南方作家和演员，出现了扬州、杭州等新的流传点。南传不是杂剧衰落的原因，传播并不导致衰退，而会增进新质。

杂剧的衰落最根本的原因在于元朝是个短命的政权，杂剧是北方的剧种。明朝骤起于南方，全改元人的上政下俗。朱元璋推行的治国之道对元杂剧有致命的打击。朱元璋的"高招"是禁毁与诱惑两手都硬，开八股考试，而且录取指标多得诱人，这种"好管"几乎一网打尽弄笔的文人，谁还来作"无益"之杂剧？他同时树立伦理剧南戏《琵琶记》为文坛样板，勉励文人为国家的意识形态工作。权力话语支配文学话语是文学的总账，在能"管好"国家的时候尤其如此。

明人何良俊在《曲论》说得很中肯："祖宗开国，尊崇儒术，士大夫耻留心辞曲，杂剧与旧戏文本皆不传，世人不得尽见，虽教坊有能搬演者，然古调既不谐于俗耳，南人又不知北音，听者既不喜，则习者亦渐少。"于是，杂剧随着"人消"而"物亡"——残存在明代贵族的艺苑中、文人的案头上，尽管它们当中有的思想性、艺术性均极高（如徐渭的《四声猿》），但不能"当行"，无法在市井中传唱，从而失去了根本。而南戏原是南人旧物，江浙一带自古单是吴越文化圈，与黄河文化圈有别，与北方草原文化基本上没打过交道，宋、辽、金时期，它是汉人的大后方，基本上没受北方少数民族的"武化"，故南戏随着汉族政权的崛起而兴起，并成为明清时期的主流剧种——传奇。

四、辉煌的科技成就及其传播

元代的农业由于战乱极不景气，但仍出现了三大农书：《农桑辑要》《农书》和《农桑衣食撮要》。元代时，棉花开始由南北两路传入中原，养蚕、养蜂和果木栽植技术也有了新进展。制瓷技术突飞猛进，青花技术、釉里红的发明，分室龙窑的出现都是了不起的成就，其技术和产品传到国外，使得外国人认为中国是丝、瓷大国。脚踏式木棉纺车的发明、木活字的正式使用，还有依音韵分类的旋转储字盘都极大地提高了工作效率。金属管型火器的出现、金属弹丸的使用、火药配制技术的进步，使元代军队如虎添翼，而且随着他们征战的脚步而到处流传，传到东亚、西亚和欧洲，并迅速被仿制，仿制的工匠往往是元军的逃兵或被俘人员。滑稽的是，南宋的火器技术原比元代先进，如阿城铜手铳是元代仿制南宋的。战争成了传播军火制造技术的渠道，而元代的军队又是东征西战到处"播种"的。因为元代进行了无数的海战，甚至包括远洋作战，所以他们在航海史上创下了纪录，如绘制水针碗、使用指南龟、将航海罗盘"针格"化、设置航标等。忽必烈曾设想利用黄河将西藏的高原与大都联系起来，以便各地进贡的货物通过航运转输大都，并促进中原与边区的互市，于是他派人进行河源考察，留下了不朽的《河源志》。

元代在数学上名家辈出，如李冶的天元术，朱世杰的四元术、垛积法、招差术，赵友钦的割圆术，丁易东的纵横图，珠算的普遍使用，民间数学有所发展，书院与社学较为普遍地教授数学，中国数学开始有规模地西传。如《九章算术》中的"持米出关""折竹问题""池中之葭"和《孙子算经》中的"物不知数"、《张丘建算经》中的"百鸡问题"等著名数学问题多次出现在阿拉伯及东欧的数学书中。最突出的例子是阿拉伯数学家阿尔·卡西（卒于1429年）的名著《算术之钥》（1427年）中的四则运算、小数记法、开平方、开立方都明显受了中国数学的影响，其中的契丹算法则是正面介绍中国数学。中国的天文历算传入了高丽、安南，尤其是伟大的《授时历》广为流传。

成吉思汗西征引发了与阿拉伯的天文学的密切交流，双方的专家以超然的科学的态度合作，不少中国的天文学家参加了马拉盖天文台的工作和《伊利汗天文表》的编制；许多西域的天文学家带来了阿拉伯天文学知识和历法，不同体系的天文学交流促进了天文学的发展。元上都、大都的天文台都是世界一流的，进行了大规模的天文观测（详见《元史·天文志·四海测验》）和像样的恒星观测。郭守敬发明了"简仪""仰仪"和玲珑仪，许衡、王恂、郭守敬编制的《授时历》成为中国历史上使用最久的历法，明代的《大统历》就是这部《授时历》。元代的天文学成就是中国历史上的高峰，也是当时世界上的高峰。元代鼓励社会人士进行科技研究，主动吸收各国、各民族的科技成果，形成了科技繁荣的局面。苏州一个姓王的漆匠居然能制造出便携式的天球仪，它使用时充气、收藏时放气折叠，这对于传播天文知识来说是个杰出的创造，说明当时形成了重视科技的社会风气。

由于元代开疆扩土，交通便利，对地图的需求大于以往，郭守敬等人的天文观测推动了地图绘制技术的改革。波斯人扎马鲁丁曾制地球仪，明确地球是个球体，并知道地球表现海陆分布的大致比例。朱思本用了十年精心制成的《舆地图》，首创计里画方之法，先绘制分图，再合成全国大图，精确度相当高。中国式网络地图的绘制方式影响了阿拉伯世界，并通过他们促使欧洲在13世纪末向绘制精密的实用航海地图大大迈进了一步。耶律楚材的《西游录》、丘处机的《长春真人西游记》、周达观的《真腊（柬埔寨）风土记》、汪大渊的《岛夷志略》都是可以与《马可·波罗游记》媲美的研究中亚史地的珍贵文献。他们将外国的文化、人情、经贸情况有效地介绍到中国来，为 16 世纪中国和欧洲文化的直接交流起了很大的作用，并从中看到中国的文化已通过丝、瓷的行销，生活用品和新发明的输送，由东南亚、印度洋传至地中海。

翻译是促进交流的重要媒介。欧几里得的《几何原本》最早有少数民族的语言翻译本，蒙哥能讲其中的若干原理。忽必烈身边聚集了各民族的文化大师，他们用蒙、汉、西夏及其他主要文字翻译各种典籍，促进了各民族的思想文化的沟通与融合，译成蒙古文字的汉语典籍有经史、医药方面等，翻译成汉语的则多是蒙古历史和佛经。

元代出现了亚、非、欧三大洲人员频繁往来、东西文化广泛接触的繁荣景象。例如，哈里发的宫城巴格达是各种移民向西方传输中国文化的重镇，窝阔台的都城哈拉和林（乌兰巴托附近）是一座各族人士居住的国际都市，不但有波斯人，还有俄罗斯人、阿速人、匈牙利人等。大都更是世界上少有的大都会，其壮丽、繁华仅有开罗、君士坦丁堡可与之相比。元代中国的航运业和城市生活都极为发达，而且法制严明，使得外国的旅行家们赞叹不已。伊尔汗国是中国向欧洲输送先进文明的窗口。元军在爪哇沿海和内地留下的各种火器和船只、罗盘，都迅速被印度尼西亚人仿造。中国的历法、节气、十二生肖都在缅甸北部流行，缅甸沿海由于华人的移居、通婚，开始了缅甸华侨的历史，华人的生活习惯、风俗礼仪、手工园艺都深入到缅甸的社会和语言之中。

中国水手由于柬埔寨的米粮易求、经商易获利而移居那里的越来越多,华人的生活习惯也随之在柬埔寨生根,家禽中的鹅就是从中国输入的。柬埔寨、爪哇、苏门答腊、缅甸是东南亚的四大华侨居地。泰国(暹罗国)的干支纪年有的连读音都与汉语相同,他们还用中国儒名称呼姓名,从中国进口大量的棉花、金属、象牙等。中国还和非洲东北的埃塞俄比亚、北非的摩洛哥都建立了正式的国交。信奉基督教的古国埃塞俄比亚与元朝的往来是件沟通儒教文化圈与基督教文化圈的大事。14 世纪,欧洲的商人和使节与大都的交通大多取道蒙古人统治的钦察汗国,蒙古人控制了大片区域。元代的驿传制度将钦察草原和伏尔加河划入了自己的交通网,饮茶的习惯和算盘从此在欧洲安了家。俄罗斯人是最早学会雕版印刷的欧洲人。在东欧这条传动线上,俄罗斯是不可缺少的一环。

元代的泉州已跃居全国第一大港,在 13 世纪末,它是和欧、亚、非航运咽喉的埃及亚历山大港并驾齐驱的世界最大的海港之一。泉州居住着许多来自波斯湾、阿拉伯和东南亚的人,他们在此经商、学习中国文化、繁衍生息,有的成了望族。泉州成了番货、远物、异宝、奇玩的集散中心。

元代中国和亚、非、欧三洲都有频繁的交往,陆上驿路和商队贸易四通八达,海上航线纵横交错。南印度和中国之间的海上交通已全被中国远洋帆船操纵,中国帆船甚至远航亚丁湾、波斯湾和东非沿岸。瓷器的输出越来越超过丝绸,从而成为中华文明的象征。瓷器的工艺和艺术风格,拓展了亚非人士的审美感觉和艺术天地,带动出一批仿制瓷器的国家,如泰国、伊朗和埃及。

忽必烈是一个用各种方式扩大国交的开拓型的人，他给藩国培养人才，大方地馈赠丝、瓷，开放边禁。他也搞和亲，将公主嫁给高丽王世子，这位世子后来登位成为忠烈王。他前后14次带员出入大都，他的儿子干脆住外公家不走了，并在大都建万卷堂，从江南购书上万卷。元代又赠送给高丽许多宋代的秘阁藏书，对两国的文化交流起了很大的帮助。安珦是高丽首传程朱理学的人，他的再传弟子李齐贤使理学在高丽勃兴，并将中国书法、古代诗词深入而全面地带到高丽的文化界，传入高丽的还有棉花和纺织技术。元代和高丽的佛教界交往甚密，高丽后期的宫室、佛寺建筑多请元代工匠修建，塔的样式也受元代喇嘛塔的影响。

越南与元代中国发生过三次战争，但战后很快恢复了邦交，被俘留在越南的军医邹孙和他的儿子成了普及中医、针灸的使者，被俘的歌手李元吉成了传播中国戏剧的人，从此越南人和中国戏剧结下了不解之缘。

日本此时复制了大量朱熹的著作，宋学开始在日本广为传播，传播的重镇尤其在禅林，首讲宋学的是禅林，传播宋学的著作渠道以禅僧的《语录》最为有力。和尚成了儒学的传播使者也是可志之事。

埃及很快接受了中国火药这一划时代的发明，其火药的配方与中国完全一样，还有硝烟炮、火枪，以及数学、天文历算、宝石鉴赏术。中国引进了他们的制糖技术和建筑艺术。

威尼斯商人的后裔马可·波罗在1275年到达元上都开平，居住中国约17年，一直受到优待。他回到威尼斯后口述《东方见闻录》，被人们辗转传抄，称为《马可·波罗游记》，它向欧洲人介绍了印刷术、煤燃料、瓷器等。

诚如法国历史学家雷纳·格鲁塞所说:"蒙古人几乎将亚洲全部联合起来,开辟了洲际的通路,便利了中国和波斯的接触,以及基督教和远东的接触。中国的绘画和波斯的绘画彼此相识并交流。……将环绕禁苑的墙垣吹倒,并将树木连根拔起的风暴,却将鲜花的种子从一个花园传播到另一个花园。"(《蒙古帝国史》)

第十七章
明初通过政治传播控制文化

　　朱元璋一反成吉思汗、忽必烈无限开拓的作风，而是想办法把一切都握在手中，使天下万物都在他所见即所得的直观感觉中，他废除了上千年的宰相制和近千年的中书省，形成了全部权力归皇帝一人的最为集权的政治体制，严重束缚了社会物质文明、精神文明的发展。他的国家似乎只有一种功能：充当警察，迫使人们"晏起早阖，毋敢偶语，旗校过门，如被大盗"。《大明律》规定："凡造谶讳妖书妖言及传用惑众者皆斩，若私有妖书隐藏不送官者，杖一百，徒三年。"他对任何民间自发的作为都一味地说"不"，就连远离意识形态的天文历算也不许人们私自研究，一经发现处以极刑。他不许造酒，不许在朝官员结交朋友，不许任何人议论朝政得失，连自己的儿孙立为藩王者也不许两王私下相见，且不许擅自出藩地。军人若学唱就割了舌头，若下棋就"断手"，若踢球就"卸脚"，若做买卖就"发边远充军"，要列举他制定的"不"得写一本专书。总之是把全国管得死死的，不容许有半点自由的空间，稍有触犯即施以严刑峻法。处处模仿汉高祖的朱元璋比刘邦更无赖凶狡，他让人写"集贤门"，门字右直微勾起，他便说人家在堵塞贤路，把写字的人杀了，更别说那些众所周知的莫名其妙的文字狱、遍布朝野的特务了。

元代对于天下书院采取自由放任的政策，以弥补官方办学的不足，促使短短的元代的书院数量相当可观，据曹叶松对元代书院数量的统计，元代共建书院143所，复兴书院65所，改建书院19所，共计227所，仅长江流域就有152所。这些书院起初多是一些不愿意与元朝合作的遗民办的，元朝非但不禁止反而鼓励之，最后完成了书院官学化的转变。

明代则不然，绝对不允许任何不符合统治阶级意愿的事物存在，明代前130年只有洙泗、尼山两所书院，它们实属纯粹的教育机构，且是沿袭元代的旧物。就连《孟子》中有让朱元璋反感的字句他都毫不含糊地下令禁毁，不许科举考它。后来在儒臣的请求下，朱元璋才恢复《孟子》的地位，但删去了75条，明代传播的《孟子》是个已被删减的《孟子》。朱元璋对于符合己意的，则"拿来"，元仁宗为照顾蒙古人、色目人，简化科举考试的内容，专以宋儒的"四书"注、"五经"注试士，这个简易，他便颁为定制，并规定了"代古人语气为之，体用排偶"的八股文。与他一脉相传的朱棣让人编出"三大全"：《周易大全》《五经四书大全》《性理大全》，这个"三大全"中尤其突出《五经四书大全》，因考试以"四书"为重，所以又单突出《四书大全》。《四库全书总目提要》引用明人郑晓《今言》的话说："后来'四书'讲章浩如烟海，皆是编为之滥觞。盖由汉至宋之经术，于是始尽变矣。特录存之，以著有明一代士大夫学问根柢具在于斯。"明人无学根源亦盖在于此，所以顾炎武说"八股盛而六经微"，八股法等于焚书坑儒（《日知录》），这种文化政策只能造成明中叶以前思想、文化、科技领域的乏善可陈。

没有创造哪来传播？

与元代开放边禁截然相反，明代实行严厉的海禁，北边又把"墙"高高地垒起来，一副自给自足的土地主关起门过日子的模样。此时欧洲经历了文艺复兴，基督教发生了天主教与新教的分裂，随着欧洲列强海外殖民地的扩展，传教士输出宗教的热忱也空前高涨，但他们直到明代才叩开中国的大门。尽管他们想方设法中国化，学习中国的语言文字，用儒学曲解《圣经》，但还是遭到了汉学界的狙击，只有少数高官如徐光启、李之藻成了基督徒，逐渐欢迎他们的是受压抑的平民和妇女。

朱元璋的严刑峻法使所有的臣民噤若寒蝉，既包括贤臣良民也包括贪官污吏。社会风气倒是很好，但是铲平主义的好。朱元璋长期征战忙着统一，统一之后屡兴大狱，大杀功臣，白色恐怖迷漫全国。他死后不久，发生"靖难"又打了好几年，然后是征伐越南，迁都北京、大兴土木十余年，再加上一直修建长城，民困不堪，流民四起，根本没有进入文化建设的轨道。

如果朱元璋的后代都像他那样精力充沛、热衷政治工作，那明朝就谈不上任何文化创造和传播——到处传播的是朱元璋的《明大诰》和一次比一次让人们恐怖的"圣谕"，而且是通过行政网络传播得家喻户晓，并且是年年讲、月月讲、天天讲。没有自由就没有文化，更遑论传播了。

一、权力与教化输出

永乐年间，明朝改变了消极的海禁，变为积极的管制，与安南、暹罗、印度等国建立邦交，展开官方贸易，想建立一个以中国为主体的海外关系网，朱棣总是封周边的酋长当国王，建立附庸国。他派郑和七次出使西洋的一个总目的是欲宣威于海外，可名之曰"政治输出"，郑和时而以佛教徒的身份、时而以穆斯林的身份参加该国的宗教活动，但他更像一个宣命大臣，去给人家送诰命银印。如郑和首次到西洋的大国古里就是正式向古里国王颁发诰命银印的，第五次出洋奉命封柯枝国国王印诰，并有朱棣的亲笔碑文，竖立在该国的镇国山上。郑和的船队带着丰厚的礼品和受欢迎的货物，奔赴印度各地。船队回国，各国的使节也随船来华，回赠礼物，顺便进行贸易，交流技艺。许多国家的国王、大臣随船来华，但不像元代的对外交往那么富有成效，最大的一件事是英国马礼逊的《外国史略》记下的一则传说，说爪哇改信伊斯兰教是1405年郑和第一次下西洋时传入的，这可能只是传说而已。

郑和的船队南到爪哇，西到印度洋、波斯湾、阿拉伯半岛、红海，最远到达赤道以南的非洲东海岸，他访问30多个国家，航程之远、船队之大、地理考察之广，都是前所未有的，比1492年哥伦布横渡大西洋、1497年葡萄牙人达·伽马绕好望角到达印度的航行，早了八九十年，是航海史上的创举，但是由于政治体制上的问题没有获得应该出现的经济、文化、科技上的交流效果。他传出去的是中华民族的形象，带回来的是外国的使者与海洋及各岛国的知识，带动了地图、航海图的发达。

明朝对于朝鲜、越南、日本这些老邻居则是充分地进行教化输出。1370年，明王朝向高丽遣使，高丽、安南、占城的士子参加本国乡试的，可以到中国京城参加会试，优先录取。1392年，高丽王朝的大将李成桂篡位，他取消高丽名称，以朝鲜为国号，仍然实行科举制，以"四书""五经"和《资治通鉴》为教材，应试时必须写作古赋，汉文学成为朝鲜文士的学习范本。明王朝向朝鲜提供了大量图书，朝鲜的使者、商人在中国大肆抢购图书，凡旧典、新书乃至小说、杂撰都不惜重金求购，以至于许多珍本反被朝鲜收藏。1376年，朝鲜用木活字印了《通鉴纲目》，1395年用木活字印了附有吏读（朝鲜音）注解的《大明律》100册，颁发各地，还用铜活字印了《古今详定礼文》50卷，这是世界上第一本用金属活字印刷的书。至李朝末年，他们正式通用的文字都是汉字。李朝以儒教治国，儒家思想取代佛教成为国家统治理念。后来中朝两国的文士相互赠答唱和的佳话就多得难以记述了。

越南与朝鲜一样自古通用汉字、汉语。越南人称汉字为儒字，越南人自称南人，把中国人称为北人，越南字就成了南字。从洪武元年到崇祯十年，越南向明王朝派出的使节有79次，除了官方的朝贡贸易外，民间贸易也很活跃。越南的风俗、文章、字样书写、衣裳、科举制度、官制刑律、礼乐朝仪，都是仿造明代的，他们更是常派生员来明代国子监学习，博采各种典籍成批运回。越南从君主到文臣都酷好中国文学。

明代的中日邦交是通过僧人相互展开的，中日贸易的展开也多借助僧人，来华的日僧在宁波到北京之间各处游历，遣明使船每次从中国回去都带去许多新的文化信息。朱元璋还曾与五山高僧在英武楼和诗往还。五山僧在日本掀起学写汉诗文的热潮，形成日本文学史上独放异彩的五山文学。日本的画僧在中国出了名便在日本成了大师，如雪舟。日本的禅寺既是他们的学术重镇，也是传播中国文化的场所，包括中国的数学。元末避乱迁往日本的中国刻字匠人，使日本的印刷文化获得长足发展，字书、韵书、诗集、文选、课本被大量印刷。日本与明代中国进行贸易需要汉学人才，这也推动了汉文典籍的印刷、行销。明中叶出现的阳明学经江藤树的身体力行，得以在日本弘扬光大。日本柔道的祖师是浙江余杭人陈元赟，他将少林武术传到日本，日本人师徒传授时形成了柔道，陈元赟还有力地推动了武学著作、老庄哲学和茶食在日本的流行。将饮茶习俗带到日本的是入元禅僧，禅僧和与之关系密切的武士盛行品茶、赛茶、猜茶的社交活动。中国的书画古玩成为日本人的珍藏品，双向地传递着两国的文化。万历年间的《斩蛟记》、天启年间的《莲囊记》是以日本的丰臣秀吉征讨朝鲜失败为题材的传奇。日本的倭刀、鸟嘴铳、折扇、围屏不断传入中国。由于中日贸易及倭寇的侵扰，中国人开始认真研究日本国情，出了不少专门的著作。明末，由于抗清救亡运动失败而避清赴日的人很多，对日本的文化建设留下深远影响的是朱舜水。他创建了水户学派，成为水户藩主的国师，传授中国礼教，将明代流行的文人园林引入日本。自此朱舜水传学水户，水户汉学便由专讲格物穷理的朱熹理学转向信奉知行合一的阳明学，为后来的明治维新打下了基础。

明朝在接受留学生方面还是很大方的，并设有培养外语翻译人才的"四夷馆"。

二、书院传儒脉

朱元璋推行"以学校治民"的国策，明初就建成了国学、府州县学、市镇乡村的社学这样一个从中央到地方的学校网，将文教事业与巩固皇权高度结合起来，以程朱理学来扶植族权，推行社会教化。他说："致治在于善俗，善俗本于教化。教化行，虽闾阎可使为君子；教化废，虽中材或坠于小人。"这是标准的儒家思路，但他做起来却采用法家的一套（他自称"朕即法家"）。他在洪武二年颁学规禁例 12 条于天下，镌立卧碑于明伦堂之左，有不遵循者以违制论。学规规定"说经者以宋儒传注为宗"（这一条与八股取士制度相配合通行天下），"天下利病，诸人皆许直言，惟生员不许"（这一条成了明朝镇压学运的法律，张居正整顿学政捣毁书院时就以此圣训为据）。"问道于师，必跪而请授。"明朝还有许多近于军管的措施，不许学生、学者有自己的思想，不许自由讲学则是其中危害之大者，另规定"科举必由学校"则铲除了民间办学的条件，乃至明中叶以后有了书院，也出现了四次禁毁书院的暴行（嘉靖十六年打击阳明心学体系的书院；嘉靖十七年严嵩说书院耗财扰民而毁天下书院；万历三年张居正以"徒侣众盛，趋异为事""以言乱政"为由禁毁天下书院；天启五年魏忠贤血洗东林拆毁天下书院），足见这种极权政治的惯性——明代的文教政策总体上是遏制学术思想的发展和传播的。

但是"青山遮不住，毕竟东流去"，高压与禁锢不会永远有效。到了成化年间，王阳明打破了"述朱期"的暗夜，打破了八股垄断文教界的局面，将陈献章（白沙）开启的冲破理学束缚的心学浪潮推向高峰。元代在浙东四明地区传播陆九渊心学的赵偕以私学的形式在王阳明的家乡一带撒下了心学的种子。王阳明以超群的胆识和讲学才能，在他被贬官、发配的坎坷的历程中，将心学传到边疆夷民、广大平民之间。他先后建立、改造和复兴了龙冈书院、文明书院、濂溪书院、白鹿洞书院、阳明书院等，举办讲会等各种形式的传播学术的活动，在剿洞匪、平叛乱的军旅生涯中依然讲学不辍，终于形成了遍布全国的学生网。他的学生又教出一批学生，有条件的就建立书院、成立学会，弘扬阳明学。朝中有人批评阳明学，反而扩散了他的影响，有一次科举考试以批评他的观点为论题，他非常高兴，他说这样连穷乡僻壤的学子都知道他的学说了。他的活动和影响带动了正德、嘉靖之际的"搢绅之士，遗佚之老，联讲会，立书院，相望于远近"（《明史》卷二百三十一）的书院讲学热潮，明代的学术、思想、文化、教育为之一变，官方制作的"此一述朱彼一述朱"的教条、僵化的局面被打破。他带动了文学界的浪漫主义潮流铺天盖地而来，公安派在诗文领域、汤显祖在戏曲领域、吴承恩在小说领域都以诱人的心学精神制造了轰动效应，并各以其个性解放的呼声营造了新的思想氛围、社会心理。他使明代产生了学术社团这种社会传播的组织，使文人结社、讲会成为一大社会景观。王阳明死后，为反抗官方对阳明学的禁毁，王阳明的学生公然在京师定日宣讲阳明学，外地的学生则在春、秋二季举行大会。这明显具有了党社的组织特征和活动方式，并且天下王门弟子讲会蜂起，蔚然成风。浙中王学、江右王学、南中王学、楚中王学、闽粤王学、泰州左派王学，整个一部《明儒学案》就是王学的学派史，最后东林学派、刘宗周的蕺山学派都出于王学，为拯救王学末流的弊端而发展了真正的王学，所以柳诒徵说"故明儒之学，一王阳明之学而已"（《中国文化史》下册第25章，详见拙著《心学大师王阳明大传》）。明末的社团多得难以计数也是王阳明组建书院、讲会的一个社会结果。

王阳明的学生遍布朝野，王门的书院遍布大江南北，王阳明的大弟子钱德洪"在野三十年，无日不讲学。江、浙、宣、歙、楚、广名区奥地，皆有讲舍。"王畿"林下四十余年，无日不讲学。自两都及吴、楚、闽、越、江、浙，皆不有讲舍"，年八十犹周游不倦。"阳明殁后，（钱）绪山、（王）龙溪所在讲学，于是泾县有水西会，宁国有同善会，江阴有君山会，贵池有……心斋讲堂，几乎比户可封矣。"北方王门弟子则"南结会于香山，西结会于丁块，北结会于大云，东结会于王遇。齐、鲁间遂多学者"（以上均详见《明儒学案》相关诸人的小传）。这还是极不完全的举例。到了嘉靖、隆庆年间笃信程朱者无复几人矣。上至达官贵人，下至工商市井竞相讲学，一以阳明学为归。王世贞说："今天下之好守仁（阳明）者，十之七八。"顾炎武说，以一人而易天下，其流风至于百年之久，古有王弼的清谈、王安石的新说，今则王阳明之致良知（《日知录》）。王弼靠着沙龙聚会的传播形式，王安石靠着行政力量的推动，王阳明则是靠着书院这种教学组织的传播。

书院传播的特点是由一个学术领袖组成团体，这个团体有共同的文化信仰和组织关系，有仪式纪律，有大会有小会，领袖主讲、学员自由讨论，大弟子辅导小弟子，老同学指导新同学，侧重道德素质教育、人格教育，形式上则是自由讲学、自由交流。传道、授业、解惑是所有书院的自觉功能，即使是围绕科举转的课业式的书院也是如此，当然讲会式的书院也不一样，有的偏重道德训练，做"功过格"一类的改过自新的记录，有会道门的特点；有的诗酒风流，各适其意，如王畿创设的绍兴"小蓬莱会"；有的则政治效果明显，令当道畏忌，如东林、复社。因志同道合而结成群体，以群体的声势发挥更大的影响，是专制国家中难得的民间组织了，不结成这样的组织就无法有效地影响社会。直到康有为办强学会、万木草堂还得是这种形式，因为它是培养人才、组建政党的唯一有效可行的形式，是高质量地传播新思想、新学说的最好的方式。若明代不出王学书院，不但明代的文化一片沉寂，也不会有明清之际、清民之际的启蒙思想及改变了中国历史的党社活动。

三、社与会：政府行为以外的组织传播

顾炎武说，聚徒结会谓之社。所谓会与社，都是聚集在一起、结成团体的意思。社，本指土地神，后来演化为一种社神祭祀活动和组织（如迎神赛会），再后成了乡村基层行政地理单位，以及民间组织的经济型的社会，如《醒世恒言》中说的："张大员外在日，起这个社会，朋友十人，近来死了一两人，不成社会。"

作为团体的社与会，本是佛教的世俗组织，在东汉、魏晋已经存在，如慧远的"白莲社"之类。唐代有白居易等结"香山社"，元代有"月泉吟社"和以关汉卿为首的玉京书会等。但到了明代，会社林立，蔚然成风，恢复到了宋代水平，成为传播文化的重要途径。在强大的极权体制内，是会社支撑出市民社会。

于此，略补叙宋代的社、会和团、行，也因宋、明的社会形态颇为相似、一致。南宋人吴自牧的《梦粱录》详细地记述了当时的"社与会"：

> 文士有西湖诗社，此乃行都搢绅之士及四方流寓儒人，寄兴适情赋咏，脍炙人口，流传四方，非其他社集之

比。武士有射弓踏弩社，皆能攀弓射弩。武艺精熟，射放娴习，方可入此社耳。更有蹴鞠、打球、射水弩社……奉道者有灵宝会。

诸行市户俱有社会，迎献不一。如府第内官以马为社，七宝行献七宝玩具为社，又有锦绣社、台阁社、穷富赌钱社、遏云社、女童清音社、苏家巷傀儡社、青果行献时果社……

市肆谓之团行者，盖因官府回买而立此名。不以物之大小，皆置为团行。虽医卜工役，亦有差使，则与当行同也。其中亦有不当行者，如酒行、食饭行而借此名；有名为团者，如城西花团、泥路青菜团、后市街柑子团……

经济型的会社，如义助会、善会、行会、会馆等是平民自救、互助的组织，因明中叶以后经济获得一定程度的自由发展而急剧增多，商人们借此编织自己的营销网络。军事型的会社，本受官府的压制，但官军剿匪、抗倭时常常借助他们，事实上也获得了发展，如两广的"打手""杀手"。秘密会社是江湖秘密势力，受宗教会社的启发却无信仰基础，它是黑社会性质的，是社会发达的代价，宋元时代就相当强盛，明初被朱元璋打了下去，明中叶会社达到极盛，而且帮派林立，除了现实社会的因素，《三国演义》《水浒传》之类的小说起了极大的导向作用，也算文化传播的果实之一种。

起到良性的文化传播作用的，还得首数文化型的会社。文人结成团体由来已久，如明末几社明确表明要"仿梁园邺下之集，按兰亭金谷之规"。前面提到过梁园是汉梁孝王刘武的园林，名士司马相如、枚乘、邹阳等经常在梁园雅集，兰亭则是王羲之进行集会的亭子，金谷则是指西晋的"金谷二十四友"，这些都成了文人结社的"故事"、成例。首次以社名团的"白莲社"，主要参加者18人，其中俗人6人，主要工作是翻译佛经，是谢灵运（尽管他未正式入会）等诗酒风流的名士、谈玄高士与高僧的结合体，他们翻译出高质量的《涅槃经》等。没有他们文学史、翻译史要黯淡许多，他们也算自发的作家协会、翻译协会。

元末明初，文人的酒会雅集很热闹，主要分布在东南一带的名胜之地，什么景德诗会、南湖诗会之类，后来一度沉寂，到了成化、弘治年间又兴盛起来（详见《明史》张简传、林鸿传、谢榛传、李攀龙传、王世贞传等）。在浙东宁波，民间诗人们素衣藜杖，于良辰美景时，在町野蔬园餐聚会，谈笑风生，散步逍遥，人望之如神仙。在无锡，有数十人组成的"碧山莲社"，这种文人在社团的存在与活动对乡邦文化有风气影响的作用。黄宗羲说绍兴读书风气盛行就是因为有王门心学的传统。京城则有"前七子"的诗社，他们突破了"三杨"的台阁体的官样文风。嘉靖年间，仅杭州就有"西湖八社"：紫阳诗社、湖心诗社、玉岑诗社、飞来诗社、紫云诗社、洞霄诗社、月岩诗社、南屏诗社，他们定期聚会，饮酒赋诗、清谈山水道艺，而不涉及世俗事物。万历年间，汪道昆、屠隆集会于西湖之慈净寺成立"西泠社"，还有被称为吴中文社之冠的拂水山房社。袁宏道等八人在北京城西崇国寺蒲桃林结成了蒲桃林社，"当入社日，轮一人具伊蒲之食。至则聚谭，或游水边，或览贝叶（佛经），或数人相聚问近日所见，或静坐禅榻上，或作诗，至日暮始归"（袁中道《珂雪斋集》）。这种同仁社团是文人生活的重要组成部分，中国这种重体验、心性修炼的性命之学，没有这种质量对等的切磋，独学无友的文人很难坚持、很难精进。即使是相当特立独行的人，如李贽，也有耿家兄弟的圈子，他又影响了袁宏道等公安三兄弟。诗社文会往往就是文学流派的形成基地，如袁宏道等人的公安派、谭元春等人的竟陵派，而没有这些文学流派，就不会有明中叶以后的此起彼伏的诗文的革新运动，明代的文学史、文论史、美学史就得重新写过。

与文人的诗社不同，但也是文化团体的是各种以应试为宗旨的文会。元代的文会大抵为科举所设，如嘉兴的聚桂文会。明代这种文会也相当发达，会友往往自备薪米，相聚揣摩举业，参与者多是童生、监生，有名的如金陵社。就连张溥创设的应社起初也是应试的文会。这类文会传播了举业文化，在当时社会中是正业，是官道，也受到教育官员的奖励扶植，是当时学校教育的重要补充，是关乎千家万户的大事（如许多小说所写的那样），但这类文会没有独立的文化上的创造性。

真正探索思想前途的思想家型的文社，集中出现在国事纷纭的明末，如张溥的复社、云间几社、嘉定的直言社、吴门的慎交社、无锡的听社等三吴地区的文社，以及可与之媲美的两浙的文社，如浙东绍兴的素盟社、余姚的昌古社，浙西则以杭州为中心，如读书社、小筑社、登楼社、狷社等。不但三吴两浙互通声气，而且流风波及全国，如江西就有以"愿言请长缨，努力事边陲"的白社、紫云社、豫章社、平远堂社、聚奎社，最有名的是持声社。方以智从云间回到安徽将被依附宦官者把持的中江社分立出来，还有古在社、十三子社。湖北有阳春社，湖南有王夫之的行社和匡社，相互砥砺匡扶天下的心志。

　　除了地方性的社团，在北京、南京士子聚集的都市，游学的人们结成盟社，如因社、广因社、偶社、星社、国门广业社等，这些盟社都以提倡良好的士风、学风为宗旨，都有限地改良了士子风气，也时时制造一些热点问题，如写揭帖、议论当道要人、就重大时局问题引发争论等，算是当时的"社会声音"了。影响了全国政治、文化的是东林及其后裔复社。

　　与文人的诗社文会讲究的内容不同、传播的信息也不一样的是学者们的讲学会，学者们的讲学会是书院一系的学术社团活动。自王阳明将讲学活动变成社会化的文化传播事业以后，讲学会一直盛行不衰，而且屡禁不止。攻击者以为讲学是在博名谋利，平实的陆世仪说："至正、嘉时，湛甘泉、王阳明诸先生出，而书院生徒乃遍天下，盖讲学于斯为烂漫矣……迄于隆、万，此时天下几无日不讲学，无人不讲学。"（《桴亭先生文集》）东林讲学会于每月九、十、十一日大会于东林讲堂，有严格的会约、法程，严防小人混入东林，还有一些外围组织，如诸友会、丽泽会。不同宗旨的、有意对抗王门或东林的，则有标榜纯学术的各种学术团体如明经会、经社、文艺会、经济会、读书社、读史社、树品社、博雅会、五经社、纬社、尊经社等。这的确成了士子及士大夫们的重要文化生活，从而也是明代文化传播的重要渠道。

　　有意义的是注意平民的情志的明代士大夫有让平民听懂的追求，王阳明对贵州的少数民族"讲"心学，居然效果良好，听王阳明讲学的三教九流的人都有。王阳明的高足王艮本不识字，他入了王门之后曾自创蒲轮，"招摇过市"，巡回讲演心学，一直讲到北京，受到王阳明的严厉批评，王阳明死后，他开泰州学派，其基本受众是农夫、灶丁、陶匠、小贩等劳工阶层的人。王一庵说王艮改变了圣学是儒生文士的专利的格局，"天生我师，崛起海滨，慨然独悟，直超孔孟，直指人心。然后愚夫俗子，不识一字之人，皆知自性自灵，自完自足，不假闻见，不烦口说，而二千年不传之消息（指圣学），一朝复明"（《明儒学案》卷三十二）。王艮这种面对愚夫愚妇的讲学的方式传通了两千年不传之消息，在传播学上是个奇迹。他教出许多平民思想家，如樵夫朱恕、农夫夏廷美、陶匠韩乐吾，韩乐吾于农闲时聚徒讲学，农工商贾从之游者千余，影响真不小，《明儒学案》记他讲学的盛况："一村既毕，又之一村，前歌后答，弦诵之声洋洋然也。"农村中有此讲学盛况，不能不说是传播史上的大节目。柳诒徵说"斯实前进之所未有也"。李贽记述来听罗近溪讲学的各色人等，就算有几分夸张也是相当壮观的：牧童樵竖，钓老渔翁，市井少年，公门健将，行商坐贾，织妇耕夫，窃屦名儒，衣冠大盗，布衣隐士，白面书生，青衿子弟，黄冠白羽，缁衣大士，缙绅先生，象笏朱履的官员，无不"奔走逢迎"（《焚书》卷三）。而本属这一系的李贽本人更是如此，走到哪里都能煽动得"一境如狂"。在没有网络、电视、广播、现代报纸的年代，这种传播效果令人叹为观止。朝廷也因此把李贽抓了起来，他居住地的官府指使人烧毁他讲学的地方——控制传播，是极权政治的必然结果。传播思想的文化市场在民间，明末清初义不仕清的李颙专门著《观感录》特别表彰了平民出身且在民间传播文化的平民思想家。

第十八章
官方的行政传播与市民社会的抒情渠道

只要百年无大仗，中国人口的数量就会大大上升。明中叶以后的人口大大超过了以往历代王朝。据费正清估计，明后期人口达到 2 亿，有可观的商业能力的大城市 30 多个，南京城人口最多的时候达到 47 万，有 100 多个行业，《平山冷燕》说北京有 36 条烟花巷、72 座管弦楼，固然是小说家言，但肯定比南京会更繁华。《皇都积胜图》《南都繁会景物图卷》《姑苏繁华图》等绘画再现了当时繁荣的侧影。人们常说的明代的资本主义萌芽的诸多现象，事实上都是在描述着明代的市民社会的发达，尤其是一些商业性的市镇的飞速增长、脱离农业的人口飞速增长，产生了新闻传播事业的空间"市场"，出现了消费文化的需求，民间的报纸与舆论传播成了国民生活的内容，广告等市场营销手段也变得重要起来。官方的邸报和告示则不再是可有可无的附属物，而成了国家管理的重要媒介和手段。许多外地的官员在给皇帝的谢表奏章中说看邸报知道了皇帝对自己的新的任命、安排，说明邸报已成为发布官方文告的通道。一个显著的现象是各种传播渠道孕育了市民社会，明中叶以后的社会状况已极大地不同于明初，政治、经济、文化的各种要素在传播的过程中交互为用，带来了历史的变局。

一、通政司：传播本身就是最大的政治

出身贫寒的朱元璋知道下情难以上达的弊害，于是想办法沟通"反映情况"的信息通道，他原先的办法是天下的百官与百姓均可将奏状直接呈给他，但这样工作量太大，于是建立了"察言司"，后改为"通政司"。朱元璋说明这一设计的话很符合传播原理："政犹水也，欲其常通，故以'通政'名官。"（《明史·职官志》）朱元璋特意让通政司直接隶属皇帝，与六部平等，其主要功能，如陆容所概括的："出纳王命，为朝廷之喉舌；宣达下情，广朝廷之聪明。"（《菽园杂记》卷九）明人及后人则通称其为"喉舌司"，它是官方任何文本出入的唯一法定通道，像是皇权的把门人。通政司的职能及其运用职能的方式最能见出政治传播的结构特征。

一开始，所有的奏状实封送呈皇帝时，它没有什么权力，也就是个传达室，比宋代的通进奏银台司强不了多少，但很快要求它将各种奏状摘要、节录副本抄发各部时，它的权力就大了。皇帝接收到的信息就是经过它筛选的，于是出现了想让皇帝知道什么就送什么，不想让皇帝知道的，便藏匿不发，或关乎谁的重大信息泄露给谁，以提前应对。它变成了皇权的咽喉，成了收集、汇总各方面信息的总机关，谁控制了它差不多就控制了朝政的大半。无论是张居正这样的治世之能臣，还是刘瑾、魏忠贤这样的祸国阉竖都要把持它。达不到公然控制程度的严嵩则安排自己的亲信，谁上书弹劾他，他先看过做了对策再让皇帝看，然后以诬告之类的罪名惩治上

书者。极权政体要求"百川归海"——都集中到皇帝那里，而出入的窗口就是这个通政司。朱元璋的本意是让它"通"，但运转起来它却成了闸、阀门。行政运行的主要管理方式又是文牍旅行，皇帝就是非常勤政也接受的是不完全抽样，更何况明中叶以后的皇帝看到的来自基层的呼声都是歌颂那些把持了通政司的权奸的，便越发倚重他们，遂弄得天下不可收拾。

传播的功能大到直接关乎国家的兴亡，是极权政体的不健康的症候，这是个事实，而且朱元璋、朱棣父子都是有意这么做的。余继登《典故纪闻》卷七载：朱棣责备未将小事上报他的通政司官员，"设通政司所以决壅蔽达下情。今四方言事，朕不得悉闻，则是无通政矣。朕主天下，欲周知民情，虽细微事不敢忽。盖上下交则泰，不交则否。自古昏君，其不知民事者多至亡国，尔欲朕效之乎？自今宜深惩前过，凡书奏关民休戚者，虽小事必闻，朕于听受不厌倦也"。通政司如果作弊，就立即信息失真，导致决策失误，因没有分权就没有有效的制衡与修错机制，决策一错往往就会一错到底。

所谓"言路"，其中枢的"瓶颈"就是这个通政司。王阳明心学兴起之后，士风大开，士子参政、议政的热情空前高涨；再加上现实上待岗官员想从边缘走向中心，居于中心的想排除异己，官场的竞争最为激烈，官员们都想一篇文章直播于圣听从而平步青云，也有这样的成功的榜样，如李梦阳，于是人们都来献"平安策"，造成通政司传达业务的繁忙，"瓶颈"促狭、言路壅塞——明中后期是历史上言路最热闹的时期，因此反而有言路最不畅的抱怨。党争蜂起之后，互相攻击，通政司成为"兵家必争之地"。南明的时候，东林党把持了通政司，同样也是上报于己有利、压制于己不利的信息。这个"发射基地"本身是中性的，谁控制了它，它就为谁服务，变成谁的传播工具。通政司成为"传播本身就是最大的政治"的典型。

二、邸报：官场行情总汇

通政司是文牍的总汇处，文牍经过它的分流、抄录，送于大内及六科衙门，御批的由它发送各地，皇帝同意见报的内容由它摘录出来编入朝报和邸报，前者主要在京城流通，后者主要在外省流通，内容一样，只是外省的由"邸"发行而已。皇帝是新闻总监察官，常在一些反映敏感事件的文件批上"不发抄"，但是皇帝愿意通过报纸管理臣民，让他们接受官方报纸给他们编导的程序。报纸是国家意识形态的机器，一个幅员辽阔的国家毕竟不能完全靠或者说不能主要靠警察和特务，奉行儒家教化原则的朝廷会想办法让皇帝的声音尽量传播。告示，是强制执行的法律文书；报纸，则是宣传教育的媒体；由通政司提供信息的朝报、邸报，则是朝廷的喉舌。

由于明代的纸张、印刷业都比以往历朝要充足、发达，读者也更多，所以邸报的发行数量大大多于以前，深入社会生活的程度也大大高于历代，甚至内容也有下意识地迎合市民的趋势，至少后期是如此。以上说法依据大量文人文集与笔记的间接记载，明代的邸报至今未见实物，现在只保留下来了《万历邸钞》《弘光实录钞》这样的二手材料，但也足够窥见明代邸报的传播功能，自然抽样只限于这两朝了。

皇帝重大国事活动自然是要闻，皇室中关乎礼仪的也予以报道，则显示出对民众"知情权"的尊重，如谁成了皇后、皇子的出生、皇子出阁读书、要选宫女了等，这些内容有点近代化的味道，使百姓在生活中感觉到皇帝的存在。发表皇帝的圣谕当然更是重要，以便让皇帝的意见、指示随时指导臣民。伴有风俗统治的封建社会随时靠奖惩管理人心，统治者发布一些奖惩消息，这些消息既是人们感兴趣的，也是显示国家体统、树立风气的规诫。当然也有让人提出意见的内容，如南京礼部主事周镳上书："尤可叹者，每读邸报，半属内侍之温纶。从此以后，草菅臣子，委亵天言，只徇中贵（宦官）之心，将不知所极矣。"

升迁、罢免、处罚官员的消息占邸报的相当比重，是各类官员最先要看的内容，他们更关心自己的命运，借以知道朋友或政敌的处境。《海瑞集·告养病疏》记载的"臣近见邸报，皇上不加罪责，着臣以原官总督粮储"云云，说明他们是靠这个渠道知道皇命的。明代官员的总量大大超过历代，没有报纸这样的媒介，还真不好遍知官场行情。有的官员退休了，有的大臣亡故了，有的被打成邪党，有的被开复起用了……风云变幻，潮涨潮落，"追踪报道"者微邸报耳。

最能反映官场风云、宦海沉浮的是参劾性的奏章——明代文人的才华主要用来写这种给天子和天下人看的"大文章"了，也的确写得气势磅礴、酣畅淋漓，可视为近代报章体的先声。

邸报成为修撰正史的重要的第一手材料（如谈迁为写国史专门到京城借阅邸报），也是当时人们研究官场动向、官员业绩、帮派背景的直接材料，是在位的官吏和想挤入官场的士子的必读的实际教材。应试时作策论也需要从中了解国家的热点问题。边远地区的人也想办法收读邸报。

除了政治新闻，引人瞩目的要算军事新闻了。《万历邸钞》上大量报道辽东战况的消息，有的是捷报，有的是败闻，还有军变、民变的消息。新科进士"榜上有名"的发布也是万人瞩目的"版块"。邸报也有相当的社会新闻，如文渊阁印被盗、武昌大火等，也有外交事务方面的新闻。邸报也是社会百科。

总之，邸报有效地将臣民吸附于皇权的意识共同体中。

三、告示和塘报

张贴告示最晚出现于唐代，口传告示则由来已久。明代的告示在宋元的基础上又有了飞速的发展，更加完善普及，有晓谕、诏令、布告、榜文、广告等，面向整个社会，面向所有的公众。它毫无疑问是传播力度、广度最大的媒介，是政权系统号令天下的法律文件。除了宫廷直接发布告示外，内阁、六部、都察院、通政司、大理寺等机构都有"布告天下"的权力，地方政府也有发布告示的权力。告示是政府管理国家的主要方式之一。当然，民众也有"反看"的时候，如"京师民讹言寇近边，兵部请榜谕。（屈）伸言：'若榜示，人心愈惊。'"（《明史·屈伸列传》）

告示的主要功能是宣布国策、发布指令、宣布重大案件的处理结果、就重大问题发布公告等，简言之，就是下达指令和进行教化、司法宣传。充分利用宣传的力量是所有国家的特性。朱元璋还让人在刑法布告上配上图像——"情罪图形榜示，教天下知道"。皇帝收拾刘瑾时也是"以招情并处决图状，榜示天下"。刘瑾当年将王阳明等人打成"奸党"时只是"榜示朝廷"。

保证指令性告示的有效性是个法律效力问题，计六奇《明季南略》中载："恩赦以'登极诏'为准，诏到日，各抚按星速颁行各郡县，务令榜挂通知，仍刊刻成册，里甲人给一本。如官胥猾吏匿隐虚情支饰以图侵盗，诏差官同巡按御史访明究问。"中央的告示就是通过这样的程序和渠道将朝廷的权威、恩赐、指令逐级迅速地传达到全国的。

对于百姓来说，更重要的是地方官府的告示，地方官府的告示占告示总量的大部分。王阳明"卧治庐陵"时，基本上足不出户，完全用告示指挥百姓。针对当地诉讼成风的问题，他贴出告示说自己身体不好，让告状专业户都回去，然后又贴出告示选拔乡约三老，让他们调解民事纠纷，最后又贴说理散文性的告示，讲解健讼的危害，惩戒了几个讼棍，此风得以扭转。传染病流行了，他又发告示让大家互助友爱，讲解治疗措施。要兴办社学了，他也是发告示，动之以情晓之以理。在江西剿匪时他更是靠告示，居然能用一篇告示感化得积年"洞匪"出来投诚（《王阳明全集》，上海古籍出版）。海瑞当淳安县令时发过《谕矿徒告示》《禁馈送告示》《定耗银告示》《保甲告示》《招抚逃民告示》等。可以说地方官治理当地事务主要靠规诫性的告示——没有单靠暴力的政治——福柯研究了许久才发现权力主要是通过驯化运转的规律。

告示根据级别和需求分为印刷和手写两种，宫廷告示、中央公告一般用雕版印刷，基层的告示一般手写，它传播的范围小，手写可以降低成本，但有时需要"广而告之"时就印刷。如为平息终南山饥民聚众造反，张瀚印刷张贴了三千张招抚告示，提高了传播的密度，沟通了饥民与政府的理解，和平解决了问题——有效地传播并化解了流血事件。

与上令下达的告示正好反向的是将下面的信息迅速上报的"塘报"。这种体制起源于很早的防汛组织，后来演化成泛指任何来自基层、边地的紧急报告，所谓"塘报人"类似今日的信息员。塘报的前身是"刻期百户所"，是负责军情紧急走报的特种兵，有事便飞报，不许片刻迟缓。明代各地方总兵都有自己的刻期百户所，负责管理塘报及其组织的叫提塘官。最初塘报的传递依附于驿传系统，明后期大量裁减驿站、驿卒，如李自成、张献忠就是随着万名大裁减而下岗的驿卒，兵部系统的提塘接替其许多职能，尤其是几乎没有驿传组织的南明政权，其通讯功能完全由提塘系统充任，如抄传奏章、刊发邸报等。清代则模仿了南明这一体制，成为清代的官方通讯网。

明代的塘报传达的主要是军事战报，如军事新闻、兵情动态、民变兵变等，由基层直接报兵部，要讲明战事的起因、规模范围、战况和战果，主要用于最高决策部门做决策时参考，经过筛选和过滤后在邸报上公开发表。没有经过邸报的钞传而扩散出去的塘报内容，是违反当时的新闻体制的。不公开钞传的塘报在有关衙门内周流知会，然后存档，一般百姓看不到塘报。塘报只有手抄，没有印刷品。在南明朝，塘报差不多代替了邸报，公开在社会上层直接流传。

四、市镇兴起与市声广告

百年的太平、水陆交通的发展、商业的刺激，导致了老市镇换新颜、新市镇如雨后春笋般出现。洪武年间，驿递网以南京为中心，永乐以后以北京为中心，水陆驿道共 15 万里，驿站近 2000 处，水运、海运空前活跃，新兴的商业城市如芜湖、宁波、天津、淮安、景德镇等，都成了后来的商业重镇。乡村地区有了定期的集市活动。各行政中心城市的商业机能也在加强，如苏州，唐伯虎的《阊门即事》写其往来人众之多："翠袖三千楼上下，黄金百万水西东。五更市卖何曾绝，四远方言总不同。"内地市场上的商品流通的繁盛，边地贸易的开展，甚至朝贡贸易、私人的海外贸易都是超过之前的，贸易地与贸易路线的沿线都繁衍出像样的市镇。这个以经济为中心的商业、市镇网络构成了明代商品流通的空间，也是市民们的社会空间，给明代社会带来了不同于历朝的特点。资本的扩张、金钱的结合及金权的互市化，改变了官场的旧格局，使世风变得空前的恶浊，如学位、官职都可以公开捐纳，成为国家的财政收入；官员纳贿成风自不待言，官员利用权势经商也成了常见现象，如张居正巨大的家财主要来自经商。这在客观上营造了国家里的社会，产生了政治外的经济，市民们有了自己的广阔的生活空间，于是在文化传播史上有了新层面、新规模的社区文化流通。商人成了令人侧目的"当代英雄"，他们也成为"内蚀性资本"的殉葬品——没有拉动发展实业的体制，暴富者只是拉动了消费的世风。

春秋战国时期是有市之城大量形成的时期，除了元代历代都有发展，只是明代特为突出而已。在两京、运河、长江及其主要支流的沿岸、东南沿海地区，大商人数量，商业、手工业、资本和经营活动的规模，都远远超过了以前各代，所谓"三百六十行"有许多是在明代陆续形成的。尤为奇怪的是，在又发达又不发达的安徽和山西出现了称霸全国的商人集团——徽商、晋商。"无徽不成镇""不晋不成（钱）庄"，他们在开放中保持传统，凝聚力强——编队出航，既有商业观念和素质，又有刻苦拼搏的精神，在原居住地不能发展，便以置之死地而后生的气概四处扩张，在外地又抱团。他们在外经营的成功既使他们成了同乡的龙头，又激励了同乡人的效仿意欲，从而在全国编织成信息、营销、行帮网络。这种自发的经营性的人口流动极大地搞活了全国的总市场，他们的活动本身就具有巨大的传播功能，更别提他们携带的传播因子了。

千奇百怪的推销术自然是伴随商业行为的出现就有了，明代未必有所创新，但在数量上、普及程度上是集古已有之之大成而又有所繁衍、扩充，这几乎是不言而喻的。推销术作为特种传播行业应该给它们一点篇幅，清代因明之旧不用单说了。市声广告是古老的兜售商品的推销术，如《韩非子》所记之"自相矛盾"的叫卖。大约从宋代起，市声广告已有乐器或工具伴奏，明代在样式、品种上更加花哨了，许多小说里都有描写。招幌广告，如酒旗也是早已有之，宋代的招幌已布满城中的主要街道（如《清明上河图》所画），明代的新贡献是在商店的招牌用上黑漆金字，或在竖招上写明本店的经营范围。包装广告也是古已有之，如韩非子嘲笑的那个"买椟还珠"的人所买的"椟"就是包装。明代不仅对名贵的首饰、兵器、药材进行包装，对一般商品也注意包装了，如把一斤点心用纸包成长方形，上面放一张印着商店名称、地址及出售商品的介绍，再用线绳捆上，便于顾客携带，这也是推销宣传。最讲究包装的书籍，外面加有折叠式或匣式外函。出版商的广告有学理色彩，因为大多是读书人，他们往往世代办书坊，知道怎样深入宣传自己的"产业"，如余象斗。他们的广告标明类别，如讲说类（科举辅导读物）有《四书萃谈正义》（配"五经"）等；文籍类有《皇明国朝群英品粹》，并注明"字字句句注释分明"，《二续诸文品粹》也注明"凡名家文稿已载在前部者，不再复录，俱系新选，一字不同"。广告上还说明可以订货、指日刻出等。其他行当的促销术可谓能上什么就上什么，如利用名人促销、拉大人物做幌子、利用神仙怪异、盗用名牌名义、雇佣托儿等，无奇不有。牙行和高利贷也相当活跃。

明清之际的小说写了大量稀奇古怪的运用传播手段的事情，如天花藏主人的《两交婚》中的荆娘写了许多"条报"（广告），她叫家人把它们分贴于扬州内外的闹市中，上写着"辛荆燕小姐于本宅金带楼上，大开红药诗社"，还写明日期，邀请大家光临，果然"传诗送阅，奔驰道路。也有偷观的，也有窃看的，也有借抄的，也有传诵的，一时轰然以为盛事"。辛荆燕小姐于是成了"明星"。

五、民间信息场

这种信息场可谓到处都有，有的古已有之，有的是明代的新生事物，即使是古已有之，明代也集其大成。兹只举几项最显眼的，如妓院、酒楼、茶馆、庙会。

齐桓公时期管仲搞的"宫中七市，女闾七百"，是见于记载的最早的娼妓制度。最晚到战国时期，娼妓已正式"上市"，并且相当盛行，当时的四通之地郑、周地区娼妓最为发达。《战国策·楚策三》："郑、周之女，粉白墨黑，立于衢间，非知而见之者，以为神。"其实，这些女人是倚门卖笑的娼妓。《史记·货殖列传》说赵女郑姬，不远千里的奔波、不择老少的接纳，"奔富厚也"。从春秋战国直到明代，娼妓主要有三大类：王公贵族、达官富豪的私人"艺伎"；地方官署直接管辖的官妓、军队中随营的"营妓"；市井中的妓女，为数最多，官妓当中在市井接客的也很多，这两类构成人们常说的妓院。唐代已经出现了妓女汇集的专门坊巷，如许多小说写到的平康里、北里曲巷。北宋的汴梁城除了大相国寺附近的"脂皮画巷"的"三区"，一如唐长安平康里的旧制，各个热闹街市都有妓院。北宋初年的《清异录》说，开封城的"鬻色户"有一万多，中期以后妓院更多，还有与酒楼、旅店连通的半公开的妓女。南宋时期，杭州的妓女比汴梁还多。到了南宋灭亡后，马可·波罗还惊呼杭州的妓女多得数不清，其全盛时期更多。

对什么都施以猛政的朱元璋，却唯独对妓院大加开设，诚如龚自珍在《京师乐籍说》中所说，这是为了瓦解、腐蚀官员、士子的政治意欲。朱元璋特意让学宫、贡院与妓院临河相望，下令在南京建造十座酒楼（妓院），并且又建了五座"轻烟""淡粉"等，"皆歌伎之薮"。他还亲自批款给官员游乐，比称帝南京的历代帝王都"开放"，将南京的色情服务业推向空前的高峰，秦淮河两岸成为游乐纵情的销金窟，其他地方自然相继跟上。官妓由礼部教坊司管理，凡被杀了的大臣，其女眷如不被杀一律入乐籍。明代皇帝经常在这种酒楼上宴请众官，将这当成巩固政权的重要举措。明中叶取缔了官妓，私人开业的妓院取代了官妓的地位，个体暗营的"私窠子"也冒出头来，这在《金瓶梅》、"三言"等小说中有所描写。明末之写秦淮河妓女与文人交游的《板桥杂记》则更为真实可信。许多名妓成为历史性的人物，如陈圆圆、董小宛、柳如是、李香君等。史学大师陈寅恪用最后的十年来写《柳如是别传》，从这个妓女与一代文人的交往写出了晚明的深层历史，写出了中华文化的底蕴。

妓院是上至皇帝下至市井无赖出没的地方，当时每个出入者都是活的信息载体，使得妓院成为上中下诸色人等的"信息交易所"，妓女、老鸨、龟奴、捞毛的都是消息最为灵通的人士，他们不但知道街面上的五花八门的事情，还知道许多人的隐私。上中下等人自由出入，自然可以交换任何信息，商界行情、人事纠纷乃至军政要闻。现在要研究实体性的大历史，非常有必要看明代"风月友"辑录娼妓俗语的《金陵六院市语》《六院汇选江湖方语》《行院声嗽》——这些行话在当时就在以书籍的形式再生产式地传播了。

酒楼与妓院是连通的，无妓有酒是喝闷酒，无妓伴唱的是喝寡酒。嫖妓与捧角儿都离不开"吃花酒"——酒色联营的确是很多人的联络路线、交换信息、结成"类"满足传播本能的途径，一如文人志士的书院学会。妓、酒、牌、钱的确是官场、市场、情场中人联络感情、沟通心灵、探索情报的不可缺少的"场"——自然也有"场"的聚变和裂变、吸引和排斥、结合与离异，当然也是上演打架行凶、诈骗等人间剧目的热闹舞台——撞击反射，构成传播力。"酒楼"是比妓院更为日常的聚集地，从而也成为更日常的信息交流场所。江湖好汉有不去妓院的，但没有不去酒楼的；市井细民有不嫖的，却很少有不去酒楼的。酒馆与小铺是最普通也是最普及的"情报中心"，人们常常去那里消磨闲暇时光，他们有什么烦闷，到那里"泡"一会儿就好了。

茶馆，这是中国又一具有悠久历史而且广泛存在的信息场，至少从宋代以来，就有了茶馆，《水浒传》中那个"贪财说风情"的王婆就是开茶馆的。茶馆比酒馆、妓院有更多的客人，它是闲人混日子的场所，也是忙人谈生意、结交官府的交际场所。人们更便于在茶馆进行吃"讲茶"评理、秘密接头、谈情说爱、打探消息等活动，而且不受注意，它是可供任何人使用的无业务限制的交易所。王婆的店门冷落得像"鬼打更"，她全靠"兼职"活着。"老身为头是做媒，又会做牙婆，也会抱腰，也会收小的，也会说风情，也会做马泊六。"（《水浒传》第二十四回）到茶馆来吃茶往往只是办别的事情的借口，这是会见人的别致的说法。

比上述"场"更有全民性的是庙会。汉唐以来，寺庙成为稳定的聚会场所，随着那么多佛爷的圣诞、开光等节日的庆典，形成了"庙会"这种集贸形式，不同地方的庙会时间、说法不同，但大家到时候赶"会"则是相同的。庙会尤以西北、北方为盛，因为当初藏传的密宗、元代信奉的密宗覆盖这一带的时间久，庙会这种百姓的信仰方式也使得这一带佛教深入底层群众。久而久之，赴庙会成了"赶集"。农民、手工业者、商人等纷纷来赶集，庙会更是三姑（尼姑、道姑、卦姑）、六婆（牙婆、师婆、虔婆、药婆、稳婆、媒婆）、乞丐、戏子、跑江湖的"广交会"。中国的神庙和庙会成为广大人口和信息的聚会场所，兼容并包，先是佛教庙，后来道教庙也加入，不论供奉什么的庙都能办庙会。中国修庙是从印度传来的，但印度的庙只住神，中国的庙兼住人；印度的庙会是祈神的地方，中国的庙会是人与人的互相满足与娱乐的地方。庙里祥云缭绕，庙外或江湖卖艺或真刀真枪地厮杀。佛教少林、道教武当既是"庙"也是武术正宗名派。庙内正求观音送子，庙外的戏台上却演着《杀子报》。一切社会相、众生相全可包容于庄严的神庙内外，各以语言或行为发射种种信息，相互交流、吸引或排斥。

这些民间信息场疏通了社会的血脉，使底层社会得以生长发育，它们也是"人间戏剧"的大舞台，是底层人加入公共生活的最便捷的方式。

六、舆情汹汹

明代除了众所周知的小说大兴、戏曲精良以外，更有"一绝"——民歌。当时的民歌专家收集了直接关乎社会生活的政治性歌谣——它们的传播更有效果，如李岩编唱歌谣"迎闯王，不纳粮""使儿童歌以相煽"，造成"从自成者日众"的巨大鼓动效果（《明史·李自成列传》）。

林语堂在《中国报业及民意史》中说："中国在没有文字报以前，歌谣就是当日的口语新闻，换言之，歌谣也可视作文字报的前身。"前面说过历朝都有收集民间歌谣的体制，不用说汉乐府了，连梁武帝还"分遣内侍，周省四方，观政听谣"呢。但是明朝"管"不过来了——"社会"太大了，也因此而更加舆情汹汹。万历朝一个大臣上书恳请陛下派亲信采访闾巷歌谣，"则民之疾苦，居然可睹"。

骂贪官污吏是歌谣中的重要内容，如官员趋奉严嵩，百姓却这样说："可笑严介溪（嵩），金银如山积，刀锯信手施。尝将冷眼观螃蟹，看你横行到几时。"明代官员严重超编，名爵极滥，明中叶就有歌谣讽刺，南明时期更是一塌糊涂，于是有了"职方贱如狗，都督满街走"的"说法"。有嘲笑庸人执政的"纸糊三阁老，泥塑六尚书"；揭露选拔官员标准荒唐的"为官不用好文章，只要胡须及胖长。更有一般堪笑处，衣裳浆得硬绷绷"；说那些耗民脂民膏的饭桶"国子监里听讲，武定门外炮响，是这等演武修文，只费朝廷粮赏"。还有什么"土贼尤可，士兵杀我""贼如梳，军如篦，土兵如剃"。有关农民的歌谣"吃他娘，穿他娘，开了大门迎闯王，闯王来时不纳粮"，从中则看出了他们"革命"的底囊。但正因层次低而信息的传达率、接收率极高，而且反馈性强，极有鼓动性和传播力度。

沉浸在农业田园牧歌的人们，用民歌来"咒金"——也揭示了金钱的魔力："人为你亏行损德，人为你断义辜恩，人为你失孝廉，人为你忘忠信。细思量多少不仁，铜臭分明是祸根，一个个将他务本。"农民与商人的矛盾往往通过弘扬农业道德的传统文人来表达出来。

明中叶以后不仅世风大开，士风也大开，官场比市场还舆情汹汹，也因为士子能发言，纸笔千年会说话，现在看到的多是"有文"的文献资料，这也是传播的后果——历史是传播出来的历史。制造舆情声浪的主要是言官。顾炎武说明代的言官"位卑而权特重"，朱元璋为有效地控制官僚阶层而赋予言官系统（都察院和六科）极大的权力，让他们反抗和谴责不符合儒教精神的君王，参劾抨击所有违反祖训和条律的官员，不论他们官职多大。通观历史，明代的言官最为活跃，几乎形成一种传统："惟言路一攻，则其人自去。"至少受批评的官员要做出辞职的姿态等待皇帝的挽留，皇帝若不坚决挽留并惩治攻击者，被攻击的人就得尽快开溜，单是被攻击下来的首辅就有徐阶、高拱、申时行、王锡爵、沈一贯、方从哲、赵志皋、朱赓等。言官本质上是"耳目之官，以纠正百僚，肃清中外"。言官的良好作用与不良作用都非常显眼——终归是人治，就看他们的良知了，而且洪武遗制每个官员都可上书言事，从而都可成为言官。神宗朝首辅朱赓曾悲叹，他看到的奏章中关心国事的只占十分之一二，攻击他本人的占十分之六七，官员们相互参劾的占十分之二三。

除了参劾，制造舆论的利器就是揭帖——本来是内阁直送皇帝的密报，后来变成匿名信，再后来变成民间化的传单、广而告之的大字报，成为重要的制造舆论的手段、表达民意的方式和信息传播工具——明中叶以后普遍流行。且举一例，大名鼎鼎的傅山（青主）在《霜红龛文》中讲了一则真实的事件：崇祯年间，巡按御史张孙振因私怨参劾山西提学佥事袁继咸，并将袁械送京师。袁的学生傅青主等人便立即起而为老师进京申冤。傅等人写好章疏，列名百余人投通政司。通政司的参议跟张孙振关系友好，故意挑剔疏中几个字不合适，让他们改写，同时密报张。傅等人再投，再驳，折腾了四五次，通政司就是不收，最后收了也不报。傅等人于是"每日儒巾青衣，随童仆，多抱揭帖数十百本，凡遇老少中官、厂卫缉访之人，即与一册，而告其故"，同时将揭帖乱投于京师的大小衙门，终于震动了朝廷，使皇帝知道了通政司的"壅蔽"，最后他们通过合法的程序为老师讨还公道。一帮学生敢于这样做，不仅说明了揭帖的厉害，也说明了当时人们可以运用传单表达民意的风气。《桃花扇》中写一批名士利用揭帖攻击马士英、阮大铖，也是真事。揭帖这个传播工具自然可以为任何人使用，一些奸人也利用揭帖"变黑为白，以是作非"。李三才灌醉王锡爵的仆人将王的密揭挑开，抄写遍布、播扬于众。首先揭发魏忠贤十大罪状的是贡生钱嘉征的揭帖，"海内传写，一时纸为之贵"。

当时的既得利益者，无论是官吏还是缙绅都非常憎恨秀才们动不动就"叫号于县门，刻揭于通衢"，刻揭或叫作刊揭就是雕版印刷的私人揭帖，《醒世恒言》等小说中写过类似的印刷的"冤单"、传单——那是有相当的传播效果，并且很有威慑力的。与私揭稍有不同的是匿名揭，俗称"没头帖子""黑头信"。最有名的事件是攻击刘瑾的一篇，攻击者把匿名揭放在朝廷的丹墀前，刘瑾扣押了 300 多名官员追查作者，还有宫门出现了匿名列举魏忠贤罪状的揭帖，魏忠贤以为东林党所为，遂兴大狱，网捕东林。当然也有官吏之间互相攻击、揭露隐私的匿名揭，也有制造土匪要来等谣言以扰乱社会的匿名揭。李清的《三垣笔记》载有人将匿名揭贴于皇极殿侧，郑晓的《今言》记吏部三个尚书，先后因刘瑾党、宸濠党、奸党罪而被判处死罪或流放，新尚书上任，有人在吏部门上贴了匿名揭："莫做莫做，莫贺莫贺，十五年间，一连三个。"有人印刷匿名揭，说明当时社会上有运用这种传播手段的张力，而且朝廷屡禁不止，几乎愈演愈烈，说明人们所表达、传播自己意愿的力量是多么强烈——这不仅是个人的自然属性的张力问题，更与明代"社会"的发达息息相关。不管怎么说，舆情汹汹的明代社会传播构成明代一大景观。

第十九章
集大成的明代建筑及其复制式的传播

建筑，是中华文化的重镇，明代建筑的特点是集大成，如南京城就是把东吴、东晋、宋、齐、梁、陈六朝故都的遗存都包括在内，而北京城一方面是元大都的继续，一方面是南京城的复制——在一个同心圆中扩散、翻版。而不能不提的万里长城也是"集大成"的，当然还得包括园林和墓陵。

建筑技术是形式上的集大成，古已有之的工艺得到了登峰造极的发展，又开创出新的范式，并标准化、定型化，一直延续到清中叶，形成古代建筑史上最后一个高峰。

一、六朝宫殿草萧萧

西谚有云："罗马不是一天建成的。"早在新石器时代，今南京鼓楼岗下金川河畔的原始人建立起母系氏族村落；在殷商和西周时代，秦淮河流域的湖熟文化超过了"发射"它们的良渚文化。南京建城的第一人是吴王夫差，为利用西南山区的金属矿藏，炼出青铜、制造兵器，他在此建出冶炼基地"冶城"。越灭吴后，在此建成屯兵的土城，即今之"越台"。楚灭越，在石头山（今南京清凉山附近）上建金陵邑，秦汉时代在此建县，又叫秣陵。三国时孙权为建立更大的功业，将此地改称建业，并迁都于此，开始了此地的都城史，后继东晋、南朝共六朝经营这座都城322年，将"建康"（南京）建成由一串卫星城围绕的政治、军事中心，同时也是"贡使商旅，方舟万计"的大港口，成为江南的商业中心。可惜，隋文帝一纸诏书毁了建康城池、宫殿和官署，遂造成"六朝文物草连空"（杜牧），直到五代才逐渐复苏。真正成为明代都城基础的是南唐的江宁府，其后北宋的江宁府、南宋的建康府、元代的集庆路，大致都沿南唐江宁府的旧址往上层累积。但因牛首山那场激战，宋元两朝的南京事实上是相当荒凉的，张孝祥说它"关塞莽然平"，文天祥说它"荒城颓壁"，元代著名诗人、画家萨都剌在《登石头城》《金陵怀古》诸词中写出了它的苍凉，他在《层楼晚眺》中说只见"六朝宫殿草萧萧"。

陈寅恪曾说，可以就一个字写部文化史。像南京这样的都城，一个地名更是可以写一部文化史了。等到明末再来看南京，就又"宫殿草萧萧"，像《桃花扇·余韵》所写的那样："剩一树柳弯腰。"

二、南北两京

1368年，朱元璋就皇帝位，南京第一次成为一个统一全国的王朝的国都，从而具有了空前的辉煌。南京自1366年开始扩建，直到1386年基本建成，前后达20年之久。因原旧城区历代延续，街道纵横，房屋密集，古迹丛杂，拆毁势必破坏人们的认同心理，也需要大量的财力。刘基建议按照自然地形依势建新城，于是人们填燕雀湖平地建宫城——这样才是真正继承发扬了南京依山势建城的老传统，而不拘泥于"择中立宫"的规则，反而可以很好地利用旧城重新布局规划。全城按"功能"分为皇城、府城和外城三重，皇城在东南，避开闹市的喧嚣；府城为三重城的主体，为市肆与居民区，秦淮河两岸是繁华的商业区及手工业区，将吴的冶城、越的越城、楚的金陵邑、六朝的石头城、东府城、西州城、南唐的金陵府城，以及古来沿秦淮河而建的许多小城堡统统包含在内；全城的西北部地形复杂、起伏较大，为屯兵的军营区，为了加强首都防卫，人们又利用自然土坡，扩建外城，依山傍水，以土垒成，险隘处及城墙、城门用砖石砌成，将聚宝山、钟山、幕府山等都包含在内。南京的周长超过历代的任何城池，在当时的世界上也是最壮美的城市。

皇城虽处在东南，但它本身却是方方正正的，其总体布局，继承发展了古代都城的建筑规则。宫城位于皇城中间，以一条主轴线贯通皇城，宫城的正门是午门，皇城的正门是承天门，与京城的南大门正阳门在一条中轴线上。宫城又叫紫禁城，宫内的前三殿、后三宫均置中轴线上，午门前按"左祖右社"的制度，将太庙、社稷坛布置在东西两侧，诸衙署都布置在这条中轴线上——自洪武门到承天门的御道两侧，左边是五部（刑部在城北）及翰林院、太医院等，右边是五军都督府及通政司、锦衣卫等。承天门的左、右门叫作左、右长安门，府城的东门叫朝阳门——罗列这些是为了让读者明白：北京的皇城与紫禁城完全是在复制、照搬南京相应建筑的格局与名称，这是只有高度集权的国家才可能有的"搬家式的"建筑传播行为，是世界史上仅见的特例，是人类传播史上的奇观。

秦始皇将六国的都城"搬"到咸阳，已让人叹为观止，但规模小于明代。秦始皇是"取样式"的搬，朱棣是照样的搬，再加上太平、综合国力历史性的进步，使得这次搬家式的文化扩散的效果胜过历史上任何一次迁都。可惜的是，南京的皇城一毁于清兵的战火，再毁于太平天国时期的战火；可喜的是，北京的皇城被清朝原样继承了下来，一如我们现在看到的这样。

明代的宫殿建筑无论在意念上还是在工艺都是一个"集大成"的高峰。补入《周礼》的《考工记》提出了一套突出皇权的建筑规则，明代规范地执行了这套规则以期符合"古制"，如"左祖右社"、三大殿及宫前的五重门以合乎三朝五门的说法，外朝、内廷按照"前朝后寝"的古制，宫城前的金水河是为了"表天河银汉之义"——至于增添了艺术风采并有了防火排水的功能倒是意外的收获。整个建筑群都是以表现宗法礼制等级观念、显示皇帝至尊至贵的支配性地位为出发点的，包括屋顶的形式、台基的大小、装饰手法等。建筑不仅是凝固的艺术，更是意识形态的物化形式。把古代的观念"物化"，是传播史上的重大"现象"。

明代在建筑艺术上也是集大成——继承了历代积累下来的经验，许多学者指出过明代宫殿与金元宫殿的承袭关系，如采用廊庑环绕、斜廊衔接大殿等，许多制作工艺上的技术将古有的水平发挥到了极致。

南北两京都是宫城、皇城、内城、外城层层相套的，北京比南京更为规则而已，中轴线是南起永定门，北至鼓楼、钟楼，长达7.8千米。城内的街巷沿用元大都的格式，以胡同划分成长条形的居住地段，明代将居住区划分为37坊，但不再像汉唐那样有里坊管制了，已没有坊门、坊墙，居民的自由度大多了。元大都的商业区集中在鼓楼一带，明代则向南发展，除了鼓楼，在东四、西四牌楼及正阳门外形成了繁华的商业区。明中叶以后，行会制度大发展，正阳门外会馆林立，同类商业相对集中，形成商业街市，一直延续到清代，如米市、灯市、花市等。东城隆福寺、西城护国寺、城隍庙等处的庙会则是定期的集市。

三、礼制、宗教建筑凝结了古今法式

礼制建筑指的是在礼制和宗法制的观念支配下兴建的坛庙建筑，用于举行祭祀、朝拜，以证明自己是受命于天的圣统。看明代的历朝实录，中后期的皇帝似乎只有一件事，那就是祭祀祖先和天地山川，如果他们不按时祭祀就会受到言官的批评。礼制建筑及祭祀活动都是强化意识形态宣传的关乎国家根本的"工作"，也是把皇权象征化后压向全民的权力话语的制作。象征手法也成为礼制建筑的特殊词汇和突出的特征，只有达到了象征的境界才能在全民心中产生播扬皇权威严的效果，制造出神权君权一体的神话。

明朝是南宋以来历经数百年后的汉民族大一统政权，严格地说是自大唐以后重新恢复了汉族政权版图的大帝国，明政府为重新传播汉文化，出现了礼制建筑的最高潮——超过了汉唐，宋元更不在话下。这本身就是大众化的传播行为，而且是"点—面"式的扩散，受众面极大，而且具有长远影响。

明代在军事建筑、礼制建筑方面是不惜血本的。军事建筑有长城、海卫城堡，礼制建筑类型繁多，规模空前。首先是太庙和社

稷坛，北京照搬了南京宫城前的"左祖右社"，实质上是在强化族权与神权。社是五土之神，稷是五谷之神，历史上早已把社稷作为国家的代称，早在商周时期就形成一套祭祀社稷的制度，它是一种原始的祭祀活动。按照礼制，从京师到地方州县都要建社稷坛。明代规定藩王在其分封的王城也要建社稷坛，规格要比京都的矮小一半，这种标准划一的"推广"是中国特色的传播。

其次，依据"郊祭"的礼制，有建于都城的各种"坛"：祭祀天地日月的天坛、地坛、日坛、月坛；祈求丰收的祈谷坛、先农坛、先蚕坛；有建于各地的祭祀五岳、五镇、四海、四渎的岳庙、镇庙等。按照"天南地北"的观念，天坛设在南郊，地坛设在北郊；按照"天圆地方"的观念，天坛为圆形，地坛为方形。天坛占地约273公顷，约是紫禁城的4倍，祭天的圜丘，在乾隆年间又曾扩大，坛面、台阶、栏杆的条石数目都是9或9的倍数。站在圜丘坛的中心喊话，能听到很大的回音。无梁的祈年殿是世界建筑史上的奇观，它在光绪十五年被雷火焚烧，光绪十六年按原样重建。天坛的建筑艺术既符合严格的"天人合一"的思想要求，又有完美的美学效果，是用中国式的象征手法做到这一点的，如主体建筑的平面都做成圆形，以象征天；各种数目都是9或9的倍数以附会天之阳数，并符合"周天"360的天象数字，祈年殿的内外三层柱子的数目象征天时的四季、十二月、十二时辰，各主要建筑都用蓝色琉璃瓦以象征苍天，通过这样的形、色、数的处理，很好地表达了礼制所要求的意味，的确产生了宗教教化的效果：面积大、建筑少，突出了自然主题，大片的松林烘托了肃穆的气氛，层层环绕的圆台犹如缩小的宇宙，向上的态势增强了与天相接的感受。

第三类是祭祀文化名人的祠庙，如孔庙、孟庙、关帝庙、武侯祠、杜甫草堂等，这是直接的教化宣传、"形象工程"。尤为重要的当然是对大成至圣先师（嘉靖年间取消了孔子文宣王的称号，但祭礼的规格丝毫不减）——孔子的崇拜，上至京师下至州县都有孔庙，又叫文庙，并受"左庙右学"的礼制支配，常与各级官学建在一起。各地的孔庙都是以曲阜的孔庙为蓝本的——大一统政权决定了这种复制式的、追求标准化的传播模式，主要包括棂星门、泮池、大成门、大成殿、进行礼仪乐舞活动的露台。曲阜的孔庙的建筑史长达 2000 余年之久，而以明代的修建为空前的堂皇，世界上任何一个国家都没有过千年如一日修建一个地方的例子，因为教堂是普适性的，而孔子是有确切出生地的人，从而以儒学为国教的历代王朝都来强化这唯一的"话语中心"，这本身就是礼制。礼本身就要求规范和标准化，于是天下的孔庙只有大小之别，没有"结构"上的差异，这是复制式传播机制背后的规定性的一元化的机制。

另外，明代各种祠堂、牌坊空前增多——也许是只有明代的保留下来的缘故，特别是地方政府为表彰功勋、科第、德政及忠孝节义而大肆兴建，最扎眼的是贞节牌坊，如徽州能连成一片。当时没有电视、报纸，只有靠这种方式来树碑立传、广而告之，以推进民众的道德水平。这种建筑的教化目的更明确且直接，是礼制的实行和落实。兴建祠堂几乎是全民行为，魏忠贤遍造生祠固然是极端的例子，大的家族都造祠堂却是普遍的事实，宗法使家族成为国家的重要细胞，族权是最日常的统治权，建造祠堂可以强化本族的凝聚力，祠堂往往也是家族的象征，也是让受不到正规教育的人保持传统的有效的教化办法。

与礼制建筑性质相近的是宗教建筑，这也是明代不可忽视的景观。明代新建的大寺院主要有南京的报恩寺，北京的智化寺，山西的崇善寺、永祚寺，并出现了金刚宝座塔、琉璃宝塔等类型。一方面佛寺建筑有标准化的要求，另一方面也有"复制"式传播的惯性。如山西的崇善寺是朱元璋的第三子晋王为纪念生母而建的，规模宏大，总体布局模仿南京宫殿，只是小其一等，还是"照搬"式的。原殿已毁，留下了成化年间描绘全寺的总图，正殿与前后配殿都是以穿廊相连接，均呈工字形，与唐代《戒坛图经》所示的律宗寺院有承袭关系——说明明代的宫殿建筑基本上在承袭着古代大型建筑群的典型特征。明代横向的照搬也是在搬古代的典范。再如保存至今的坐落在北京朝阳门内的智化寺，它坐北朝南，山门内钟楼、鼓楼分立左右，进而智化门、智化殿和东西配殿，前半部布局沿袭附会伽蓝七堂之制，这也是明代佛寺常用的布局制度；后半部沿轴线布置如来殿、大悲堂、万法堂等，共有数十个庭院，梁架斗拱及细部处理有宋代形制，纵向的继承因素很重。包括明代在内的古代的佛寺布局一般采用纵轴式院落形制，主要门殿布置在中轴线上，每座殿堂前两侧置配殿，形成三合院或四合院。

明代建造喇嘛塔一方面是模仿元代，一方面是明代同类建筑的互相模仿，如山西广胜寺的飞虹塔是在元代塔基遗址上重建，又仿效了明南京报恩寺琉璃塔五彩琉璃镶砌的方式。源于印度、在敦煌壁画上见过图形的金刚宝座塔在明代有了实物——北京正觉寺金刚宝座塔是最早的实例，台座上建五座密檐方形石塔，以象征须弥山之五峰，塔身上布满了喇嘛教风格的雕刻花纹。

道教和伊斯兰教的建筑也很多，许多著名的清真寺都创建于明代，集中于大运河沿岸、西北诸省、云南。伊斯兰教教民增加得很快，他们不得不扩建寺院。他们的建筑既有世界伊斯兰教建筑的共性，又有中国传统的建筑装饰风格，形成中国伊斯兰教建筑的独特风格。伊斯兰教的建筑多用植物纹样、几何纹样及文字组成的图案，清新明快也富丽堂皇，还富有生活气息。

四、园林、墓陵与万里长城

中国古典园林主要有两大类，一是皇家园林，二是私人园林，还有一些衙署、寺庙、会馆也布置成风景式的园林。明代园林建筑空前发达，出现了造园著作，具有代表性的是计成的《园冶》、文震亨的《长物志》，它们总结了以往的造园经验，又以理论的形式传播了造园艺术——书籍比实物以更轻便的方式到处流传。

北京的皇家园林自然以"样板"的优位发挥着辐射作用，尤其是三海的园林艺术成为中国最高水平的体现者，清代直接继承了这笔遗产，并模仿它来造园。私家园林从明中叶以后一直到清代都保持着旺盛的建筑势头，成为我国私家园林的全盛期。私家园林集中于都市和名胜地区，明代北京私家园林有 50 余处，苏州多达 270 余处，而又有"扬州园林之胜甲于天下"的说法，城外瘦西湖至平山堂沿岸私家园林比肩接踵，"楼台画舫，十里不断"。北京城内的私家园林多集中于什刹海、积水潭，郊野亭墅多建于西郊海淀及高梁河沿岸，其中最负盛名的是武清侯李伟的清华园和米万钟的勺园。明代的私家园林在砖石结构、木作、装饰工艺诸方面都是一个高峰。

明十三陵是明代的重大遗产之一。长陵陵园的布局仿照南京孝陵，献陵以下又仿照长陵，成一代之制。清代的东陵与西陵又仿效十三陵，引发了帝陵建筑高潮。模仿，使得一种模式可以批量化地出现，从而蔚然可观。

万里长城是世界中古七大奇迹一。秦始皇曾废六国的城墙，但他垒起更大的墙——垒墙这种行为有传染性，明代几乎自始至终都在修建长城，但它在军事上几乎没能有效地发挥作用。清代有提议修长城的，但康熙废止了这种提议，还写有一首嘲笑明代修长城的诗，很精辟：

> 万里经营到海涯，纷纷调发逐浮夸。
> 当时费尽生民力，天下何曾属尔家。

长城沿线有常驻军，实行屯田和移民，对长城沿线的农牧业及商业贸易的发展都起了促进作用，长城对保证"丝绸之路"这条国际交通干线的畅通、发展我国与西域乃至欧洲的经贸、文化交流起了重大作用。长城的许多关口成为传播文化的"点"，因为它成了交通要道、内陆码头，有的成了与墙外民族互市的集镇，有的地方流传下来许多故事，如山西的雁门关，至今还流传着许多与杨家将有关的传说。作为京都北大门的居庸关自金代以来就成为燕京八景之一。

明代自建立以来就在沿海要冲修筑海防城堡，像长城一样修建烽堠，日间放烟，夜间点火，以传递军情。明代初年，北起辽东，南达广东，共设卫所 181 个，建堡、寨、关隘 1622 处，中叶以后还有新的增加，各处的水城在军事上起了很大的作用，而且促进了沿海地区各行各业的发展。无论是陆上的长城还是海防城堡在建筑上都有许多匠心独运的创制，成为后代效仿的样板。

第二十章
图书业的发展与医学著作的鼎盛

明代在文化方面总体上创新不够，但存古之功颇伟。从宋末以来历经丧乱，蒙古人入主中原谈不上保存古典文化。明中叶以后，社会发达，各种图书尤其是医学著作广泛刊行，并成为古代史上医学的辉煌期，且在海外获得了有效的传播。

一、从《永乐大典》到私人藏书

随着明代印刷术、造纸术、出版业的成熟、发展，社会对图书产生了多种需求——最关键的是皇帝重视藏书。朱元璋说："古先圣贤立言以教后世，所存者书而已。"朱棣还在文渊阁办过高级进修班，培养官员骨干——拉动了图书的积累和传播的历史性的高潮，《永乐大典》是这个高潮的结晶。

《永乐大典》是中国历史上规模最大的一部类书，也是世界公认的大型百科全书，永乐帝修纂此书的宗旨就是将天下古今的典籍编入此书之中。参与大典编写的人员高达2000多人，历时5年多，全书共22937卷，目录60卷，分装成11095册，达3亿7000万字。全书采用按韵与分类相结合的"用韵以统字，用字以系事"的编辑方法，依《洪武正韵》的韵目，每韵下分列单字，在每一单字下详注该字的音韵、训释和它的篆、隶、楷、草各种书体，然后分类汇集和这一单字有关的天文、地理、人事、名物、诗文、词曲等各项内容的原文，"皆直取全文，未尝擅减片语"（全祖望《钞〈永乐大典〉记》）。《永乐大典》只是以字为纲，类而列之——将8000余种书籍分门别类地整篇整段地抄入，所收典籍又极为广泛，上自先秦下至明初的百家之言、天文地理、阴阳医卜、僧道技艺等，不再限于儒家经典和正史、文集，从而保存了许多古典文献。自清初全祖望开始从《永乐大典》中辑佚，乾隆年间开《四库全书》馆时，从《永乐大典》中辑出385种典籍，4946卷，其中著名的有后来成为二十四史之一的薛居正的《旧五代史》、陈振孙的《直斋书录解题》、医学名著《苏沈良方》、地理名著《水经注》、史籍《建炎以来系年要录》《续资治通鉴长编》，还有许多宋元人的诗文集。后来徐松从中辑出《宋会要》500卷、《中兴礼书续编》150卷。今人编辑的《全宋词》《全金元词》有不少采自《永乐大典》。《永乐大典》所征引的书籍，均据文渊阁所藏宋、金、元精本。清代学者曾用《永乐大典》校勘群书。

如同《永乐大典》的修纂保存传播文化的功绩让人叹为观止一样，这部大典的毁亡更令人浩叹。朱棣迁都北京时，大典随迁至京藏于文渊阁，嘉靖时重录了与正本格式装帧完全一致的副本，都藏于皇史宬，但明末正本已下落不明，康熙年间在皇史宬发现了副本，已有残缺，它于雍正年间移入翰林院的敬一亭，到乾隆年间缺了千余册，到了光绪初年已不到5000册，缺了一大半，到光绪二十年，竟不足4000册了，此后才是众所周知的外国人的毁劫，现在仅存800余卷散落于世界各地。

真正毁坏文化长城的是"耗子"和"蛀虫"，不单是大典一案。编纂大典所用书均是文渊阁藏书，而文渊阁是朱元璋特建的藏书之府，明代将从大都运回的宋、辽、金、元的国家藏书全部继承下来，还建立了一套从民间收购、储藏图书的体制。朱棣迁都后，在北京的午门东边又建了一座文渊阁，还嘱咐大臣不惜重金求购天下遗书，说得很有人情味："士庶家稍有余资，尚欲积书，况朝廷乎？""金玉之利有限，书籍之利岂有穷也！"他还说："书籍不可较价值，惟其所欲与之，庶奇书可得。"皇室收藏图书一直保持着这种喜人的态势，以其无法比拟的权力和财力，效果自然可观，但问题出自他们只重收藏不重管理，起因还在朱元璋。他废除元代管理图书的秘书监，国家藏书统归翰林院典籍掌管，典籍只有二人，从八品。没有制度上的保证，没有严密的管理，更无整理、校书的活动，因此无论宫廷还是中央部署的藏书都因管理不善而散失严重，几乎是可以任意拿取。譬如杨升庵凭着其父杨廷和在内阁为首辅，屡至内阁窃取甚多，这也许无损升庵的文名，类似他这样的例子也不是一两个，还有监守自盗的李继先，更严重的是以后的几朝皇帝对国家藏书不闻不问，馆阁大臣借而不还成为常事。直到万历年间，张萱等编《内阁藏书目录》时，"视前所录，十无二三，所增益者，仅近代文集、地志，其他唐宋遗编，悉归子虚乌有"，等到李自成进北京时把剩下的藏书也都烧了。

与官府藏书管理不善形成鲜明对比的是私家藏书的兴盛。明代出现了不同类型的大藏书家，而且是私人自发性的，比宋代有了大的进步，使得图书的文化积累、传播有了分工、专业化的发展。

为著述而藏书的名家有：前期的如杨士奇、叶盛、朱存理；中期的如唐顺之、王世贞、胡应麟；明末的大名家如钱谦益、黄宗羲。为校勘而藏书的名家有：前期的宋濂，中期的胡应麟，后期的焦竑、陈第。在为贩卖而藏书的名家中，明代的不如南宋的多。南宋的陈起是个文化书商，他的藏书楼为"芸居楼"，他收藏后翻刻贩卖，因而存留了许多唐宋的诗文集，著名的江湖诗派就多亏了他的"传播"而广为人知。另一位类似他的书商叫陈思，号续芸，故意让人以为是陈起的儿子，他刻售的《两宋名贤小集》380卷，收两宋诗人157家，对于保留宋诗有杰出的贡献。明代书商型的藏书家有童佩，到了清代就数不胜数了。

　　明代纯为藏书而藏书的名家，首先要说那些藩王们，他们既可得到皇帝赏赐的宋元古本，又可凭借权力、财力大量收购、翻刻图书，且随着藩王爵位的世袭继承而世代积累，又比国家藏书管理得好，从而相当壮观，如周定王朱橚，酷嗜古书，著有《普济方》，广泛收集了古代医书，他的六世孙，藏书达五万卷以上，藏书室叫"万卷堂"，且编有《万卷堂书目》。

　　成化年以后，私人藏书名家辈出。杨循吉家本商贾，他当官后，发奋购书二十载，藏书达十万卷，以收藏图书为最大的乐趣，有诗"岂待开卷看，抚弄亦欣然"自道心声。李开先，官至太常少卿，是一位大文人，不做什么学问，热心戏剧创作，藏书之富甲于齐东。最典型的是范钦的天一阁，依《易经》"天一成水""地六成水"之意，将上层统为一间，下层分为平排六间，寓意以水制火，阁前凿有天一池，阁楼上修前后窗户以通风，书中放芸草以防虫蚀。这种科学合理的结构，深得乾隆皇帝的赏识，清代为珍藏《四库全书》所建的七座藏书楼文渊阁、文津阁、文溯阁、文宗阁、文澜阁、文汇阁、文源阁的结构一律仿照天一阁——是典型的"样子传播"。明代的宫廷、陵园建筑也是样子传播（明代工部有"样子雷家"，世代承造宫殿，家传宫殿模型"蜡样"，每有新的工程先呈模型御览，批准后照样子施工），这是中国文化传播的常规现象，也可见进化乃是个学习过程的本义。

范钦在世时，天一阁藏书七万多卷，但他既不准外人登楼阅读，也不许将书借给外姓他人，这些藏书自然也因此而世代都保存得很好。明末战乱，藏书开始散失，战乱使得天一阁藏书损失严重。

明代的藏书名家还有赵琦美，这位刑部郎中网罗校勘无虚日，整理了《洛阳伽蓝记》、补齐了《营造法式》，其藏书楼为脉望馆，因《孤本元明杂剧》而广为人知。他死后，其书悉归钱谦益的绛云楼，绛云楼一度成为江南第一，但后遭火灾。钱谦益的族孙钱曾勉力恢复，他借抄了附近藏书家如吴伟业、毛晋的珍藏，终又成一家，其《读书敏求记》成为目录学上的名著。毛晋的汲古阁、目耕楼藏书84000册，他同时刻售图书，《元曲选》《六十种曲》贡献尤著。藏书史话上有许多感人的故事，如王世贞用一个庄园换一部宋版的《两汉书》，胡应麟卖尽家产换回藏书。李如一卖了大半家产求购图书，然后奉行"天下好书，天下人共之"的原则，供他人借阅。徐渤以"传布为藏"，设茶招待来借书的人。

面对社会发挥了直接而较大教育作用的是书院藏书，类似今天的图书馆、阅览室，比官府藏书和私家藏书都开明且实用，是传播普及文化的重要渠道。

二、图书的刻售与外传

明朝对于图书行业免除税收，再加上宋元的技术基础，明代成为我国出版史上、印刷史上的极盛时代——对文化传播做出了极大的贡献。图书的广泛流传造成了一定程度的知识的平均化，尤其是培养了平民学者群体，这也是民间文艺发展的一个基础。

官刻的图书自然是以制诰律令为主，还有经史文集。官刻书以内府本、监本、藩刻本为代表。内府刻本指宫廷刻本，由司礼监宦官主持，附设经厂，人们称经厂刻本为经厂本。国子监刻本为监本。南京国子监接受了西湖书院所藏书版、元代集庆路儒学旧藏各种书版，重印了许多有名的书。北京国子监刻书的质和量均不及南监，《十三经注疏》是北监的最重要的产品。据周弘祖《古今书刻》著录，南监刻书272种，北临刻书41种。藩刻本就是各藩王府所刻的书，量多、质精，成为官刻的优秀代表。嘉靖年间晋藩所刻诸总集、万历年间吉藩所刻诸子、崇祯年间益藩所刻诸茶书被称为藩刻三大杰作。明代中央政府各部门、各省的布政使司、按察使司、分巡道、各府、州、县等无不刻书。这个刻书的大军极大地繁荣了文化及图书市场。尽管他们校勘不精、底本不善，在出版史上没有什么特别的创造性的建树，但在当时满足文化需求方面、将图书运载的文化信息输送到更大范围方面，还是功不可没的。

明中叶以后，世风、士风大开，私刻事业与之构成互激循环。正德、嘉靖年间，翻宋、仿宋刻书成为一时之热，出现了一大批著名的刻书家和精品，60卷的《文选注》为一时之冠。当时家刻本分工较细，责任明确，书上常写着校勘、雕版、装潢者的姓名、刻印时间。明后期私刻愈加繁荣，著名的刻家有吴勉学、徐锡仁、胡文焕、汪廷讷等，最突出的是毛晋。仅据《汲古阁校刻书目》及《补遗》著录，毛晋刻书有600余部，其中不少宋元祖本，校勘可信，四部书均刻，多宏伟巨制，如《十七史》《六十种曲》《汉魏六朝百三家集》等。他还抄罕见的宋本，行内称为"毛抄"。他专门从江西购刻书用纸——毛边纸、毛太纸，因此书价便宜，加大了其流传的力度。

无论是官刻还是私刻，佛道经藏都有刻印。官刻有始于洪武五年的《南本大藏经》(简称《南藏》)、始于永乐十八年的《北本大藏经》(《北藏》)。正统年间，第四十三代天师张宇初纂修《道藏》，世称《正统道藏》。万历年间，正一派第五十代天师张国祥又受命续刊道藏。私刻佛经大部头的有《嘉兴藏》，又名《径山藏》。

最活跃的是书坊，其以营利为目的，所刻的图书品种多，尤其是日常所需的各种医书、科技书、通俗读物，市场需要什么就刻印什么，对普及文化作用非凡，但质量不如官刻和私刻。坊刻的中心集中在福建、南京、北京，私刻的中心则集中在江浙。各种印刷装帧技术空前完善，字体、版式进步明显。社会上出现了编、刻、售一体化的书业专行，也是与图书市场对位的产业化的新的运作方式，接近于后来的出版社了。在图书的编写、流通方面填充了许多缝隙，提高了图书生产流通的社会化程度，尤其在面对下层人普及文化方面作用显著。在这种时候出版通俗读物是一种促进民主进程的事业，使得阅读书籍不再是贵族、文化精英们的专利。如种德堂业主熊宗立通阴阳医卜，自撰《药性赋补遗》刻售，自集《妇人良方》刻售，他编刻的《名方类证医书大全》尤其有意义，被日本于大永八年翻刻，被称为医学珍宝，它也是日本自己刊行的最早的医书。研究小说史的人都知道的熊大木，自编自刻了《全汉志传》《大宋中兴通俗演义》等大部头小说。余文台的双峰堂，编刻了《新刊京本编集二十四帝通俗演义西汉志传》。像早期的"变文"一样，这些通俗读物往往附有插图，图文并茂，深受民间读者的欢迎，并渐渐引起官刻、私刻的模仿。

明代图书总量剧增，外传量也大大增加，这也是中国文化向外传播、扩大影响的重要途径。除了外交途径的"赐书"，还有商人、僧人往来时的"夹带"。明代输出的图书品种齐全，上至经史丛刻，下至小说方技杂书，对传入国的生活、文化起到了积极的推动作用。有许多书在国内失传，却保留在传入国。

三、医药图书的极盛

明政府选拔"俊秀子弟"学习兽医，考试成绩好的可以享受国家俸禄（有俸无职），因而兽医数量大增，兽医著作也大增，仅治马病的书籍就有《师皇秘集》《伯乐遗书》《纂图类方马经》《马书》等30多种，最杰出的是记录喻本元、喻本亨高超医术的《元亨疗马集》，是当时的顶峰了。色脉诊断、辨证、针灸等高超理论借助图书这种媒介而广为流传。

兽医学书籍与大量的其他医药书籍相比又成了沧海一粟。明初重印了《医方选要》《卫生易简方》，开了重视医学的风气，藩王们编撰、出版了不少实用药物学专著，如《本草发挥》《庚辛玉册》，在李时珍写《本草纲目》前已有十余种研究本草的著作，如《本草发挥》《本草汇言》《食物本草》。最令人惊叹的是古代一部医方总汇、集大成的著作《普济方》的问世，它于1406年撰成，原书168

卷，原刻散佚，《四库全书》本改为 426 卷，计 1960 论，2175 类，778 法，收方 61739 首，成为古代方书之最。

整理、研究医学古籍类的医学书籍也是空前增多。《黄帝内经素问注证发微》《黄帝内经灵枢注证发微》《内经知要》《类经图翼》《图注八十一难经》等算是解经的，其中还有编写、刻售一条龙的书商熊宗立的《勿听子俗解八十一难经》。属于"医经种子"的有《神农本草经》，研究类的"医论种子"如《伤寒杂病论》《金匮要略》的成绩也很突出，最优秀的是方有执的《伤寒论条辨》。他认为晋王叔和将《伤寒杂病论》整理编次为《伤寒论》与《金匮要略》是严重的"错简"祸乱。他用 20 年时间重新调整篇目条文，试图恢复原著旧貌，并归纳出风伤卫、寒伤营、风寒两伤营卫为太阳病的三大类型。

医学全书与丛书的编撰出版也是水到渠成之事了。比较有名的全书有两套，一是徐春甫的《古今医统大全》，一是张介宾的《景岳全书》。徐春甫还在北京成立了民间的学术组织——"一体堂宅仁医会"，经常性的会员有 46 人，这是中国医学史上的一个创举，对于促进学术交流、切磋技艺大有益处，对于提高医德、医风则有更为直接明显的作用。丛书较早的有《古今医统正脉全书》，个人撰写的则有汪机的《汪石山医书八种》、薛己的《薛氏医案二十四种》、汪肯堂的《证治准绳》等。

各科医学均有显示时代水平的力作。吴又可的《温疫论》创立了新的传染病学说——"戾气"说，他在传染病原、传染途径、特异性诸方面都提出了划时代的创见，是传染病学史上的一个里程碑。《四库全书总目提要》说："儒之门户分于宋，医之门户分于金元。"所谓金元四大家都被明人分别加以光大，而"温补派"则尤有大的发展，薛己的《内科摘要》、张介宾的《景岳全书》、赵献可的《医贯》、孙一奎的《赤水玄珠》《医旨绪余》等都是一时之作。明代新的大贡献是"八纲辨正"的明确提出，代表性的著作是张三锡的《医学六要》、张介宾的《景岳全书》。有关外科的名著有陈实功的《外科正宗》、申拱辰的《外科启玄》、王肯堂的《证治准绳》，并出现了我国最早的治疗麻风病的专著《解围元薮》、最早论治梅毒的《霉疮秘录》，有关骨伤科的重要著作是薛己的《正体类要》。医学是科学，传播积渐、拾级而上的轨迹宛然可见，如薛己在校注整理宋代陈自明《妇人大全良方》的基础上写出自己的《女科撮要》，王肯堂则在薛己校注本《妇人大全良方》的基础上撰成《证治准绳·女科》，武之望又以《证治准绳·女科》为蓝本，编成《济阴纲目》。存世的儿科专著就有 30 多种，著名的有《保婴撮要》《幼科发挥》《证治准绳·幼科》，眼科则有《审视瑶函》，又叫《眼科大全》。明代的各种"大全""大成"一类的书特别多，显示着明人回到汉文化正统、处处要"集大成"的心态，如《针灸大全》《针灸聚英》《针灸大成》。

　　医学普及读物和医案、医学史著作伴随着明代文化大众化、普及化的潮流而滔滔涌流。基础理论方面的《内经知要》、药物学方面的《本草歌括》《药性赋》、方剂方面的《方脉发蒙》、综合性的《医学入门》《医宗必读》，都因深入浅出、易记易诵而广为流传。明代以前的医案记载都散见于各种医书，明代图书市场开发出来，从而医案专辑单行骤增，其中最了不起也最难的是江氏父子两代人编辑的《名医类案》，全书 12 卷，以内科病例为主，兼及外、妇、儿、五官、口腔等205门病症，具有较高的临床价值。这是第一部资料空前丰富的医典，其文献价值受到《四库全书总目提要》的高度评价。医史类的著作也比前代既多且好，《医史》《太医院志》《医藏书目》都是使医学史独立出来、成为专门学科的扛鼎之作。

医学史上最伟大的丰碑当然要数李时珍和他的《本草纲目》，但是对于广大普通医生来说，他的《濒湖脉学》更有用，是医学入门之向导、深造之阶梯，《四库全书总目提要》对它的评价也很高。他还著有《濒湖医案》《命门考》《濒湖集简方》《五脏图论》《白花蛇传》。他医德高尚，有口皆碑，还是个诗人。他的《本草纲目》共52卷，将1892种药物分成60类，每种药标正名为纲，纲下列目，分释名、集解、辨疑、修治（炮炙）、气味、主治、发明、附方等项。它既是一部集大成的药物学巨著，又是包含着动、植、矿物及其他自然科学知识的博物学著作。在他死后，《本草纲目》于万历二十一年由胡承龙刊刻，世称"金陵本"，现已成珍贵的稀有版本。1630年夏良心又刻成"江西本"，以后平均每隔60年就重刻一次，其再版之频繁、发行之广，不仅是医学出版史上罕见的，也是整个出版史上罕见的，创下了图书传播史上再版率的高纪录。

《本草纲目》另一个传播的方式是被改编、简编、续编，这个系列的书高达50多种，改编、续编本的数量超过了《红楼梦》，并带动出一个研究本草学的高潮——这是一种"中心扩散型"的传播现象。它的影响还远播海外，它问世不久，就随着商贸人员、来华留学的学生、传教士的出入往来，传到了日本、朝鲜、西欧各国。早在1607年，日本德川幕府的僭主将它藏之座右，称"神君御前本"，达尔文研究进化论时引用了《本草纲目》，关于鸡的品种还有金鱼的进化成为其学说立论的根据之一。

四、中医外传

整个明代的医学著作都迅速地传到了国外，尤其是亚洲国家。因中国当时的医学水平高于西方，所以西方传教士传入的西医在中国没有什么影响，中国是当时医学文化的输出国。人痘接种术可以作为一个启发西医的例子。《种痘新书》《痘疹定论》分别说种痘术是唐、宋时发明的，现在人们一般认为是明代嘉庆年间由炼丹家发现，先在安徽、江西流行，然后传遍天下。在传播的过程中，技术不断得到改进，如痘衣法改为痘浆法，旱苗法改为水苗法，时苗法改为熟苗法等。它起初当然只是在民间改进、推广，后来是有魄力的康熙力排众议将它引入宫廷，大见成效，然后策令旗人、藩府都种痘，人痘接种术预防天花遂广泛应用普及，并以各种途径传到了国外。1688年，俄国派人来中国学人痘接种术。人痘接种术后经土俄战争和丝绸之路，传到了土耳其。英国驻土耳其公使夫人在土耳其学会了种痘术，于1718年带回英国并加以传播，在欧洲盛行起来。约在18世纪20年代，人痘接种术开始在美洲传播。1744年，杭州痘医李仁山抵达长崎，把种痘术传到了日本。1752年《医宗金鉴》传入后，人痘接种术在日本就广为传播了，随后传到朝鲜。

1796年，英国医生爱德华·詹纳在种人痘的经验上创造性地采用牛痘为一男孩接种，获得成功。1805年，牛痘接种术传入我国，才逐渐取代了人痘接种术。传播的果实往往是这样互惠的。

明代时，朝鲜每次来华的使团都有医生，他们多次向太医院的医生求教，做详细的记录，如1380年刊行的《朝鲜医学问答》，就是中朝两方医生的答问录。1617 年，两国还进行了国家级的医学研讨会，并将会议内容以问答形式汇编成《医学疑问》一书予以刊行。朝鲜医学史上最著名的巨著《医方类聚》约 1000 万字，它从 150 多种中医著作中辑录出来 5 万余首药方，保存了 40 多种已佚的中医古籍，我国的第一部产科专著《经效产宝》反而是从这部《医方类聚》中辑录出来的。传播，是动态的保存、更有效的保存，当初若不传到朝鲜，就不可能得到这种回流的馈赠。1613 年，包含中医著作 83 种、朝鲜医书 3 种，用中文汇编的《东医宝鉴》问世，在朝鲜极有效地大范围地传播了中医。

1370 年，日本的竹田昌庆来到中国，向道士金翁学习中医和针灸。他在华期间，因医治了明太祖皇后的难产，使皇后安全产下一子，被朱元璋封为安国公。1378 年，他带着一大批中医书籍和针灸用的铜人图回了日本。后来的日本中医学以学派的形式加以传播，田代三喜于 1498 年在日本首先倡导李东垣、朱丹溪学说，成为日本李、朱医学的先驱。他既著述又授徒，逐渐形成一个学派。他的学生曲直濑道三弘扬师志，在东京办"启迪院"，门徒甚众，后来撰《启迪集》，发挥李、朱学说，形成"后世派"，这是日本医学史上极有影响的学派。与后世派对峙的是"古方派"，他们尊崇张仲景的学说，反对李、朱学，也是广收门徒、大事著述。《本草纲目》则为各派所供奉，并陆续出现了各种版本的《本草纲目》。

郑和下西洋时每次都带有大批的医生，他们与所经国进行医学交流和药物交换。中国的《医学入门》《景岳全书》传入越南，他们的医药著作传入中国。中国与马来西亚、印度尼西亚、菲律宾、泰国则主要是药物交换，可以算作商品传播。

第二十一章
多元交叉传播的新局面

　　正史或道学先生都指责明中叶以后"乱了套"，其实这正是文化繁荣、传播兴盛的表现，尽管没有出现崭新的传播工具和机能，但还是有了新现象，究其大端主要是在雅文化圈子、俗文化圈子都有了可喜的交叉，从而嫁接出一些新品种，雅俗两大文化系统的交叉"感染"更是硕果骄人。

一、内卷—离散

　　康有为说："明儒少年作八股，中进士以后言心学。"(《万木草堂口说》)此说用统计学来验证自然要打折扣，但可以概括明中叶以后的士子风气的主导倾向。

　　明初的管制、八股文化的训导都发展了"要你怎么说，你就怎么说"的游戏规则，三杨的台阁体则是官样文章文学化的标本，成为那个时代的话语范式，从而也成为模式化传播的样板，模式化推广的是模仿，造成内卷化的信息萎缩，明代士子群体的创造性不是很大，明代的诗文不如其诗文社有意思，明代的雅文学不如俗文学有成就，这是模式化的内卷性后果，也指示了从中心中离散出来，如边缘士子结社、俗文学成长才是明代文人和文学的建设之路。

模仿、复制式传播显然只能制造流行的东西，不能创造传世的东西。八股文体也曾代有"大家"，如归有光成为一时风范，但他的传世之作不是当年入选"程墨"的"高考作文"，而是他的意诚情深的墓铭葬志、悼亡类的忆语散文。在诗坛上起来冲破台阁体的是李东阳的茶陵诗派，大见成效的是李梦阳、何景明的前七子和李攀龙、王世贞的后七子。他们的复古主义使人们知道"四书""五经"之外还有古书，八股文之外还有散体的秦汉古文，台阁体外还有雄健的盛唐诗文。他们提倡阅读古书，增长知识学问，对于离散、瓦解八股文、台阁体等廊庙文化起了积极的作用。他们事实上是在用古典文化拯救日益浮薄的流行文化，"制造"一个多中心的文化场，来离散—整合"精英文化"，但是他们复古有余、求解放不足，不做流行文化的奴隶却甘当古人的奴隶，人们称他们那一套是"伪秦汉"。他们的复古变成一种新的"内卷"，卷向古代，向古人讨生活，而脱离了现实生活，不可能走向外向型的发展。

比"伪秦汉"进步的是唐宋派，他们的进步不在于模仿的对象接近了现阶段，而在于他们确实能够抒发一些真情实感，冲破了模仿的范式，走向了真正的"创作"境地。尤其是其中最有成绩的归有光，清人王鸣盛在《钝翁类稿》中说："明自永、宣以下，尚台阁体；化、治以下，尚伪秦、汉；天下无真文章者百数十年。震川归氏起于吾郡，以妙远不测之旨，发其淡宕不收之音，扫台阁之肤庸，斥伪体之恶浊，而于唐宋七大家及浙东道学体，又不相沿袭。"归有光于整合中有创新，遂有了真建树，他的《项脊轩志》《先姚事略》《女二二圹志》《寒花葬志》获得了纵向传播的永久的生命力，至今尚有感人心魂的情意力。

走出内卷怪圈的精英文人是真正与俗文化圈相结合的边缘知识分子，早期的如罗贯中、施耐庵等，准确地说是创作出《三国演义》《水浒传》的人。这些著作当时是离经叛道的"恶之花"，如今成了彪炳史册的经典。中期的则是创作《西游记》《金瓶梅》的人和加工编定"三言"的冯梦龙。敢于从中心话语中离散出来，勇于投身俗文化、通俗文艺是他们反而"不朽"的原因，至于它们在当时及后世广为传播的原因就是：雅俗合流。小说本是在民间集散点传播的通俗文体，因为文人的加工、改造、升华遂成为不朽的名著，是文化人整合了民间文化，从而使小说既保留了来自生活的生命气息，又有了传统文化的深度"包装"，成为后世的经典。

另一类有限参与俗文化的是唐寅、祝允明等吴中四才子和徐渭、李贽等"异端"，还有受他们影响的"袁氏三兄弟"的公安派。唐寅学习民歌的"莲花落"体新诗，李贽、袁宏道对《水浒传》等通俗文艺的极力推崇，都使得不登大雅之堂的野生品种获得了超越正宗文学的"品位"。他们的评论、理论又鼓励了新的、下一轮的雅俗合流，开拓出活泼的晚明文学。

离散—整合是"社会"发达以后的信息组合的新规则，不再是上层文化单向地"辐射"下层文化了，话语中心与权力中心一体化的宫廷—廊庙体系，在迅速膨胀的市民文艺、民间文化的大海中，由往日的霸权变成了"孤岛"。袁宏道曾精辟地总结过离散—整合—再离散的进化"规律"，翻译成现在的理论语言大意是：一种话语形成霸权，就会有"弊"，就得有新的力量来冲击、打破垄断，新生的东西起初很粗糙，但它一旦成为正统就又会生出流弊，需要新一轮的冲击，所谓进步就是这种循环而已。

二、鼓词、弹词、宝卷

在元代的说唱文学品种中，词话占有十分重要的地位，但无作品保存流传下来。现在见到的较早的明代词话，除了文人杨慎模仿民间作品的《历代史略十段锦词话》（后人改名为《廿一史弹词》），就是成化七年（1471 年）的《新刊全相唐薛仁贵跨海征辽故事》《新编说唱全相石郎驸马传》。它们均为北京永顺堂刊本，也是我国现存说唱文学的最早刻本，词话从元至明一直在民间传播着，不能因为见不到刻本就怀疑它的存在，过去还一直以为万历年间作品《大唐秦王词话》为明代最早的词话呢。

元代的词话在明代演变出多种称谓，如词说、说词、文词说唱、打谈、门词、盲词、瞽词、弹唱词话、弹词等。弹词以演唱者自弹琵琶为特点，遂由弹唱词省称为弹词，弹词最早的源头在元代词话以前，它与鼓词一样都是从早期的"说话"艺术而来。杨公骥先生的《变相、变、变文考论》（收入《杨公骥文集》）改变了胡适、郑振铎形成的"定论"，将韵散合组的"说话"提到了佛教传入中国之前的西汉，它是由极早的壁画演化出的"图、传、赞"再转为说唱艺术的。当然，上古的盲人演唱部落史更是说唱艺术的"原型"。就逐渐演化的具体线索而言，弹词是北宋就在民间有专门的艺人从事的说唱方式，他们被称作"陶真"（详见南宋《西湖老人繁胜录》、明《西湖游览志馀》《七修类稿》），就是男女瞽者，弹琵琶并唱古今小说、平话，以觅衣食。北宋有鼓子词，如《元微之崔莺莺商调蝶恋花词》，鼓词是鼓子词的简称，以自击鼓板为特点。鼓词多是唱一些金戈铁马、英雄征战的故事，明代已知的鼓词有《大明兴隆传》《通俗大明定北炮打乱柴沟》等，文人模仿的"拟鼓词"以归庄的《万古愁》、贾凫西的《木皮散人鼓词》最有价值。

在膨胀的民间文化中，最应该重视的就是宗教，因为宗教是任何文化体系的王冠。明代宗教的最大的特点是三教合一，能从名著《西游记》中略见其涯略。在正德年间以后，民间宗教迅速兴旺、异常活跃，教派众多，它们遭受官方和上层宗教的压迫，便在民间发展，借用民间文艺来传播其简单的教义。它们的经典就是民间文体——"宝卷"，宝卷在形式上活泼多样、韵散相间，韵文有五言、七言、十言，十言多为三字两句、四字一句，与梆子腔十字乱弹相同；卷中穿插《山坡羊》《雁儿落》《驻云飞》《黄莺儿》等民间曲牌，民间宗教与民间文艺相得益彰、相互促进，传教是口头传授，适合民间教民的趣味，既传了道，也充实和发展了民间文艺。这种交叉传播是文化整合的一种极有效的方式。其他的民间文艺也以不同形式地染上民间宗教的内容和气味。

民间宗教选择民间文艺（宝卷）做传道文体是其民间身份、民间文化所决定的，其中包含着民间话语机制的深层"道理"。

三、宗教的交叉传播

明代的民间宗教大体上说是元代白莲教的继续和发展，一个重要的表征就是其经卷——宝卷的内容大致相同，白莲教遂成为明清两代民间宗教的泛称。当时官方一直也是用白莲教泛指一切邪教和异端。这又逼得明清两代的民间宗教尽量另起名目，表面上显得教派繁多，其实是一股宗教潮流，它们之间的交叉感染、宝卷的传播互渗、基本教义的信息互享，决定了这一点。

白莲教从宋元到明清经历了三大阶段的变化。元末以前为早期，他们信奉净土阿弥陀佛，白莲社做佛事以求往生净土，反叛性不强，能被统治者容纳；元明之际为中期，引入了弥勒信仰，弥勒是未来佛，弥勒下凡意味着明王出世，要变天，很容易成为民变的旗帜，成为反叛的宗教，元后期的统治者开始镇压它，朱元璋借助它打天下，但一旦当了皇帝又禁断它；明中叶到清末为后期，反叛性达到高峰，受到了高度镇压，但是出现了罗教，形成了数百教门，突出了"三期末劫"之说，有了无生老母这一自己的最高神，反叛性和凝聚力都大大加强了。

明代民间宗教的教派名目繁多，有罗祖教（罗教）、南无教、净空教、红阳教、大乘教、龙天教、黄天教、金山教、老官斋教、三一教等，它们之间有交叉、有并列、有隶属、有派生、有异名，但都是白莲教一系的宗教思潮，其中最有影响的是罗教——东、西大乘教、老官斋教是其分支，还有黄天教、红阳教和由学者组成的三一教。

三一教是由学者社团演变而成的准民间宗教，显示了士子与民间文化的整合的趋势，属于雅俗两大文化系统的交叉互渗，它的出现颇能反映明代中后期的思想文化特征。它的创始人是正德和万历年间的福建儒家学者林兆恩，他曾结交了王阳明学派的传人罗汝先、何心隐等，深受三教合流思潮的影响，开始收徒讲学，探究三教精义，同时广泛施行救助、慈善活动。他40岁建"东山宗孔堂"，讲论古礼，后立"三纲五常堂"，讲授三教，人称三教先生，形成学术社团。他也广受士林推崇，晚年渐渐以教主自居，把学堂变成了教堂，后来在他 71 岁的时候，三一教正式形成，教徒称他为三一教主，各地建三一教堂。教堂供奉四大偶像：孔子、老子、如来、林兆恩。万历二十六年（1598 年）他谢世，他的门徒分头传教，形成三大支派，一支在南方传播，遍布浙江、安徽、福州、金陵，他们建堂传教，归者甚众；一支倡导于金陵传至北京，在上层广有影响，他们出版《林子全集》以期超时空长久传播；一支在莆田、仙游倡教，他们以嫡传自居，建大教堂传教。三一教在清朝雍正、乾隆时衰落，但未中断，传至中国台湾、东南亚，至今在海外仍然存在。三一教是阳明心学的变种，它是以心学的标准评判三教、融合三教的，认为三教之学，真谛全在心性。李贽、何心隐、焦竑等一批"异端"学者早就主张取消三家门户，林氏的创造性贡献是把它们纳入一个新的宗教当中。三一教的组织形式基本上采用了当时流行的白莲教的模式，教义上也有接近的地方，其本质是民间宗教，尽管有学术的外衣，是由学术团体演变而来的，但毕竟是宗教。

明代民间宗教大都是三教杂糅，或脱胎于佛、道，或转型于儒，"无生老母、真空家乡"的口号与重亲情、家族的组织形式很融洽地结合在一起，以宝卷这种说唱文艺为经典极便于在民间流传。民间宗教的生命力顽强，历经取缔、镇压却愈演愈烈，构成一种强大的民间文化传统，是个奇迹。当然，它们也存在民间的愚昧、帮派习气，像三一教那样的知识团体是个例外。

四、民族文化的交叉传播

在元代，八思巴文与却吉·斡斯尔改革过的蒙古文同时并用，到了明代，废除了八思巴文，通行改革以后的蒙古文，即现在通行的蒙古文。用新文字翻译经典是交叉传播的重头戏，最有名的是根据藏文、参考汉文的《甘珠尔》经，明廷组织蒙、汉、回族学者把《元朝秘史》译成汉文——用汉字逐字音译出来，使这部名著完整地保存下来。由于造纸术、印刷术输入了蒙古，当地人开始用蒙文或托忒文将古老的民间故事、口头文学记录、整理、出版，使其进入了印刷时代的传播阶段。《蒙古乌巴什·洪台吉的故事》、长篇史诗《江格尔》的出版流传有效地抵制了格鲁派喇嘛教在蒙古文学中散布的厌世主义风气，保持了蒙古族传统的刚健、清新、活泼的风格。蒙古的寺庙建筑吸收、杂糅了汉藏艺术风格，蒙古的贡品，尤其是金银装饰的马鞍、马勒、箭囊等精致的艺术品，传播着蒙古草原文化的气息，连豪华的明廷也视为珍品。俺答汗致明朝皇帝的《谢表》，包括蒙、汉对照的原文及附图，都是艺术佳作。附图描绘着贡使从土默特地区到北京所经的场面，人物和细节饰绘得精致入微，是一幅珍贵的历史画卷。

明人把除了兀良哈蒙以外的东北地区的各族统称为"女真"，明朝把女真明确地分为"海西女真""福州女真""野人女真"（又叫"东海女真"）。明初，从金代延续下来的女真文，仍在女真地区行用，黑龙江下游特林的两块石碑《永宁寺记》《重修永宁寺记》是用汉、女真、蒙古3种文字镌刻的。清人编定的《华夷译语》是交叉传播的大作品。明中叶以后，女真文字的使用范围逐渐缩小，一些女真部落自元代以来受蒙古文化的熏陶，普遍使用蒙文，出现了"汉字、女真字皆不知"的现象，这不能适应新兴的满族共同体的要求，1599年，努尔哈赤下令创制满文，因无圈点，常常"上下字雷同无别"，人名、地名极易写错。1632年，皇太极下令将无圈点的老满文改成有圈点的新满文，从此满族有了能够准确表达自己语言的文字。乾隆时，老满文已经很少有人能认识了。现存中国台湾的《满文老档》使用的文字包括新、老满文和蒙古文，还夹杂汉语词，它从语言文字这个深层部位"展现"着各文化的交叉传播的形态。

翻译工作从皇太极的天聪三年开始，他建专门机关文馆，任命由编制加圈点的新满文的达海为总领袖，经他组织翻译的有《刑部会典》《三略》《万宝全书》等，未完成的有《孟子》《三国演义》《通鉴》《六韬》《大乘经》等。

满族在入关以前就强调学习汉文化，他们作为明廷的附属时自然受影响，最刺激皇太极的一件事情是：大贝勒阿敏等轻易地放弃了滦州，而在大凌河的明军虽被围困 4 个月犹在死守，皇太极认为这是汉人读书明理的缘故，遂下令贝勒、大臣子弟 8 岁以上 15 岁以下，俱就学读书，让他们成为"忠君亲上"明理的人。另外，在绘画、建筑、礼俗、祭礼、乐舞方面，清朝尽量吸收汉文化，如沈阳故宫、努尔哈赤的陵墓都是典型的汉族建制。

总之，明代女真——满族文化是以原有女真文化为主体，吸收融合了汉族、蒙古族文化而形成的具有综合特色的民族文化。

五、字音交叉的满文及满汉文的交叉使用

在众多的少数民族文字中，满文是作过"国书"的文字，满文在清代又称"清文""清字"。从使用蒙古文到用蒙古文字来拼写满语，这对于正在兴起的满族来说是个伟大的历史进步，也是取代明朝入主中原的必不可少的文化工程。作为信息交流的工具，新、老满文在下达诏书、传递公文、记录历史、翻译汉语著作诸方面都起

着维持一个执政的民族管理天下的文化媒介作用，尤其是经达海改进的新满文成了定制，字母的形体、拼写规则以后都没再变过。乾隆十三年时，朝廷颁布了 32 种"满文篆字"，根据汉文篆书的笔画特征来写满文，并缘此而命名，如缨络篆、柳叶篆、大篆、小篆等。人们用满文篆字刊刻过乾隆的《盛京赋》，刻过玉玺和印章，这显示出乾隆对汉字的心仪，他想用汉字包装满文。

由于满族大量入关，汉族不断流入东北，使满族居住的区域不断缩小，形成杂居、散居的状态。满族普通人由于日常交际的需要也必须学习掌握汉语、汉文，满族学者和上层人士为了学习发达的汉文化、管理国家地方事务必须迅速掌握汉语、汉文。这些因素促使汉语文在满族中扩大、生根，而满语文过了"康乾盛世"以后开始明显衰落，道光年间使用满语的情况大不如前，光绪以后使用的人数更少了，辛亥革命后，基本上不再使用了。

满文是拼音文字，根据雍正年间刊刻的《清文启蒙》所列的"十二字头"，用现代语音学分析，它共有 40 个字母，6 个元音字母，24 个辅音字母，10 个专门用来拼写外来音的字母。满文一律直写，以词为书写单位。满文字母属粟特文字系统，粟特字母早在 9 世纪回纥人（古代维吾尔人）建立高昌回纥王国前已为回纥人使用，因之称为回纥字母。13 世纪，蒙古人用回纥字母创制了蒙古文，满族又从蒙古人那里接过回纥字母创制了满文。再没有比这更深邃的"交叉感染"了。

在满汉文字交叉使用的过程中，出现了 70 种满文辞书，对推进满汉文化交融贡献非凡。康熙二十二年出了《大清全书》，四十七年出了《御制清文鉴》，这部《清文鉴》收词、词组 12000 多条，用满语释义。乾隆八年又出了《御制满蒙文鉴》，乾隆三十六年出了《御制增订清文鉴》，在词目上对康熙版做了较大的增删，收词总数达 18000 余条，并增加了汉语的对译，有力地推动了满汉语文的相互"理解"。乾隆四十五年出版了《御制满洲蒙古汉字三合切音清文鉴》，随后又有《御制四体清文鉴》《御制五体清文鉴》，对照语言的语种增加到 5 种，收词总数高达 18671 条，顺序是满、藏、蒙、维、汉。从民族大家庭的角度看，这部辞书在世界辞书史上蔚为壮观，它把多种语言词汇对照，对于增进不同语种的民族间的文化传播、交流是卓有成效的极有建设意义的大举措，对增进民族大家庭的凝聚力、文化上的认同感，作用非凡。

同时有必要介绍一下《康熙字典》，在介绍《康熙字典》之前须简短地回顾一下明代字典编撰的革命性变化。汉代许慎的《说文解字》首创按部首排字的方法，他的部首是根据字源结构分析归纳出来的，意在展示汉字的构形系统，对于缺乏汉字学专门知识的人来说，几乎无法检索。《说文》之后的字典，如《字林》《玉篇》《类篇》等都效仿《说文》，直到明代的梅膺祚的《字汇》才改变了这一局面，《字汇》是以便于检索为目的、以通俗实用为原则、按检索部首排列的新兴字典。全书 14 卷，除首卷、末卷的附录外，每卷一集，按 12 地支的名称标目。他的部首检字法，是把《说文》的 540 部首按照楷书笔画归并为 214 部，并且完全按照笔画的多少来排列部首和部属字，这样即使对于《字汇》不熟悉、缺乏汉字学知识的人也可以根据笔画的多少来找到所要检索的字。这个革命性变化，由于合理简便，极易掌握，遂被《康熙字典》仿效，而且伴随着《康熙字典》的巨大影响而成为以后编撰字典的通则，直到今日之《辞海》

《辞源》。

康熙五十五年（1716年），我国第一部官修字典——《康熙字典》问世了，这也是字书被命名为字典的开始。字典类工具书普及文化的作用，是从它开始进入了一个新阶段，除了别的原因还因为它是官修、御制的。

第二十二章
清代的文化传播

　　清代的文化传播是相当丰富、伟大的，清代的思想史、文学史、学术史上的大师基本上都来自民间，前期的大师往往都是明代的遗民，中、后期的大师则多是没落贵族。这里的民间，不是社区概念，而是个文化概念，是指非官方、非主流的，从而有独立性（和创造性）的，对官方主流意识形态持批判立场的言述与创作，如《红楼梦》《儒林外史》、后期的四大谴责小说、近代史上第一批办报的人等。文化有被权力宰制的一面，也有超越权力独立发展的一面，可以宰制的变成了官方文化（理学、官学），超然的人文是可以而且自古以来就是在民间养育、薪尽火传的——自古传法，气如悬丝：佛教的灯传、儒学的真道统，这些都是以精神相传，而不靠权势的树立或依附权势。

　　当然，清廷也做出了一些贡献。清代对新增设的省份，如新疆、黑龙江等推广农业和手工业成绩显著。清中期以后，清廷组织向西北的移民，客观上推进了边地与内地的经济、文化的交流融合。清代在不断增长的人口的压力的促使下，改进种植技术，添置更新更多的农具、机械，发展排灌系统，引进优良品种，发展防治病虫害技术，同时几千年就有的扩大种植面积的办法在规模上得到了登峰造极的发展，开荒造田、围湖造田、围海造田、劈山造田、开垦沼泽地、盐碱地等。但是此时西方近代科技蓬勃发展，清代则还在古代科技的范围之内，与西方拉开了距离，而且拉开的距离越来越大。各种具有中国特色的手工技术则进入黄金时期，如制瓷、纺织、印染等。具有中国特色的医药学、地理学、水利学在官民之间交叉传播，创新无多，但普及的幅面还是相当广的。

民间文艺、绘画、武术、烹调、养生等，则是空前的繁荣，也是在官民之间的空间传播、整合、发展。

一、大师传灯

头排大师自然是顾炎武、黄宗羲、王夫之，黄宗羲是心学的总结，王夫之是理学的总结，顾炎武是实证学的开山。他们既批判明末空谈心性的学风，又抵抗清朝的文化宰制，以在野的身份痛切地反思几千年的弊病。黄宗羲痛斥君权（《明夷待访录》）、顾炎武细检制度（《日知录》《天下郡国利病书》）、王夫之反思了文史哲全部的观念系统（《船山遗书》），由此生发出具有深远影响的经世致用思潮。这种志在"革命"（古汉语语义的革命与现代汉语略有区别）的经世致用思想，是他们的批判精神的自然果实，也是清廷最为痛心疾首而且志在必除的东西，也的确在康乾盛世、乾嘉学风中被湮没，直到晚清才大放光芒——再次显示了文化虽超越而终能经世致用的伟力。顾炎武的《天下郡国利病书》、王夫之的政治哲学、黄宗羲的学术思想、颜元的"实践"哲学开创出许多清代新的学科和学派，成为清代文化的实际内容，如边疆舆地学、科学技术、制度史学、辨伪学，就是乾嘉学派也使用着清初大师的范式，所以像侯外庐那样的思想史家，径直以"启蒙思想"为纲来写清代思想史。

钱穆的《中国近三百年学术史》就是以"大师传灯"的方式来写的，梁启超的《清代学术概论》也是"按人头"来写，他们把经、史、子、集、语言、地理诸家诸派的传承讲得让后人不敢说一个字反驳，钱、梁的大著作既是学术史，也是清代文化传播史——揭示了学界薪尽火传的链条、文化兴衰的内在学理、学派形成发展的地缘背景。清代虽然高压，尤其是康乾盛世想把全国变成盛气凌人之世，但是广大的"民间"是他们鞭长莫及的。李颙在关中、颜习斋受聘漳南书院及在河北故里办学、张伯行在福建所至必修建书院学舍、沈国模说"陵谷变迁（改朝换代），惟学庶留人心不死"，他与史孝咸主持姚江书院，以上书院都是坚持明代书院传统、弘扬正学，不当科举附庸的。

清初沿用明朝旧制，除府学教授是从九品，别的教职无品，雍正十三年下令：各府学教授正七品，州学、县教谕正八品，府县的训导为从八品，以此作为改造学校的阶级力量，官办学校自然可以运用权力加以管制，官办的书院也在雍正的指挥下，以摒去浮嚣、杜绝流弊为"理由"，不再讲学，而以应试为宗旨。但对民间的不来上钩的学者、思想家的书院，清廷也没有让里甲或特务把他们杀了、把学校封了。

清中期及以后，阮元在浙江创诂经精舍、在广州立学海堂，黄体芳建南菁书院，俞越主讲苏州紫阳、上海求志、归安龙湖等书院，他在杭州诂经精舍主讲了三十多年，刘熙载主讲龙门书院，朱一新任广州广雅书院山长，这些都是贯彻汉学宗旨的著名书院，不同于八股附庸的书院和讲求性理的书院。王筠教蒙学有名于时，其《教童子法》颇合近代教育学的理念。

二、辉煌的汉学

在高压的气氛中纯学术的取向毕竟能保留下来一线纯正的知识系统，血雨腥风都事过境迁之后，知识成果还巍然屹立，成为后世文化的依托，这也是文化传播可以超越世事风云的一个证据。在这个意义上，传统具有超越现实、反抗历史的作用。

所谓汉学是清代那批侧重实证、考据的学人要刻意地超越宋明学风，回到汉代经师的治学规范上去。他们主张读经需识字，先明音韵训诂、版本、辨明真伪；读史论史同样先求信史，除了校勘考证史书外，还需从器物、金石刻词上收集直接史料，由此形成了自成语境的考据学。就是为考据而考据的学者也是在恪守着一点文人的消极自由，一点摆脱意识形态化的努力。

清初汉学的创始人及其代表人物是顾炎武、阎若璩，乾嘉年间则分出地域性的学派：以戴震、江永、程瑶田为首的皖派，以惠士奇、惠栋、张惠言为代表的吴派，以焦循、王念孙、王引之为翘楚的扬州学派。他们之间的个人师承往往是交叉的，不像理学家、心学家那么讲究门户。他们注经解史的著作汗牛充栋，这些著作是今人研究历史的基础知识，没有汉学成就，人们还蒙在"伪史"或失之于谀的正史、失之于诬的野史中。继承这一脉学统的是现代"古史辨派"，利用他们的研究成果的则是全人类——最让人感动的是海外汉学家，知识是无国界的，现代社会传播也可以无国界了。

汉学中有小学一脉，张之洞《书目答问》立"小学"一门，列了 69 人，其中有与经学家相重复的，所谓小学，是文字、音韵之学，本是经学的一部分，这一脉后来大昌盛，北京大学开设了 17 门文字、音韵课程。清代研究《说文解字》的有四大家：桂馥、段玉裁、王筠、朱骏声；研究《尔雅》的则属郝懿行的《尔雅义疏》；研究音韵学则以《广韵》《集韵》等书为中心。在近代有影响的是章（太炎）黄（侃）学派。

由于宋元版刻的发达，传世的图书越来越多，明清两代的目录学也随着日益发展，清代又大大胜过明代。清人黄虞稷的《千顷堂书目》成为《明史·艺文志》的底本。总数 200 卷的《四库全书总目》则是目录著作的顶峰了。而阮元的《四库未收书提要》则是考见清廷不收什么书的索引。版本学是考证版本源流、鉴定版本真伪的专门学问，依据时代有宋版、元版、明版等；根据刊刻地域的不同有浙本、蜀本、闽本等；根据刻本的质量分为精刻本、写刻本、百衲本等；根据装帧分则有经折装本、蝴蝶装本、包背装本、线装本等；根据文献的收藏和使用价值又分为孤本、秘本、珍本、稿本、善本、批本等。清代乾隆年间，于敏中等人奉敕编纂《钦定天禄琳琅书目》10 卷，以经史子集为纲，按版本年代分类，分别详记每书的刊刻年代、流传收藏、印章题识等，此书问世后影响甚大，成为目录著作的范式。

研究汉学渐渐成了专学，清人江藩的《国朝汉学师承记》是其较早的学谱，而方东树的《汉学商兑》勾勒了不同于《国朝汉学师承记》的学术线索，最简要明畅的要数刘师培的《近儒学术统系论》，先举清初之理学，后述雍、乾以降之经学及各地之学风，足见清代学术之大概，如勾勒汉学输入浙江的过程，信实可观。

三、外国人眼中、手里的中华文化

中国在商业上几乎不知不觉地逐渐纳入了世界市场，茶和瓷器在欧洲日益受重视，中国文化也因传教士和商人们回国的宣传而扩大了影响。在思想、文化领域，法国的魁奈建议路易十五学习雍正皇帝，启蒙思想家和重农派的经济学家鼓吹中国的君主制，在西方掀起了一个世纪的中国文化热，中国成了被外国人称道的国度。其实此时，中国接受西洋的新鲜玩意儿才是问题的主要方面。把中国作为理想的国家型范的哲学家、思想家往往是从书本上了解中国，为"形击"其本国的缺陷而"逻辑"地推导出来的"说法"，如世界级的大哲学家莱布尼茨（1646—1716）通过拉丁文本的《中国图志》《中国哲学家孔子》（《论语》《大学》《中庸》加注释的合译本）及与中国的闵明我的通信了解了中国。他认为，为了对付四分五裂的德国和陷于道德沦丧的欧洲，最好的办法是请中国人来教导自然神学。在社会、政治问题上天真的他，在哲学上沟通了中西两大文明，主要是他那影响了后世哲学的单子论融合了老子、孔子的"道"，他本人把他提出的成为计算机理论基础的二进制数学系统归因于《易经》的八卦思维。

伏尔泰反驳有人对中国文化几千年不变的指责，说："中国人胜过世界上所有民族的地方，正是它的法律、风俗、语言在四千多年中基本承袭未变。中国几乎发明了所有的技艺。"（《百科全书》"历史"条）他把儒家学说视为高于基督教的自然神论、理性宗教，中国的君主制也比法国的君主制高明，他号召欧洲人学习先进的中国文化。

欧洲人写的《中华帝国图》《中国新地图》《中国历史概要》是当时欧洲流行的书籍，还有中国医药也为西方人重视，出现了西方人编写的《官话简易读法》和字典《拉丁文中文字汇手册》。所谓欧洲 18 世纪的中国风潮，从欧洲人喝中国茶开始，到追求瓷器、仿制中国款式的丝绸、庭院建筑、室内陈设，还有出门坐轿的时髦风尚——这些后来演变成英华园庭和法华马车。药物、脉学、针灸也被介绍到了欧洲国家。1656 年，传教士编译《本草》部分内容的《中华植物志》(拉丁文本)在维也纳出版；1682 年，《中国医法举例》在德国出版；1683 年，《应用中国灸术治疗痛风》在汉堡出版。之后，针灸术传到了德国、法国、意大利、西班牙、瑞典等，19 世纪初，法国的大医院开设了针灸专科。

马若瑟在广州翻译的《赵氏孤儿》在 1734 年初刊于《法兰西时报》，在 1735 年被收录于《中华帝国全志》第三卷，1736 年有了英译本，1747 年有了德译本，感动了狂飙运动的领袖歌德。歌德对中国文化着迷，在《感伤主义的胜利》一剧中渗透了中国哲学、建筑、美学的情调，他对中国文学的评价极大地影响了欧洲人对于中国的认识。伏尔泰将《赵氏孤儿》改编为成吉思汗被道义折服的正剧，用来宣扬孔子的学说，该剧翻译成俄文后，开拓了俄国作家对中国文化的倾心追慕，其中著名的"故事"不可胜记。

1689 年的中俄《尼布楚条约》的签订标志着两国建立正常的外交和贸易关系，康熙允许在中国的俄罗斯人信奉其东正教，为他们在东直门建"北馆"，俗称"罗刹庙"。俄国向北京派驻传道团，到 1860 年改成公使馆，俄国驻北京的传道团换班 13 次，155 人。这些人将"四书"《三字经》《八旗通志》等译成俄文。在俄国创建出中国学派，比英国人翟理斯更早写出《中国文学史》的是瓦西里耶夫，他也是许多俄国汉学家的老师。俄国作家最早访华的是《奥勃洛摩夫》的作者冈察洛夫，普希金想随传道团来华未果。1845年两国交换图书时，普希金、果戈理的书被收藏在北京理藩院中，无人阅读，年久散佚。中国的《红楼梦》被传道团的学员当成珍宝带回了俄国，于是有了现在所说的"列宁格勒本"。

明末前往日本避难、经商的人在长崎先后建了"唐三寺"，成为传递文化、双方人士联络的场所，不仅促进了日本禅宗的振兴，也对日本的知识界大有影响，尤其在建筑、美术方面的影响，既深且大。加入日本籍的中国人及其后裔对日本的医术、书法、语言文学有持续性的贡献，《北山医案》《北山医话前集》成为中医的新名著，本草学也获得了长足发展。长崎自江户时代就一直是学习汉语的中心，并形成了主张汉语直读、反对和训倒读的长崎派。由于华人移民的各方面的影响，使得明清小说如《水浒传》《金瓶梅》《剪灯新话》《剪灯余话》《红楼梦》等书成为日本人的流行读物，并形成了日本文学界取材于中国小说的"假名草子"派，其代表性的小说就是取材于《剪灯新话》的《御伽草子》。

明清的通俗小说对朝鲜小说的产生有直接的影响，朝鲜小说无论是题材上还是写法上都是在模仿中国小说，如《洪允成传》之于《金瓶梅》、《玉楼梦》之于《红楼梦》都是明显的步趋仿效。在建筑方面，朝鲜的汉城（今首尔）、越南的河内和顺化、日本的奈良和京都一样都是在"复制"中国的北京。

随着马尼拉帆船贸易的兴旺，中国的瓷器、各种扇子、壁纸和硬木家具成了美洲上流社会的日用摆设，营造中国情调成为时髦。

中国的轿子和马车、纸牌、风筝、鞭炮、礼花在 18 世纪进入了美洲各大城市。中国的"茶文化"通过美国商船直接进入了美国的上流社会，被中国人友好地称为"花旗夷人"的美国人在鸦片战争之前对中华文明由衷地赞佩，他们认为："如果我们有幸引进中国的工艺、技艺、进步的管理及土特产，美国终会有朝一日成为中国那样人丁兴旺的国家。"

可惜乾隆实施了"闭关"政策，中国开始与世界"隔绝"，没有了冲突，就难有新质的大文化的传播，不但科技而且政治、经济、军事均以加速度开始落后于西方，清廷的本意是想用隔离来保全祖传老例，尤其是其中的道德文化，却偏偏反而保不住了。关起门来家天下的经验和"智慧"以为割断交流传播，就可以井水不犯河水了。他们哪里知道也不想知道，传播交流业已正在使世界一体化，西方人见文戏不灵，就来武戏了。推行奴化的清廷遂陷入皇帝权杖突然失效、在西方人面前茫然无措的境地。

结语　文化的传播与传播的文化

　　中华文化是通过横向的播散和纵向的传承、复杂的文化要素长期离散—整合凝聚—再扩散，民族内部诸项要素的交流、社会各界及其诸层面的冲突、碰撞、认同而形成的，是在发展中形成现在之所是。文化的传播，概指其要素、内涵和精神的流传、播散，这正相当于近代文化人类学所说的"传播"一词的含义。文化与传播是一体的，恰是一种"波粒二象性"——它的"粒"是文化，它的"波"是传播。不但整体形态的文化必含传播，就是单项的文化要素也必含传播这一运动形式，而任何传播行为必运载着相应的文化则更是显然的事实。中国古代文化传播史呈"模式叠加"与"细胞扩散""原型增长"诸种方式交叉并存的格局，既有明清比唐宋多出了些"模式叠加"的情况，也有从商周就有只是在不断地完善的"原型增长"的事实，还有分蘖化的"细胞扩散"现象。

　　任何文化的发生、发展，都伴随着它的内外双向的传播过程，从工具器物、语言媒介，到生活方式、观念形态、组织体制，都无不随着人的活动而展开其各具特色的传播。大的节目则是地理环境的初始条件的规约、战争兼并、民族融合、人口迁移、王朝更替、宗教扩散。中国位居欧亚大陆的东部,地形由西向东倾斜,西部高山、东部大海,与质量对等的希腊文化圈、希伯来文化圈没有产生像样的文化交流。中国受印度佛教文化影响较早,与西域文化有交流,从而在商旅贸易、音乐歌舞等方面深受西域文化的影响,在哲学、宗教、逻辑、语言、文学、建筑方面深受佛教的影响。中国对于东亚诸国则长期扮演着输出国的角色,传播出了一个与基督教、伊斯兰教鼎足而三的儒教文化圈。据亨廷顿说,未来的大冲突将在不同的文化圈之间形成,杜维明先生的"文化中国"分了三个象征世界,把海外的华人世界全囊括其中,也许如汤因比所说,21世纪会是中国——东方的世纪。不管怎么说,中华文明是世界文明的一个重要的维度,但人们对它所知太少。

文化,是人类建构出来的努力将人类从自然界分离出来的物质——精神体系。传播的文化,侧重指涉人类传达交流的信息体系,把人造的任何现象符号化,梳理诸如服饰、食品、住宅、工艺、礼仪、习俗等文化符号的"结构与功能",并通过文化符号的系统解读,进入人类文化"思维—行动"的深层世界,从中把握蕴含在文化现象中的深刻的文化精神。在非语文传播的层面,如服装和礼仪传播着等级观念,宫廷等官式建筑传达着皇权至上的观念,民居建筑表达着伦理秩序,文人园林处处体现着天人合德的追求。改造环境的大举动莫过于凿运河、修长城了,大运河是沟通南北的动脉,运河在传播史上的贡献可以,而且应该有系列专书加以研讨,修长城的目的是割断墙内外的联系,但军屯带来了军民交流、兴起了一系列边关城镇,如同战争本是破坏文化的罪魁,但有时却是文化融合的催生剂。

制约古代中国传播体制的最重要的因素是政治体制，秦始皇以前的宗法制、秦始皇以后的独裁极权制，都决定了掌权一族对社会信息的绝对制导权，中国从来没有形成过地中海沿岸的国家那种城镇政治领袖、教会牧师、商人阶层"三分"社会资源、信息资源的情况。中国的社会政治结构，简言之：大一统、夹心饼、术多层。大一统把国家变成一张大薄饼，皇帝像个大村长，一目了然地监管着他的臣民、庄稼和土地，任何妨碍他一目了然的人和事都令他惴惴不安，从而不会让他或它好好发育，传播是极权的天敌，别的文化是"村长文化"的天敌。"可惜"的是，村长的自留地太大了，这张大薄饼的上下两层不可避免地需要"心"来黏合，这个心就是从事文化工作的知识人，正好与掌权一族专司政治、从事生产的民众搞经济，构成鼎足而三的文化劳工阶层。他们人数虽少却建构了中国文化的大传统，因为他们是最有创造性的少数。但是身处上下层之间的知识人，具有天然的二重性、变异性，他们既营造官方文化，也整合民间文化，从而形成了"术多层"的纠缠性——学始终不如术重要。从帝王术、经术、学术到技术、武术、艺术、医术，构成中国文化的活跃的实体核心——也就是夹心饼的心。这个术常常是秘而不传的，即使传也更需要受者的"悟"——术的传播主要靠意会而非言传，所以要想写活中国文化传播史，最好的文体不是论述文而是小说。

马克思曾经说过，以皇帝为首的庞大的官僚系统是"这个广大国家机器的各部分的唯一的精神联系"，这也揭示了人们常说的官本位、皇权一元化的由来。譬如说令马可·波罗赞叹不已的驿传，若它是一种社会运行网络，那至少在国家内部早已开放搞活了，可是它偏偏只是被皇帝及官僚体系直接控制的封闭的交通体系。就说送信，它只流通公文和少数官员的信件，而排除各种社会信息的大规模的有效的流通。同样早就出现的邸报，也是官僚体系的信息通道，是"封建王朝的政府机关报"，民众没有知情权。另外，古代中国的教育传播、图书传播是相当发达的，在综合国力中占重要地位，在全世界范围内也是领先的，尤其是在西方没有从中国学得造纸、印刷术的时候，但是教育主要是为了培养官员，图书传播的主旋律是经史及解经注史、科举教材，而没有西方那种求真的知识传统及民间性的上千年的大学。至于科技文化，基本是交给了官员的业余爱好和民间自生自灭的积累。大村长为了一目了然，纵向传播始终居于强势地位，王命可以朝令夕达、大诰可以家喻户晓，而社会的横向传播则势弱量小，因为社会结构从根本上就缺乏横向传通的网络，更别说自由、平等了，这当然极不利于社会整体能量的激活——这正是大村长所要求的。

尽管皇权垄断了社会信息的制导，但在官僚系统中有有限的疏导、补充机制，如御前会议的集议制、言官谏议的封驳制、百官士民的上书制，这些措施都有纠错、收集信息的作用。垄断的上对下的传令式的政治传播，因为这些纠补、整合反馈的机制而增强了其理性构成，缓冲了人为暴力，反而增加了极权体制的合理色彩。

无论是官方的意识形态，还是教育传播、图书传播都有一个不变的主题，那就是教化受众，所有这些信息渠道都灌输着伦理本质主义的价值观——它们取代了宗教的功能，却无宗教的超验"依据"，纠正不了谁有权谁就有理的人间病，尤其是以伦理代法律、以伦理代科技，在文艺领域则是"文以载道""不关风化体，纵好也徒然"的道德标准第一也唯一的传统扼杀了传播的中立性。灌输式的传播，自然多是单向性的；纵向传播的强势也造成了整个传播史的单向性、接力性。具有前瞻性、超前性的智者也多采取"藏之名山、传之后世"的策略，普通百姓也相信"纸笔千年会说话"的威力。

属于教化范围，又超出一般教化内容、最见"东方智慧"的是"说服学"，荀子大讲言谈之术、韩非子专门研究"说难"，更不用说那些策士们花样翻新的说服法了。说服是有效传播的重头戏，可是它不足以构成本书的叙述线索，因为它建设性不够，谈不上推进文化进步，只能让位于更重要尽管不够有趣的话题。

汉语言文字是古代文化传播的主要媒体，中国是个语言大国，中国文化传统大半在语文传统中，连德国人赫尔德都认识到，中国是深受语言制约、所有文化盖源于语言的民族。他还说："中国人的语言是一部道德词典，即一部谈论礼貌和修养的词典。……人们在书写象形文字时必须全神贯注于字形笔画，从而使这个民族的整个思维方式流泻出捉摸不定的、任意的特征。"

从通都大邑到穷乡僻壤，从集市、街道到田间地头，民间传播与老百姓的活动如影随形，走进了千万人那祖祖辈辈的生活，可能是低水平的循环，代代人重复着"天天如此"的模式，但天天过起来感觉不同，而且习俗规矩、伦理观念正得以流行传衍，相互报道趣闻轶事时获得了文学创作加批评鉴赏的满足。在没有高级文化形态辐射的乡村，人人是传者，人人是受者，自发地随机地传播着他们的民间文化。职业化的传者是民间专职说书或弹唱的艺人、教书先生、乡间或江湖郎中，以他们的专长向乡民们提供信息或咨询服务。大部分未能取得功名的读书人、又非"地主"者都得走上这条道路，他们以传播某种"文化"为谋生的手段，成为乡镇中的小圣人、文化领袖。他们是少数"权威人士"，半职业化的传者要比他们的数量多得多，如乡间集市上的经纪人、媒婆、跑单帮的生意人、走乡串户的货郎和各色工匠、业余剧团中的成员等。他们走动多，见闻广，他们与难以计数的自发的传播者组成传播网络，覆盖了整个民间传播活动。这个网络传播的渠道四通八达，传播的内容包罗万象，传播新闻、传播知识、传播宗教、传播技术乃至山歌、谚语、灯谜等，具体分类可概括成：一、民间文学。它包括各种故事（如白鸽少女型、公子落难型，如牛郎织女、孟姜女哭长城等）、谚语、神话、童谣、谜语等。二、民间艺术。如民歌、山歌、器乐曲、地方戏、舞蹈、绘画、剪纸、雕刻、印染、编织、民俗性的艺术节目如闹花灯等。三、民间教育。它包括学堂式和师徒式，如私塾、乡校、民间书院，技术性的传授则多是师徒式的，各种工匠的手艺、医药、戏曲乃至吹鼓手、巫婆、神汉、做买卖等。四、民间传闻。从"意见领袖""包打听"的新闻发布到乡民的日常串门都传播着当地的大事、外地的新鲜事、邻里纠纷、体现着民意的舆论等。五、民间宗教。传者多是专职或半专职的中国式的"神职人员"，如和尚、道士、阴阳先生、各种道教会门的宣传组织者。所有这些民间传播构成百姓的精神生活，是民间文化的实体，任何一部纪实性的文学作品都能给我们提供大量的这方面的知识或证据，被称为民俗性画卷的长篇小说则尤为信息集中，如《水浒传》《金瓶梅》《醒世姻缘传》《儒林外史》。民间传播对中华民族习俗的形成与传递、对于民间文学艺术的形成与发展、对于民族共同体的心理特征的养成起了很大的作用。

古代中国高度的政治一元化主导着文化传播，古代中国是以文化立国的，这与过去说古代中国是以政治立国之说是一体两面之事，用暴力夺取权力是军事的"武化"行为，一旦掌权之后还是"得用读书人"——以把暴力化为合法的有传统可以支持的权力，无论是少数民族入主的政权还是农民起义夺取的政权都须经历"瓶颈期"，成功了便长治久安——一般是不到300年寿命，其行使政权的主要方式是教化——用文化传播政治意志，为了保证这种意志不受来自社会的抵制、干扰，一个历朝相传的基本国策就是压制带来社会空间、自由化成分的商人，重农抑商的"合法"借口是为了保证治国之本的道德不受斫蚀，是为了捍卫文化的纯正和传统的尊严。以文化立国的中国正在开辟出新的现代化模式，进入网络时代尤其可以显示出以文化立国的人文中国的无与伦比的优势、中国价值的独到之处。

中国的奇迹就在其令人惊异的统一，汉字是这种统一性的基石之一，作为夹心饼之心的文化人是保卫这种统一的"钢铁长城"，他们通过控制古典学术而掌握了价值观念的传播，从而掌握了代代人成才、发生鱼龙变化的"咽喉要道"，他们在传播文化的同时，成为传统的监护人、承载者。中国令人惊异的统一的主要内容，便是这个文化传统。不管什么"化"，复兴中华文明是中国人的天职，是每一代中国人的神圣使命！

文化传播中存在着一种叫作普遍性的东西，它有极大的自律性，有游离政治权力之外的自成语境的"游戏规则"，它虽自律却又是开放的。譬如说传统，它是传播出来的，所谓传统就是传中之"统"，它具有反历史的力量，当不同的文明压过来时，它以崇高的担当悲剧的姿态起而抵抗。再如民间文化传播，它并不以权杖的意志为转移，形成权斗不过"势"的那么一种"约定俗成"的力量。抽象一点说，文化传播与权力网络都各有自立性的领域，这两种"游戏"既可叠加又可分立。独立的民间文化传播则既生产知识又生产实践，它是文化进步的基石。

　　文化及文化传播就是这样有无用之大用。传播是人性的基本属性，凡有"人性处"即有传播。传播是保障人性自由发展的基地——如传播是民主自由的"温床""河床"，没有传播万古长如夜！但谁是传播的主人？谁都是谁又都不是——如福柯所说，不是我们在说话而是话在说我们。"话"在说我们的过程，实质上就是文化或"知识统型""超然"于历史事相之上的传播。

　　　　　　　　　　　　　　　　　　　　1999 年 1 月定福庄